DOIS É DEMAIS!

DONALD E. WESTLAKE

DOIS É DEMAIS!

Tradução:
JOSÉ RUBENS SIQUEIRA

COMPANHIA DAS LETRAS

Título original:
Two much!

Capa:
Silvia Ribeiro

Preparação:
Cecília Ramos

Revisão:
Eliana Antonioli
Carlos Alberto Inada

Dados Internacionais de Catalogação na Publicação (CIP)
(Câmara Brasileira do Livro, SP, Brasil)

Westlake, Donald E.
Dois é demais! / Donald E. Westlake ; tradução José Rubens Siqueira. — São Paulo : Companhia das Letras, 1996.

Título original: Two much!
ISBN 85-7164-520-5

1. Romance norte-americano I. Título.

95-5223 CDD-813.5

Índices para catálogo sistemático:
1. Romances : Século 20 : Literatura norte-americana 813.5
2. Século 20 : Romances : Literatura norte-americana 813.5

1996

EDITORA SCHWARCZ LTDA.
Rua Tupi, 522
01233-000 – São Paulo – SP
Telefone: (011) 826-1822
Fax: (011) 826-5523

Para
Steve Kesten,
que sabe como,
e
para a dona do Pomo de Adão,
que sabe por quê

"Duas cabeças é melhor que uma."
John Heywood, *Proverbs*.

PREFÁCIO

Se eu tivesse que destacar alguma coisa nos romances de Donald Westlake, a primeira coisa que me viria à cabeça seriam duas palavras: *inteligência* e *humor*. Com Westlake, a literatura policial ganhou uma leveza e uma ironia raramente encontráveis no gênero. Quando o leitor abre um novo romance de Donald Westlake já tem um sorriso nos lábios antes de ler a primeira palavra, como quando vemos um velho amigo aproximar-se e sorrimos antes mesmo de ele abrir a boca, sabendo que quando o fizer, será para dizer alguma coisa divertida.

Mas os romances de Westlake têm outra característica: são originais; nas poucas vezes em que lhes acontece freqüentar o clichê, é com o objetivo de dinamitá-lo. Pode-se afirmar o mesmo de seus personagens — ricos e contraditórios, nunca maniqueístas, sempre reais, demasiado reais inclusive. Graças a tudo isso, as tramas de Westlake jamais são artificiais, pois mesmo nos casos em que alguma delas possa dar essa impressão inicialmente, o tratamento que recebem em nenhum momento é convencional. Para completar esta breve descrição, eu não poderia deixar de mencionar seu brilhante sentido do diálogo. Imagino que seu domínio absoluto do diálogo seja responsável pelas inúmeras adaptações cinematográficas de seus romances, bem como de alguns de seus trabalhos como roteirista.

Contudo, antes de prosseguir em minha função de prefaciador, seria o caso de explicar o que estou fazendo aqui: provavelmente é isso o que estão querendo as pessoas que me pediram para escrever estas linhas.

Tudo começou quando, no outono de 1989, meu irmão mais moço David, que na época devia estar com dezenove anos, me passou o romance: "Você ainda não leu? Pois vai gostar. Acho, inclusive, que poderia dar um filme". Li. Gostei. E, evidentemente, dava um filme. Um?

Não me considero o típico diretor que só lê romances em busca de possíveis filmes. Leio por prazer, por vício. Por isso me deliciei com *Dois é demais!*, sem pensar no livro como um possível filme. *Dois é demais!* é um romance amoral, divertido, anticonvencional, moderno, mais próximo do "realismo sujo" que dos "clássicos" do gênero.

De modo que minha primeira reação não foi imaginar *Dois é demais!* como um filme, muito embora fosse verdade que o livro dava um filme. Provavelmente, mais próximo do roteiro de Westlake para *Os imorais*, de Jim Thompson, que de um filme que tivesse algo a ver comigo — um diretor de comédias mais para "inocentes". Mesmo assim, não pude deixar de pensar o que eu teria feito com a idéia: uma comédia de molde muito mais clássico, sem dúvida.

Foi então que li uma entrevista com Westlake em que ele fazia referência ao romance. Citava-o como seu favorito, acrescentando que o via como tendo um caráter experimental. Tinha tentado escrever um romance cujo protagonista fosse um "autêntico canalha", mas que, apesar disso, o leitor simpatizasse com ele. Evidentemente, havia conseguido. As duas coisas. E de quebra um romance estupendo.

Passaram-se uns poucos meses e *Dois é demais!* não me saía da cabeça. Quando meu produtor, Andrés Vicente Gómez, me perguntou que filme eu queria rodar, mencionei *Dois é demais!*, mas observei que tinha vontade de fazer uma adaptação muito livre do romance, usando-o como ponto de partida.

Poucos dias depois, Andrés me telefonou. Más notícias. O filme já fora feito. Foi um golpe duro. É que na verdade eu já tinha começado a me apaixonar pela idéia. Só que o filme já havia sido feito. Na França. Por Yves Robert, o homem que oferecera às pessoas de minha geração, quando éramos crianças, um presente maravilhoso: *A guerra dos botões*. E que na década de 70 realizara uma comédia modelar: *Un éléphant ça trompe énormement*, que os americanos haviam piorado com o título *A dama de vermelho*. De modo que o melhor que eu podia fazer era esquecer *Dois é demais!*. Foi o que fiz. Ou pelo menos tentei. Durante uma semana.

Tornei a telefonar para Andrés. Disse-lhe que de todo modo queria ir em frente com o filme. Ele comprou os direitos e David e eu pusemos mãos à obra. Resolvemos não ver o filme de Robert enquanto não acabássemos o nosso. E foi o que fizemos. Escrevemos "nosso" *Dois é demais!*. Muitas coisas mudaram; personagens novos apareceram, outros desapareceram. Mas a idéia central, a história, continuava ali. E o personagem principal, Art, também. E, principalmente, Gloria.

Sempre que fazemos uma adaptação, ficamos nos perguntando o que o autor vai achar. Principalmente quando se trata de alguém a quem admiramos e respeitamos. Tentamos colocar-nos no lugar dele. Sempre pensei que preferiria que alguém mudasse meu romance e fizesse um bom filme do que fizesse uma adaptação "fiel" mas um mau filme. Claro que provavelmente os autores preferem adaptações "fiéis" e ao mesmo tempo "boas".

A verdade é que, durante todo aquele tempo, não cheguei a conhecer Donald Westlake. Em março de 1994, porém, Andrés e eu estávamos em Los Angeles promovendo *Sedução* quando alguém, achando que provavelmente conhecíamos Donald Westlake, comentou que ele estava na cidade. Como ele mora em Nova York, achamos que seria um bom começo convidá-lo para assistir a uma projeção de *Sedução*. E foi o que fizemos. Ele gostou do filme. E me perguntou se podia ler o roteiro de *Dois é demais!*. Eu lhe disse que claro que podia, mas que ainda não havíamos acabado de reescrevê-lo — o que era verdade—, e que assim que a nova versão ficasse pronta mandaríamos para ele. Como eu estava dizendo, me dava pânico pensar qual seria a opinião dele sobre as liberdades que havíamos tomado com o romance. Foi então que lhe perguntei o que estava fazendo em Los Angeles.

"Estou escrevendo um roteiro para a Warner."

"Original?"

"Não; uma adaptação. De um romance de Patricia Highsmith."

"De qual deles? Li todos os romances dela. É uma de minhas escritoras prediletas."

"*Ripley underground.*"

"Ah, a do pintor que faz falsificações. E sua adaptação está sendo muito fiel?"

"Não, não: mantive apenas a idéia central. Reescrevi tudo."

Fiquei olhando para ele, pensativo. Ele olhou para mim e sorriu. Não sei se interpretei corretamente seu sorriso, mas tive a impressão de vislumbrar uma piscadela de cumplicidade e compreensão. Uns dias depois, quando obtive o Oscar por *Sedução*, recebi uma amistosa carta de felicitações, em que ele dizia: "Estou em boas mãos".

Durante a filmagem de *Dois é demais!*, esforcei-me para que ele não mudasse de opinião. Ele é uma das pessoas a quem eu mais gostaria de divertir com *Dois é demais!*, pois sem ele o filme não existiria. Sem ele e sem o romance que você, leitor, agora tem nas mãos e que, tenho certeza, vai diverti-lo tanto como me divertiu.

Fernando Trueba

1

Tudo começou de um jeito bem inocente; eu queria transar. Então, quando Candy e Ralph disseram que a gente tinha sido convidado para uma festa em Dunewood, eu disse certo, espera eu me trocar. Ralph disse: "Vai ter um monte de garotas por lá" e Candy me mostrou a língua pelas costas de Ralph.

Vesti calças brancas e uma camisa cor-de-rosa e descemos descalços pelo Central Walk até Dunewood. Fire Island, duas da tarde, domingo, 4 de agosto. Sol alto num céu sem nuvens, ar quente com cheiro de mar, fileiras de casinhas ao longo da calçada de tábuas que atravessa a ilha da baía até a praia. Crianças por todo lado, de bicicleta e a pé, correndo feito loucas porque não é permitido o trânsito de automóveis em Fire Island.

Todas as casas de Dunewood são iguais, a não ser pelas cores. A que a gente estava procurando ficava perto da praia e dava para ouvir a música três quarteirões antes. O dono tinha construído um deck imenso na parte de trás para destacar a casa dele das outras, e o lugar estava cheio de gente dançando e bebendo e gritando por cima da música. Mulheres bronzeadas de biquíni e grandes óculos escuros dançando rock; e como se mexiam. "Acho que vou dar uma circulada", eu disse.

"Divirta-se", disse Candy. Será que Ralph não escutava o veneno da voz dela, será que não percebia o que estava rolando? (Ou o que tinha rolado até ele parar de ir para o escritório todo dia.)

Parece que não. A cara dele continuava aberta e inocente como um coro de meninas em território perigoso. Com um sorriso e um soquinho no braço, ele disse: "Vai fundo, Art". Ele tinha inveja do meu passe de solteiro com as mulheres, o coitado; imagino se ainda ia ter inveja de mim se soubesse que o meu passe maior nos últimos seis meses tinha sido com a mulher dele.

O que Ralph não sabia não podia me machucar. "Tchau", eu disse e saí de perto do feliz casal, para ver se achava uma substituta para Candy. Sou meio guloso.

O melhor lugar para encontrar mulher é perto das bebidas. Fosse quem fosse o dono da festa, não era mão fechada; gim, vodca, rum e água tônica que dava para encher uma piscina. A mesa já estava toda melada, cheia de pedaços de limão, mas quem é que liga para isso? Eu não. "Ainda bem", eu disse para uma morena de peitos grandes ao meu lado. "Nada de sangria."

Por trás dos óculos dava para ver o suficiente da cara dela para perceber que deu um sorriso. "Exigente, você, hein?", ela disse.

"Sou. E exijo que dance comigo."

Aí a gente dançou um pouco. O biquíni dela era azul-escuro e a pele bronzeada, cor de conhaque. O suor escorria pelo pescoço, em fitas que desciam, brilhando ao sol, até a fenda entre os seios e eu queria sentir o gosto dela. Um pouco de sal sempre cai bem depois de muito açúcar-cande.

Havia pequenas pausas entre músicas, pausas maiores entre discos. Numa dessas esperas maiores ela pôs a mão quente e úmida na minha testa e disse: "Escuta, por que a gente não pula essa?".

"Claro", respondi. "Chega para você?"

"Não faço tanto exercício assim desde que o meu cavalinho fugiu", ela disse.

Fomos até o parapeito enquanto a música voltava a tocar e ela me disse: "Seja bonzinho e pegue uma bebida para a gente".

"Claro. O que você quer?"

"Vodca", ela disse.

"Com o quê?"

"Com gelo, com um copo e um beijo bem molhado", ela respondeu.

"Certo."

Fui até as bebidas e quase não voltei, porque mulher que promete nem sempre cumpre; as quietas é que mandam ver. Só que uma garota que bebe vodca pura era muito bom sinal. Além disso, não tinha ninguém que valesse a pena quando cheguei no bar. Fiz um rum e tônica para mim, enchi outro copo plástico com vodca e gelo, e voltei para o biquíni azul-escuro. Como as coisas teriam sido diferentes se alguma outra tivesse me atraído naquela hora.

Mas não tinha nenhuma e a minha primeira escolha ainda estava lá, sozinha no parapeito. Dei o copo para ela e sacudi a camisa molhada. Agora que não estava mais dançando, senti como estava molhado.

Ela me olhou, crítica, e disse: "Você está com roupa demais".

"Também acho. Vamos comigo, eu volto para casa e boto uma sunga."

Ela hesitou, olhou o deck lotado de gente, encolheu os ombros e disse: "Por que não?".

Levamos as bebidas. Candy me deu uma olhada feroz quando passamos, mas fingi que não vi.

Andamos dois quarteirões, sem falar muito a não ser sobre o tempo, e aí ela perguntou: "Até onde a gente vai?".

"Fair Harbor", respondi. "Seis ou sete quarteirões só."

Ela olhou para o copo, parecia preocupada. Será que o estoque agüentava até lá?

"Tem alguma coisa para beber na sua casa?"

"Mandei instalar um reservatório subterrâneo no ano passado", respondi. "A Smirnoff faz entregas semanais."

"Bom", ela disse.

Fomos andando e achei que era hora de me apresentar. "Meu nome é Art. Art Dodge."

“Oi”, ela respondeu. Apontou para si mesma com o polegar e disse: “Liz Kerner”.

“Está em Dunewood?”

“Não. Nós temos uma casa em Point O’Woods.”

Fiquei mais interessado. Point O’Woods? Quase todo mundo em Fire Island é dinheiro classe média, mas Point O’Woods é dinheiro *dinheiro*. Fizeram uma cerca atravessando a ilha toda na fronteira deles, para a plebe não invadir. É o tipo de dinheiro que eu gosto, dinheiro sem-vergonha; sempre quis ter algum assim. “É legal Point O’Woods”, disse, como se fosse sempre lá.

“É chato”, ela respondeu.

“Quem é ‘nós’?”

Ela olhou para mim e tive a impressão de ver uma certa estranheza atrás dos óculos escuros. “Como é?”

“Você disse *nós* temos uma casa em Point O’Woods.”

“Ah”, ela tornou a olhar em frente. “Minha irmã”, disse, como alguém diz “é, isso aí é o meu jornal”.

“Sei”, disse eu. “Ela é bonita como você?”

“Talvez”, respondeu. “Somos gêmeas idênticas.”

“Gêmeas!” Perdi o passo com aquilo. Era uma das minhas maiores curiosidades e nunca tinha chegado perto da satisfação.

Ela me olhou, e dessa vez parecia que ia ficar zangada: “Algum problema?”.

“Nenhum.” Eu tinha de dizer alguma coisa, para ajeitar as coisas. “É a coincidência, só isso.”

“Que coincidência?” Ela estava quase hostil.

“Eu também sou gêmeo”, respondi. Não sei de onde tirei aquilo, eram só palavras para encher o vazio e acertar as coisas. Não fazia idéia de onde aquilo podia dar, não tinha nenhum plano. Nem era possível ter; ninguém seria capaz de planejar antes tudo o que resultou daquela frase inocente. Sou meio falante e simplesmente escolhi aquela frase para ela não ficar chateada e a gente ter alguma coisa em comum. Uma mentirinha inocente, só isso.

E funcionou. Ela me olhou, surpresa, e disse: “É mesmo?”.

"Sou. Tenho um irmão, Bart, idêntico." O nome era o mais óbvio: Art e Bart, o tipo de coisa que pais de gêmeos gostam de fazer.

Ela perguntou: "Ele também está aqui?".

"Não", respondi. Mas aí tive de explicar por que não e mais uma vez falei demais. O esquema todo foi se armando sozinho, com um mínimo empurrãozinho da minha parte. "A gente divide a semana", disse.

"Divide a semana?"

"Um dos dois tem sempre de estar no escritório. Então eu fico aqui no começo da semana, depois trocamos."

"Complicado", ela disse, perdendo o interesse.

Cortei o assunto, e para sempre, pelo que pensei. "Mora em Manhattan?"

"Às vezes", ela respondeu. Olhou o copo, que estava vazio, franziu as sobrancelhas para o Central Walk que se estendia numa linha reta que dançava no calor, passando por Fair Harbor até Saltaire. "Está quente aqui", ela disse. "Mais que na festa. Quanto falta?"

"Dois quarteirões." Apontei: "Está vendo aquela casa com a bandeira americana? A gente vira ali".

"Então é uma bandeira aquilo?", ela disse.

Fomos andando, mergulhados até a cintura em crianças correndo, e quando chegamos à casa com a bandeira vi o patriota dono dela na sacada, observando o mundo. Estava de bermuda e camiseta regata, cabelos brancos como a neve num belo contraste com a pele vermelho-lagosta. "Olá", gritei para ele, apontando a bandeira. "Eu também sou americano."

Ele mexeu a boca, mas não disse nada, porque talvez estivesse sem a dentadura.

Viramos a calçada e seguimos para a casa de Ralph e Candy. Felizmente os meninos não estavam. Entramos para a sala fresca, sem tanta luz, e Liz me deu o copo: "Dá para ser?".

Devolvi o copo a ela. "Aquilo ali é a geladeira e aquela garrafa tem uma coisa que você quer." Entreguei-lhe meu copo vazio e disse: "O meu é rum com tônica".

Ela deu de ombros e foi até o balcão encher os copos. O lado esquerdo da casa era sala de estar, sala de jantar e cozinha combinados num único espaço aberto, com um balcão separando a área da cozinha. Uma porta levava aos dois quartos e banheiro, com uma escada do lado que subia para o mezanino-dormitório, que àquela hora do dia devia estar mais quente que uma ninfomaníaca atrasada. Em tese, era ali em cima que eu dormia, mas é claro que preferia usar o quarto principal. Com Ralph em casa, no entanto, eu andava dormindo no sofá da sala, onde as três crianças rolavam em cima de mim para me acordar toda manhã.

Minha camisa estava mais colada na pele que um selo no envelope. De pé no meio da sala, esperando o meu copo, abri os botões, desgrudei a camisa e joguei num canto. Passei a mão pelo peito molhado e sequei a palma nas calças. Liz me trouxe a bebida. "Você está molhado", disse.

"Parece que sim." Dei um gole e disse: "A tônica vem mais tarde?".

"Está muito forte?" Ela estendeu a mão para pegar o copo. "Dá aqui, dou um jeito nisso."

"Não, está bom assim", respondi. E, como a mão dela já estava estendida para mim, peguei-a pelo pulso e puxei para mais perto. Ela me olhou intrigada e quando a gente se beijou senti exatamente o gosto de sal e almíscar e sexo que eu estava querendo. "Você também está com roupa demais", eu disse.

2

Candy, com os olhos queimando e a voz num meio sussurro furioso, disse: "Tinha de usar a *nossa* cama?".

Um pronome bastante ambivalente. "Estou acostumado", respondi. Falei em tom bem normal. Estávamos na cozinha, eu preparando as bebidas e Candy fritando hambúrgueres. As crianças tinham saído para algum lugar ao pôr-do-sol, e Ralph tinha entrado no banheiro com a *Newsweek*.

Candy já estava com tanta raiva que nem prestava mais atenção ao que eu dizia. "E se Ralph tivesse percebido alguma coisa?", ela perguntou.

"Não é com esse tipo de coisa que você tem de tomar cuidado", respondi. "Você fica me fazendo tantas caras e bocas na frente dele, que até mesmo Ralph é capaz de acabar percebendo."

"Passei a noite sentindo o *cheiro* dela no meu travesseiro. Não consegui dormir."

"Eu dormi como uma pedra", disse. "Até sete e meia, claro, quando os meninos entraram e fizeram a reconstituição da batalha de Blenheim."

De repente, ela se dissolveu em lágrimas marotas. "Por que você é tão ruim comigo? Não é minha culpa o Ralph estar em casa. Não está vendo como fico com ciúmes? *Eu* é que queria estar na cama com você." Ela fez um gesto com a escumadeira.

"Eu sei, Candy", respondi, mansinho. Afinal, ela era a dona da casa e eu tinha sublocado o apartamento em Nova York. Pus a mão no seu ombro, senti a pele quente do sol ou de paixão. "É difícil para nós dois", disse.

Ela abaixou a escumadeira e se aninhou no meu peito. A parte de cima do biquíni e os shorts de jeans cortados deixavam à mostra uma boa área de pele para minhas mãos. Beijei o pescoço dela, e já achei menos interessante que antes. Ela me beijou na boca, feroz, e sussurrou: "Hoje de noite, quando Ralph começar a trabalhar, a gente podia dizer que vai tomar alguma coisa em Hommel's".

"E trepar no meio da urtiga?"

"A gente acha um lugar!", ela sussurrou, e o telefone tocou. Ela deu uma olhada furiosa, depois espiou o corredor que ia para o banheiro. Afastando-se de mim, sussurrou, mais calma: "Já achamos lugares antes, Art, podemos achar de novo". Deu a volta no balcão e correu para pegar o telefone no segundo toque. "Alô?" Pelo rosto dela, ficou furiosa de novo; parecia a ponto de desligar ou dizer alguma coisa, mas só respirou fundo e disse: "Ele está, sim". Estendeu o fone para mim, gelada: "É ela".

"Ela?" Surpreso e intrigado, dei a volta no balcão, dizendo a Candy: "Faça o drinque para mim, está bom? O de sempre".

Ela voltou para a cozinha, mas ficou lá imóvel, me olhando e escutando. Encostei o telefone no ouvido e disse alô. A voz de Liz, inesquecível, perguntou: "Quem era essa?".

"A dona da casa", respondi, com um sorriso para Candy.

"Deve ser uma vaca."

"Opinião interessante."

"Estou ligando para te convidar para uma festa", disse.

"Ah." Olhando para Candy, percebi que não ia dar para escapar com uma desculpa do namoro dessa noite. "Quando?", perguntei.

"Amanhã, por volta das oito."

"Certo", respondi. "Vou gostar." Candy me fuzilava.

Havia lápis e papel na mesinha do telefone e anotei o endereço da casa de Liz Kerner. A praia não era cercada, então eu devia acompanhar a praia e virar assim que passasse a fronteira de Point O'Woods. "Eu vou", respondi.

"Sem roupa demais", ela disse, e desligamos.

Candy começou a preparar meu copo de repente. "Deve ser uma vaca", disse.

"Engraçado", falei. "Ela achou sua voz uma doçura."

"Ah, sei, claro. Olha aí, o que você fez! Queimei os hambúrgueres."

Melhor consertar a cerca enquanto ela está de pé. "Depois do jantar", disse, "eu e você vamos ao Hommel's."

Ela me fuzilou com um sorriso agradecido, rápido e lascivo, e continuou fritando hambúrgueres.

3

Quando abriu a porta, Liz estava com um vestido branco, de corpete justo, saia pregueada e cinto estreito de couro branco na cintura. Eu sabia que os anos 50 tinham voltado à moda, e ali estavam eles. "Desta vez", disse, "você é que está com roupa demais *mesmo*."

"Desculpe, não estou entendendo." O olhar dela tinha partes iguais de confusão e censura. Em algum lugar, lá dentro, um piano tocava discretamente "Smoke gets in your eyes".

"Imagino o que tem por baixo", disse. E aí apareceu mais uma Liz, atrás daquela de branco, com um vestido-camiseta roxo, sem sutiã. "Ah", exclamei.

"Chegou, afinal", disse Liz, a Liz de roxo. Para a não-Liz de branco, disse: "Esse é o malandro de que falei".

"Você é a irmã", constatei.

Liz disse: "Não dá pra enganar, não é? Entre, antes que os mosquitos ataquem".

E assim entrei para a casa da família Kerner e a porta se fechou atrás de mim. Tarde demais.

Estávamos no pequeno vestíbulo, os três. Pela porta em arco, vi parte de uma cena de festa pintada por algum membro da Real Academia; os efeitos sonoros eram polidas conversas murmuradas, tilintar de cubos de gelo e piano discreto tocando agora "My funny Valentine". A não ser pelas expressões e penteados diferentes, as caras eram todas idênticas.

A não-Liz disse: "Achei que *você* tinha um irmão gêmeo".

O que se diz sem pensar sempre volta para nos atormentar. "Claro", respondi. "Mas nunca encontrei outros gêmeos na vida. Não tão idênticas quanto vocês duas." Para escapar do assunto, estendi a mão para a não-Liz e disse: "Art Dodge".

Ela deu um daqueles sorrisos mornos de festa e respondeu: "Betty Kerner". Tinha a mão fresca e seca.

As duas me levaram para a sala, e que bela coleção de manequins de vitrine tinham reunido ali. Alguns dos homens usavam faixas na cintura, juro por Deus. Quase todos se chamavam Frazier e a maioria das mulheres, Grahame. Quem tocava piano era um profissional, evidentemente contratado, um jovem negro, esguio, com o charme de Belafonte e um sorriso nada confiável; devia estar juntando dinheiro para comprar uma metralhadora. Duas garotas negras, com uniformes negros e aventais brancos, circulavam feito autômatos com as bandejas de *hors-d'œuvres*. O sujeito atrás da toalha branca do balcão do bar era um irlandês forte, dos seus cinqüenta anos, que ria com gosto a cada pedido de bebida, como se as frases "vermute seco *on the rocks*" ou "dois uísques com *ginger ale*, por favor" fossem inteligentes e profundas.

Que diabo de festa era aquela para ser oferecida por duas garotas de vinte e poucos anos? Havia, talvez, uns quarenta convidados, mas nem um quarto deles tinha menos de trinta anos, e mesmo esses eram tão engomados quanto os mais velhos. Ninguém dançava. Na verdade, os sexos nem se aproximavam; era mulher-com-mulher discutindo as lojas de departamentos, os romances de Arthur Hailey, os amigos ausentes e outras festas, enquanto os homem-com-homem falavam de transportes, impostos, política e cavalos — criação, não corrida de cavalos. Cheguei a ouvir um sujeito dizer, quando eu estava passando: "Afinal, a corrida melhora a raça".

"Ao contrário", eu disse. "Na realidade, todo o esforço deve ser no sentido contrário, fazer a raça melhorar a corrida."

Como essa foi a observação mais incisiva que qualquer um deles jamais tinha ouvido na vida, fui imediatamente absorvido pelo grupo, de onde o homem de quem eu tinha discordado estendeu a mão e disse: “Frazier”.

Fiz minha cara de honesto e disse: “Dodge”.

Um outro homem perguntou: “Dos Dodge de New Bedford?”.

“Parentes distantes”, respondi.

Conversamos um pouco sobre cavalos, e quando passamos à crítica e comparação dos vários campos de golfe da Carolina do Norte aproveitei para pedir licença e ir até o bar. “Rum com tônica”, pedi.

“Ha, ha, ha”, riu o irlandês. “Não temos rum.”

“Vodca, então”.

“Ho, ho, ho”, ele fez e começou a encher meu copo.

Liz apareceu a meu lado e pediu “o de sempre, Mike”.

“Ha, ha”, ele disse, entregando meu copo e começando a preparar o “de sempre” de Liz: um cubo de gelo e vodca até a borda.

Enquanto esperava, ela me disse, indicando com a cabeça o resto da festa: “Viu por que eu queria que você viesse?”.

“Acho que você devia ter convidado um médico legista.”

“Pronto, miss Kerner.”

“Obrigada, Mike.”

“Ha, ha, ha.”

Deixamos para trás o risonho e eu disse: “Se vou aparecer mais vezes, melhor providenciar uma garrafa de rum”.

“Vamos esperar para ver se você acerta.”

Ficamos num canto sossegado, observando a festa. Betty, a gêmea, estava em moribunda conversação com uma garota de amarelo e outra de rosa. Notei que os três vestidos iam até abaixo do joelho. “Você e sua irmã não têm nada a ver uma com a outra.”

“Ela é mais barulhenta”, Liz disse. “Como é você com seu irmão?”

“Ele é mais calado.” Eu estava decidido a não falar mais do meu maldito irmão. “A festa é da sua irmã? Parece mais o estilo dela.”

"Ela não chega a tanto", Liz respondeu. "É uma festa política. Estamos querendo vender a casa."

"Acho que não estou entendendo."

"Se você quer vender uma casa em Point O'Woods", explicou, "não pode ir colocando anúncio no *Daily News.* Somos uma comunidade fechada."

Olhando os convivas, eu disse: "Você só deve vender para alguém com atestado de óbito válido".

"Por aí. Ninguém é dono das casas, sabe? A Associação é que é dona de tudo, nós só arrendamos. Portanto, o que vamos vender é o arrendamento, e é claro que a Associação tem de aprovar o novo arrendatário."

"Claro."

"Está vendo o cavalheiro ali de gravata cinza e paletó marrom de bolinhas?"

"Estou, sim."

"É o provável comprador."

Era um dos Frazier: atarracado, republicano, de têmporas grisalhas. "Parece absolutamente perfeito", disse.

"Não é? Infelizmente, tem um problema."

"A mulher?"

"Deus me livre, não. É aquela ali, de roupa de tweed."

Tweed em pleno verão de agosto. A mulher em questão era uma das mais perfeitas Grahame. "O que então?"

"A família. Eles não são exatamente do melhor círculo."

"Que horror para vocês."

"O que estamos fazendo é apresentar os dois à sociedade. É para isso a festa."

"Ah. E, se eles forem aprovados, vocês podem vender. Mas por que vender?"

Ela encolheu os ombros. "Era dos nossos pais. Nenhuma de nós quer ficar com a casa."

"Eles morreram há pouco?"

"Na última noite de Ano-Novo. Estavam indo assistir a uma apresentação do *Messias*, de Handel, e alguém derrubou um piano de um terraço. Atravessou a capota do Lincoln. Uma tecla preta quase atravessou o ombro do chofer, mas fora isso ele escapou ileso."

"Deve ter sido, ahn, horrível", eu disse. É tão difícil acertar o tom de compaixão.

Mais uma vez, ela só deu de ombros: "A morte não fez muita diferença para os dois. Acabou com os problemas, só isso. Olhe, por que a gente não vai lá para cima e dá uma trepada?".

"Que beleza de festa, esta", respondi.

Ela deu uma olhada no copo: "Só vou pegar mais um pouco".

As casas de Point O'Woods não têm nada a ver com chalés de verão. São imitações perfeitas das casas de cidades pequenas da década de 20. Telhados de madeira marrom, estuque branco, grandes varandas, pisos de tábuas enceradas. Liz e eu não tivemos de escalar até um mezanino-dormitório. Subimos confortavelmente uma sólida escadaria até um sólido segundo andar. Dois quartos e um banheiro.

Infelizmente, era o único banheiro da casa, ou seja, havia um tráfego constante de hóspedes, subindo e descendo a escada. As portas dos quartos estavam ambas abertas e Liz achou que não era conveniente fechar uma delas. Portanto, fizemos dentro de um armário cheio de roupas empoeiradas e cabides barulhentos. Para começo de conversa, era quente lá dentro e nós dois logo criamos uma atmosfera que mais parecia uma floresta tropical à meia-noite. A coisa não melhorou nada quando Liz, em plena atividade, chutou o copo de vodca. Não acredite quando dizem que vodca não tem cheiro; dentro de um armário fechado, tem.

Mesmo assim, tinha um lado bom na coisa toda, que chegou ao clímax numa confusão de roupas e batidas de cabeça no meio dos tênis e cabides. Depois a gente se ajeitou para reaparecer em público e voltou para a parte mais tranqüila da festa, fechando com cuidado a porta do armário. Pela aparência — e pelo cheiro —, dava a impressão de que tinha havido uma orgia ali dentro. “Pobre armário”, eu disse. “As coisas vão ficar sem graça para ele quando você vender a casa.”

“Eu não devia ter derrubado o copo”, ela disse, irritada, mas só pensando em si mesma e não no armário. No andar de baixo, ela me abandonou sem nem agradecer e foi direto para o Mike.

Vaguei um pouco por ali, fiquei escutando três sujeitos com menos de trinta anos discutirem as implicações do seguro de automóveis na profissão legal, ouvi de passagem umas garotas conversando sobre uma exposição de cães, tomei outra vodca com tônica e acabei num canto, sozinho com Betty, a Liz que não era Liz, com seu polido sorriso de dona da festa dizendo: “Esta festa deve estar chata para você”.

“Dá para perceber?”

O sorriso ficou um pouquinho mais límpido. “Não”, respondeu, “está se portando muito bem.”

“Você também”, eu disse a ela. Apesar do vestido branco, apesar do sorriso de dona da festa e dos gestos domesticados, aquele rosto e aquele corpo eram tão iguais ao rosto e ao corpo que eu tinha acabado de apertar no armário lá de cima que não deu para evitar uma sensação de familiaridade, uma facilidade de discurso. Além disso, era impossível acreditar que aquela ali fosse tão diferente da irmã quanto parecia; sem dúvida sua garganta era capaz de produzir os mesmos gemidos baixos de Liz.

Ela levantou uma sobrancelha. Jamais consegui fazer isso e sempre tive inveja de quem consegue. “Acha que não estou me divertindo?”

“Já teve momentos melhores”, eu disse a ela, e toquei sua mão, que segurava um copo cheio do que suspeitei ser xerez. “E vai ter outros”, insisti. Notei então que Liz nos observava de longe e achei melhor tirar a mão de cima da de Betty e colocar no bolso.

Mas o gesto já fizera efeito. O sorriso dela ficou imediatamente mais franco, mais solto. Ela disse: “Gosta de bons momentos, senhor Dodge?”.

“Momentos... aconchegantes”, respondi. Mas era como uma charada, sem sentido. Liz era contida demais para interromper nosso papo, mas ficou circulando pela sala, e sua presença era mais forte que uma corrente elétrica. Não dá para trocar de irmã no meio do lance. Já tentei e sei como é; você acaba perdendo as duas. O sangue é mais grosso até que óleo, parece.

A irmã recatada estava falando alguma coisa sobre chalés de esqui e lareiras acesas, porque eu tinha usado a palavra *aconchegante*, quem sabe. "Sou uma pessoa do inverno", disse. "Adoro gelo e neve e ficar dentro de casa toda enrolada e quente." Abraçou o próprio corpo e deu um gole no xerez. "Você também gosta?"

"Depende do que uso para me enrolar", respondi.

Ela fingiu me achar perigoso e aproveitou para tocar meu pulso com as pontas dos dedos. "Ah, você é perfeito para Liz", disse. "Ela adora gente que responde rápido."

"E você?"

"Ah, sou só espectadora." Seu sorrisinho pretendia ser fatal, talvez, mas foi só elegante.

"Se gostar de alguma coisa", sugeri, "é só pedir."

"Ah, acho que vou ficar só assistindo", disse com um sorrisinho deprimentemente sedutor. E continuou: "Sabe que seus olhos brilham com esta luz?".

Uso lentes de contato. "É porque sou romântico", respondi. "Os seus também."

"Ah, uso lentes de contato. Liz não usa, não. Os olhos dela são melhores que os meus." Lançou-me um olhar pudico. "Não somos exatamente iguais, afinal."

"Dois mistérios diferentes", eu disse, numa voz baixa e melodramática.

"Exatamente. Não é assim com você e seu irmão?"

O irmão outra vez. "É, acho que somos diferentes em algumas coisas", respondi.

"Acha que ele ia gostar de me conhecer?"

Uma idéia engraçada apareceu na minha cabeça — sem importância, brincalhona, ainda nada séria. "Acho que você ia se dar bem com Bart", respondi.

"Bart é o nome dele?"

"Uhm-hum."

"Por que não traz ele aqui um dia?"

Sorri. "Talvez", respondi. "Talvez traga." Aí mais um raio dos olhos de Liz me atingiu na testa e baixei a cabeça para olhar meu copo. "Acho que estou precisando renovar a dose."

Nos separamos com mútuas expressões de estima e Liz me interceptou no bar. "O de sempre, Mike."

"Ha ha ha", disse Mike.

Liz me deu uma olhada verde, de lado. "Foi divertido com minha irmã?"

"Ela disse que preferia estar num chalé de esqui", respondi. "Na frente do fogo da lareira."

"Ou dentro dele", murmurou, e Mike nos entregou os copos.

"Vamos voltar para o armário."

Ela me encarou dura. "Vá se foder", e saiu de perto de mim.

Fiquei por ali mais um pouco, mas ela continuava zangada, e Deus sabe que não havia nenhuma outra razão para eu estar ali, então acabei indo embora. Me despedi separadamente das irmãs. "Apareça quando estiver por perto", Liz disse, com os olhos muito mais frios que o país das maravilhas invernais da irmã. Betty disse que teve muito prazer em me conhecer e perguntou mais uma vez pelo meu querido irmão Bart. Fui embora.

Naquele protegido território de ricos e bem-nascidos, eles até deixavam as bicicletas de fora durante a noite, sem correntes, a salvo dos gorilas adolescentes que infernizam as comunidades proletárias. Roubei a primeira bicicleta que encontrei, pedalei até o fim de Point O'Woods, depois andei com dificuldade pela areia solta dando a volta na cerca e tornei a pedalar alegremente pelo Central Walk, passando pelo Ocean Bay Park, por Seaview e por Ocean Beach. Tive de largar a bicicleta e andar pela praia até Lonelyville, mas em Dunewood encontrei outra bicicleta sem dono — o que não é nada comum — e deslizei na direção de Fair Harbor e da fera Candy, que tinha acabado de ter uma briga com Ralph e não queria falar com ninguém. Ralph e eu fomos ao

Hommel's e bebemos até Ralph pedir que eu voltasse sozinho para casa para ver se acalmava Candy. "Ela não quer falar comigo", disse, "mas talvez fale com você." Então voltei e acalmei Candy.

4

O dia seguinte era quarta-feira e eu ia voltar para a cidade. Ralph resolveu ir comigo, então pegamos o *ferryboat* juntos, os dois de sapatos e com maletas de executivo. Ralph comprou um *Times* no Pioneer Market, para ler no barco, enquanto passei o tempo tentando inventar uma frase para um cartão novo. Não tinha conseguido nem uma idéia nova para a linha de "Sare logo" e já era quase hora de começar a pensar no Natal. Enquanto o barco atravessava a Great South Bay, fiquei rabiscando numa folha de papel apoiada na maleta. "Sare logo... sare logo... sare logo..."

A viagem de Fire Island até Manhattan emprega quase todos os meios de transporte conhecidos pelo homem. Primeiro o *ferry* até Bay Shore, na costa sul de Long Island; depois táxi da doca até a estação; depois trem até a cidade. "Sare logo", escrevi. "Sare logo." Não conseguia sair disso.

Aí, de repente, a idéia para um cartão de Feliz Natal pipocou na minha cabeça e dei risada alto. "Ralph", disse.

Ele levantou a cabeça dos anúncios de casamento; Ralph lê *tudo* o que sai no *Times*. "Hmmm?"

"Na frente", eu disse, "um desenho de um padre bem bonito. Barry Fitzgerald. Sorrindo de frente para a gente, com a legenda 'Feliz Natal'. E dentro escrito assim: 'Judeu filho da puta'."

"Mmmmmm", ele fez. "Será que não vai ofender algumas pessoas?"

"Você acha mesmo?"

"Nem todo mundo é tão sofisticado quanto você", disse.

"Ah, sei", respondi. Nem sei por que experimento essas coisas com Ralph; ele tem o senso de humor de um iaque.

Na Penn Station, nos separamos. Ralph tomou um táxi até a cidade, para a firma de advocacia onde trabalha; eu fui a pé para o miolo do bairro das roupas. Meu escritório fica no quinto andar de um edifício tão infestado de fabricantes de roupas de terceira classe que dá para pensar que o lugar é alguma clínica para tratamento de falidos. O elevador social parou de funcionar durante a administração Harding, e tive de dividir o elevador de carga com uma arara de vaporosos vestidos floridos, acompanhada por dois porto-riquenhos que não chegavam a um metro e meio de altura. *Hispânicos*, é como eles gostavam de ser chamados, mas quase todo mundo usava a abreviatura: *spic*.

Gloria estava na mesa dela, batendo à máquina. "Olha que bronzeado", disse.

"É da pimenta dos *bloody marys*." Puxei o vestido de debaixo da camisa e disse: "Trouxe uma coisinha para você".

"Comprou para mim?" Ela segurou a roupa com os braços esticados, estudando a peça, desconfiada. "Será que vou presa se usar para vir trabalhar?"

"Melhor guardar para os fins de semana. O que você está batendo aí?"

"Uma carta para minha mãe."

"Ah, bom. Pensei que podia ter alguma coisa a ver com os negócios."

"Que negócios?"

"Sem duplo sentido", avisei e voltei para minha sala, que não tinha mudado muito na minha ausência.

Minha empresa se chama Those Wonderful Folks, Inc. e fabrico cartões de festas. Invento as frases, pesquiso ilustrações, sou enganado pelo gráfico e roubado pelos distribuidores. Meus produtos, conhecidos como Folksy Cards, são distribuídos só na área da Grande Nova York e rendem apenas o suficiente para eu não precisar pedir vale-refeição ao governo.

Meus cartões favoritos estão emoldurados nas paredes do escritório. É inspirador olhar para eles e ver as primeiras emanações do meu gênio. "Beije-me outra vez... Eu dou a outra face." "Temos de parar de nos amar desse jeito... Vire de bruços." "Amar é... nunca ter de dizer 'Quanto é?'."

De fato, eles me inspiraram. Assim que me sentei, peguei lápis e papel e escrevi. "Sare logo... meu médico disse que você também pegou." Dois num dia só, nossa!, as férias me fizeram bem.

Assobiando alegremente, peguei a pilha de papéis em que Gloria tinha anotado os telefonemas dos últimos dias, e que bela lista de reclamações e desmancha-prazeres se abriu diante dos meus olhos. Até o locador, pelo amor de Deus. Jack Mulligan, minha irmã, Ed Frazee, Linda Ann Margolies...

Linda Ann Margolies? Toquei para Gloria. "Quem é Linda Ann Margolies?"

"Uma voz sexy no telefone. Jovem e desejável."

"Ligue pra ela."

"Uhm-hum."

"Você é muito cínica, Gloria." Desliguei e acabei de jogar fora o resto dos recados telefônicos. Três telefonemas só da minha ex-mulher. Se esses palhaços dessem trabalho demais, Gloria ia acabar pedindo demissão. E tinha ainda Dave Danforth, Abbie Lancaster, Charlie Hillerman...

Hummmm, Charlie Hillerman. Ilustrador com estilo bem malandro, seria perfeito para a idéia nova do "Sare logo". Infelizmente, ainda devia a ele dois ou três cachês de trabalhos anteriores e com toda certeza era por isso que tinha ligado. Será que ele faria só mais um antes de receber? Não custava perguntar.

Bzzzz. Gloria disse: "Linda Ann Margolies".

"Bom. Ligue para Charlie Hillerman."

"Você ficou doido."

"Ligue para ele." Peguei a linha externa e disse: "Miss Margolies?".

"É. Sou eu." A descrição de Gloria acertou na mosca: sexy, jovem e desejável. "É Arthur Dodge quem está falando?"

"Depende", respondi. "O que deseja?"

"Acabei de me formar na Universidade de Columbia, mr. Dodge", disse ela. "Minha tese de mestrado é sobre humor e gostaria de entrevistar o senhor sobre os Folksy Cards e sua teoria do humor e, ah, uma porção de coisas."

"Bom, não espere demais de um primeiro encontro", eu disse. (Ela tinha uma risada grave, gostosa.) "Quando você quer me ver?" Não é que me animasse tanto a idéia de uma tese de mestrado sobre a teoria do humor — minha teoria, que dava para transmitir rapidamente pelo telefone, é assim: se vende, é porque é engraçado. Mas aquela voz era intrigante. E como observou John Ray, já em 1650, "uma donzela que ri já está meio conquistada".

"O mais breve possível", ela respondeu. "Posso passar hoje?"

"Hoje não", respondi. "Humm, que tal quarta que vem?"

"A que horas?"

"À uma." Tarde o bastante para eu ter certeza de já estar de volta da praia e cedo o bastante para não ter de sair correndo.

"Ótimo", ela disse. "Até lá."

"Continue risonha", disse e desliguei. Gloria tocou para mim. "Ahn."

"Hillerman."

"Ah." Apertei o botão. "Oi, Charlie."

"Então está de volta, hein?" A voz estava perigosa, e lembrei-me de que era um sujeito grande para um ilustrador. É de Oregon e não ignora o que é ser lenhador. "Pois trate de esperar", disse, "estou indo para aí."

"Não precisa, Charlie", respondi. "Posso passar a idéia pelo telefone."

Ele se atrapalhou. "Que idéia?"

"A idéia que quero te contar. É para um cartão de 'Sare logo', e quero..."

"Você quer que eu faça *outro*?" Ele de repente desafinou. "Seu filho da puta, está me evitando com esse papo de não estar na cidade, e de repente..."

"Charlie, Charlie", eu disse, "para que falar desse jeito? Eu *não* estava na cidade mesmo. Pode perguntar para a Gloria."

"Estive aí ontem", ele disse. "E passei no seu apartamento, falei com aquele maluco que está morando lá."

"Tem meu endereço, Charlie? Que bom; agora a gente vai poder se ver depois do expediente também."

"Você está na cidade *agora*, desgraçado, e..."

"Charlie, por que está tão zangado?"

"*Você me deve trezentos e cinqüenta dólares, seu filho da puta!*"

"Tudo isso?" Com a mão livre abri o talão de cheques, que nunca deixo chegar no vermelho.

"Vou te arrancar esse dinheiro do rabo, Art, se você não me der de outro jeito."

"Charlie, você sabe como o negócio de cartões cai no verão. Não fale como se eu não fosse seu amigo, você já descontou cheques meus antes."

"Alguns", ele disse. "Outros só serviam para remendar pneu de bicicleta."

"Essa é boa, Charlie, muito boa. Escute, estou com o talão de cheque aqui na mão e..."

"O banco bloqueou o meu", ele disse.

"Charlie, você está na sua melhor forma atualmente. Tem de rabiscar esse cartão para mim."

"Eu lhe conto o que vou rabiscar. Não confie nunca num filho da puta."

"É uma boa regra, Charlie. Escute aqui, vamos falar sério um pouco, não posso te pagar tudo agora, mas posso mandar um cheque de... cinqüenta paus."

"Cem", disse ele. "E não precisa mandar. Vou aí pegar."

"Sessenta é o máximo que eu posso", eu disse. "Estou com o locador na minha cola."

"Oitenta."

"Charlie, não dá para tirar leite de pedra."

"Dá para tirar leite de *você*, Art. Oitenta."

"Ah, está bom. Setenta e cinco. Não sei o que vou dizer para o locador."

"Você acha um jeito. Daqui a uma hora estou aí."

"Sem violência, Charlie, certo? Brincadeira é brincadeira, OK?

"Se o cheque for bom, eu também sou", disse, ameaçador.

"Escute", disse eu, "no caminho, vá pensando nesta: 'Sare logo... meu médico disse que você também pegou'."

"Pegou o quê?"

"Não se preocupe com isso, Charlie. O que a gente quer é uma garota, uma bela mistura de enfermeira com puta, OK?"

"Você tem cérebro de galinha, Art, sabia disso?"

"Confio em você, Charlie", disse e desliguei. Saí da sala para dizer a Gloria: "Como será que Charlie conseguiu o endereço da minha casa?".

"Talvez com sua irmã."

"Bela teoria", respondi, "só que os dois não se conhecem."

"Charlie estava aqui ontem, na hora que ela telefonou", disse Gloria. "Como ele é paranóico, achou que era você, arrancou o fone da minha mão e os dois tiveram uma longa conversa."

"Ótimo. Ligue para ela."

Voltei para minha sala e fiz o cheque de Charlie. Setenta? Não, melhor não arriscar; ele parecia bravo de verdade. Se ao menos essa gente toda mantivesse a calma até o Dia de Ação de Graças... Mas eles nunca esperam.

Bzzzz. "Sua irmã."

"Certo." Apertei o botão. "Doris?"

"Nossa, você respondeu a ligação! A que devo a honra?"

"Sempre penso em mim como filho único", respondi.

"Aí que está o problema, Art. Você só pensa em você o tempo inteiro. Pense nos outros um pouquinho e..."

"Estou ligando", eu disse, "porque soube que ontem você bateu um bom papo com Charlie Hillerman."

"Quem? Ah, aquele desenhista do seu escritório?"

"Esse mesmo. Doris, eu só queria lhe dizer que, se você der o endereço da minha casa para mais alguém, vou pessoalmente até Red Bank e corto suas cordas vocais."

"Ah, não gostou, é?"

"É sério, Doris. Nova York está cheia de maluco; todo cuidado é pouco."

"Se você agisse direito com as pessoas, não precisava ter medo delas."

"Que belo pensamento. Enquanto isso, fique de boca calada quanto ao meu endereço."

"Fico, se você responder meus telefonemas."

"Eis-me aqui. Aposto que é outra vez por causa do Duane e da pensão da criança."

"Não posso nem falar com ele, Art", ela disse. "Só de falar comigo no telefone ele berra e esbraveja tanto que fico morta de medo."

Reação perfeitamente natural, pelo que sei. "Se você agisse direito com as pessoas, Doris", eu disse, "não precisava ter medo delas."

"Ah, como ele é esperto. Só quero que você telefone para ele e diga que desta vez vou mandar a polícia atrás dele e boto ele na cadeia para todo o sempre. Mesmo, mesmo, mesmo."

"Uhm-hum. Ligo hoje à noite."

"Não esqueça."

"Claro que não. Estou anotando aqui."

"E desculpe ter dado seu endereço."

"Bom. Vamos ver no que dá. Tenho de desligar agora, o outro telefone está tocando."

Desliguei e sacudi a cabeça. A idéia de telefonar para Duane Cludder e mandá-lo pagar a pensão atrasada do filho da minha irmã era completamente absurda. Tirei isso da cabeça, olhei a correspondência acumulada que Gloria havia empilhado na minha mesa e mergulhei num outro mar de mesquinharias e ameaças baratas. Além de um relatório do meu distribuidor, cheio de números saídos de alguma ilha da fantasia dos contadores, acompanhado de um cheque ofensivamente minúsculo. Toquei para Gloria. "Ligue para All-Boro."

"E dois Excedrin?"

"Claro."

O resto da correspondência deslizou direto da mesa para o cesto de lixo, menos a conta do Master Charge, que foi para a gaveta central da mesa. Quando a guardei, vi os óculos que eu usava até três anos atrás, antes de comprar as lentes de contato. Me imaginei colocando os óculos e dizendo para Charlie Hillerman: "Você não bateria num homem de óculos, bateria?".

Bzzzz. "All-Boro."

"Certo." Apertei o botão. "Alô?"

"All-Boro Distribuidora. Quem fala, por favor?" Era a recepcionista de sempre; reconheci a voz rotunda.

"Aqui é da Those Wonderful Folks", eu disse. "Bote aquele judeuzinho de merda na linha."

"Um momento, por favor."

Enquanto esperava, Gloria entrou com os Excedrin e um copo de papel cheio de água. Engoli os dois, ela saiu e Gossmann atendeu o telefone. "Alô, Art? Algum problema, rapaz?"

"Nenhum", respondi. "Acabei de ver umas devoluções meio pesadas nesse relatório que você me mandou."

"Este ano está difícil, Art. Parece que o pessoal não quer mais saber de obscenidades."

"Pelo que diz o relatório", falei, "praticamente toda a minha produção deste ano foi devolvida pelos varejistas."

"A gente manda de volta para eles no outono", ele disse. "Talvez mudem de gosto outra vez."

"Espero que sim. Enquanto isso, não sei, pode chamar de nostalgia se quiser, mas acho que vou fazer uma visitinha ao meu material."

"O quê?"

"Estou pensando em passar no seu armazém hoje à tarde para dar uma olhada nos meus cartões, todos lá, quietinhos."

"Ah, não faça isso, não", ele disse.

"Uma visita sentimental", disse eu.

"Aquilo está uma bagunça, Art. Estamos fazendo balanço."

"Em agosto?"

"Claro. Nesta época as coisas ficam meio paradas."

"Bom, balanço é só contar, não é? Vou lá e ajudo a contar. Conto todos os meus cartões."

"Art, isso só vai servir para te deixar deprimido. Além disso, acho que vamos mandar alguns de volta já hoje à tarde. Já devem estar carregando os caminhões."

"Rápido no gatilho, hein, Joe", disse eu.

"Claro, tudo para melhor servir você."

"Fico contente. Tem uma outra coisa em que você pode ser rápido no gatilho também."

"O que quiser, Art."

"Um relatório revisado", eu disse, "e outro cheque, na minha mesa quarta-feira que vem. Senão vou ter de ir à promotoria de Queens." Nós dois sabíamos que, como o produto principal da All-Boro eram revistas pornográficas e livros de sacanagem, a promotoria de Queens iria adorar uma desculpa para uma investigação na companhia.

"Bom, o que é isso, Art", ele disse. "Não vamos brigar agora."

"Não? Quarta-feira que vem, seu babaca."

Desliguei e olhei a minha mesa. O tempo corria depressa. Não só Charlie estava para chegar, visita que eu bem que queria esquecer, mas também, se não conseguisse sair da cidade e pegar um *ferry* antes de Ralph, Candy era capaz de ter uma recaída.

O cartão de Natal. Precisava de um cristão para fazer esse; que tal Cal Knox? Para ele eu não devia nada, no momento. Telefonei, ele adorou a idéia e fim da história. Alguma coisa para levar para a ilha? Abri as gavetas e mais uma vez dei de cara com os óculos antigos. E me ocorreu um outro uso para eles, além de me proteger de Charlie Hillerman. Ri com a bobagem da idéia e botei os óculos dentro da maleta.

5

Na biblioteca de jornais da rua 43 oeste encontrei o seguinte:

ALBERT E ELIZABETH KERNER
MORREM EM GROTESCO ACIDENTE

Albert J. Kerner, importante empresário e financista, presidente da junta diretiva das Madeireiras Laurentian, terceiro maior fornecedor de madeira e produtos de madeira do mundo, e sua mulher Elizabeth Margaret Kerner, cujo nome de solteira era Elizabeth Margaret Grahame, faleceram ontem num grotesco acidente de automóvel no centro da cidade. O sr. Kerner tinha 57 anos e sua esposa 53. O casal morava nesta cidade.

O sr. Kerner, muito conhecido em Wall Street e nos círculos da sociedade, herdou de sua família grande parte das ações da companhia, mas em anos recentes vinha se empenhando na expansão que levou à compra de diversas outras empresas, inclusive uma estação de televisão em Indiana.

O casal deixa as filhas Elizabeth e Elisabeth.

Hmmmmmmmmmm.

6

"Você deve ser Betty", eu disse, sabendo que não era.

"Nada disso", Liz respondeu. "Mas você deve ser Bart. Entre."

Tropecei no degrau. Droga de óculos, como é que alguém consegue enxergar com eles? Toda a minha percepção estava ligeiramente fora de prumo; as coisas que olhava estavam sempre um pouco perto demais ou um pouco longe demais, e sempre meio distorcidas. Era como viver dentro de uma pintura de Dalí.

"Olhe onde pisa", Liz disse.

Levou-me para a sala. Sem a festa, o lugar parecia mais aconchegante, com poltronas confortáveis em volta da lareira de pedra. Os retratos na parede eram, sem dúvida, mamãe e papai; ele parecia o tipo de sujeito que faz contribuições ilegais para campanhas eleitorais e ela parecia uma Grahame.

Nunca estive nesta casa antes, lembrei para mim mesmo e disse: "Linda casa vocês têm".

"Desculpe", ela disse, "já temos comprador."

"Ah, claro. Art me contou que vocês vão vender."

Ela me olhou, sarcástica; eu não estava sendo nada divertido. "Vou dizer a Betty que você chegou", e saiu antes que eu pudesse agradecer.

O que estava acontecendo comigo? Andei pela sala, pensando atrás dos óculos. Em geral sou bom de conversa, mas tinha acabado de fazer, sozinho, uma boa imitação da festa inteira daquela noite. Basta botar os óculos que de repente viro um Frazier Júnior? Por quê?

Acho que em parte era pelo desconforto dos próprios óculos. Se a gente está o tempo todo com medo de virar uma cambalhota ao se inclinar um pouco demais, realmente não dá para pensar muito nas palavras. E havia também uma certa tensão pelo fato de encarar uma garota que pouco antes eu tinha comido no armário do andar de cima e fazer com que acreditasse que a gente não se conhecia.

Bom, talvez fosse melhor assim. Eu não tinha planejado nenhuma mudança de personalidade quando resolvi experimentar ser Bart, mas por que não? Só podia reforçar as mudanças físicas que estava planejando.

Havia um espelho oval com moldura ornamentada pendurado na parede, perto do arco da sala de estar, e nele fiquei estudando a nova cara que tinha inventado para mim. Os óculos me faziam parecer mais sério, talvez um pouquinho mais velho, e tinha penteado o cabelo para trás, revelando o começo de calvície que sempre camuflei. Estou com trinta anos agora e desde o ano passado o cabelo começou a fugir da minha testa como a maré foge da praia. Para nunca mais voltar, infelizmente.

"Bom. Olá."

Me virei e Betty tinha entrado, com o mesmo vestido branco e o mesmo sorriso de dona da casa da outra noite. "*Você* tem de ser Betty", disse.

"Ora, você não parece nada com seu irmão", ela disse, e por trás do sorriso artificial parecia haver uma ponta de decepção.

"Você parece muito com sua irmã", falei. Garanto que nunca fui tão engraçado na vida.

"Ah, ela é mais bonita que eu", Betty disse, com um pouco mais de modéstia artificial e recato artificial no sorriso artificial.

"Nem um pouco", disse. "Você é muito bonita." Confesso que não estava sendo muito brilhante, mas tente você elogiar uma gêmea.

Conversamos animadamente um pouco mais e Betty falou: "Então, vamos?".

"Damas primeiro", eu disse, me inclinando um pouco. Credo!

Liz não tornou a aparecer, o que foi melhor. Betty e eu passeamos pelas alamedas escuras debaixo das luminárias antigas — imitação de lampiões de gás, pseudo-Londres legítimo — e não ficamos de mãos dadas. O que fazer? Falar demais agora não só não iria combinar com o personagem que eu tinha inventado para mim como também seria inadequado para aquela beleza estudantil andando do meu lado. Eu estava ali para encantar a moça, não para amedrontar.

Na verdade, para que é que eu estava ali? Até certo ponto, para ficar um pouco longe de Candy e Ralph. E porque a caracterização era um desafio engraçado, que me atraía. E porque, de repente, percebi que sempre quis trepar com gêmeas. E porque elas eram órfãs ricas.

Não vamos levar a mal esta última afirmação. Nunca estive tão perto do dinheiro a ponto de desprezá-lo, portanto não ia chutar uma garota para fora da minha cama só porque era rica. Dinheiro e gente que tinha dinheiro sempre exerceram um certo fascínio sobre mim. Minha única tentativa de casamento, com uma filha da puta chamada Lydia que conheci na faculdade, foi em parte baseada na impressão errônea de que a família dela estava bem de vida. Um editor, pensei na época, é um editor; mas não quando as coisas que ele publica, como descobri depois, são quatro jornais semanais em áreas rurais da Nova Inglaterra.

E ali estava eu tentando me divertir me esfregando num corpo rico. O que quer dizer que estávamos agora na cena da sedução. Claro. Eu era o galã de uma comédia de Doris Day. A simplicidade encarnada. Desligue a cabeça, relaxe e deixe rolar. "É lindo aqui", eu disse.

7

"E a senhorita vai querer strogonoff", eu disse.

O garçom, um rapaz magro vestido como o personagem principal de alguma comédia musical, guardou o caderninho e afastou-se. "Nunca estive aqui antes", disse Betty, olhando em volta, com bem-educada satisfação.

Eu também não. "Sempre gostei daqui", disse, "tem um certo ar... íntimo."

Ela olhou o imenso deck pontilhado de mesas, metade delas ocupadas. "É verdade", disse.

Até então eu tinha feito tudo absolutamente certo, só que quase sempre pelas razões erradas. O barco, por exemplo. Sabendo que não ia poder passar o resto do verão roubando bicicletas cada vez que visitava as irmãs Kerner, tinha feito um arranjo, durante a tarde, com um adolescente de Fair Harbor dono de um barco a motor. Por quinze dólares ele me levou pela baía até Point O'Woods, esperou que eu fosse pegar a garota, nos trouxe aqui para o Caneca de Prata, em Robbins Rest, e ia voltar para nos buscar às onze. Nessa hora eu daria o sinal combinado antes para ele saber se devia ou não me esperar quando voltássemos a Point O'Woods.

Bom, preparei tudo isso só porque a alternativa — supondo-se que não haveria uma bicicleta para roubar — seria uma caminhada de mais de três quilômetros para ir e para voltar. Essa opção não me atraía de jeito nenhum, e com os óculos desajeitados que me confundiam a cada passo teria sido impossível. Por isso, o barco. Mas, agora que eu estava metido nessa comédia de sedução, o barco tinha virado a quintessência do gesto romântico.

A mesma coisa com o restaurante. Era sexta-feira e os três primeiros lugares que escolhi, em Ocean Beach, já não tinham mais reservas quando telefonei. Como o Caneca de Prata ficava um pouco fora do circuito convencional — servia gente do mar e só se podia chegar pela água —, consegui reservar uma mesa. Romance, de novo; tinha encontrado aquele restaurante meio escondido, com menos da metade da lotação numa sexta à noite, em agosto, onde era possível sentar no deck aberto, construído em cima da baía, e olhar as luzes distantes de Long Island sob o céu cheio de estrelas.

Betty deu um gole no xerez e, enquanto eu bebia devagar meu rum com tônica, disse: "Pelo que soube, você e seu irmão trabalham juntos".

"Isso mesmo", respondi. E, motivado pelo olhar interrogativo dela, acrescentei: "Somos editores".

"Ah, editores!", disse ela, contente, cometendo o mesmo erro que eu cometera com Lydia. "De quê? Livros?" Mais cautelosa que eu, como podem ver.

"Ah, nada tão grandioso", disse eu no meu tom mais modesto. "Temos uma pequena linha de cartões. Como a Hallmark, sabe?"

"É mesmo? Fascinante." E ao que parece era mesmo, porque ela começou a fazer centenas de perguntas sobre a empresa. Minhas respostas descreviam mais a Hallmark que a Those Wonderful Folks, mas a essência era a mesma.

Enquanto isso, nada acontecia no departamento comida. "Com licença", eu disse por fim a Betty, agarrando o garçom que piruetava por perto. Ele me garantiu que a entrada já estava chegando, mas pelo jeito dele não dava para acreditar, então pedi mais um xerez para Betty e mais um rum com tônica para mim. "Voando, certo?"

"Claro, senhor." E saiu saltitando.

"Você é muito firme", Betty me disse. A decepção por eu não ser meu irmão parecia ter diminuído. Na verdade, ela estava dizendo: "Aposto que você é que tem a boa cabeça para negócios na família, não é?".

"Ah, cada um faz sua parte", respondi.

Mas ela insistia no assunto e acabei admitindo aos poucos que Art era mais aquele membro intuitivo e esperto da família, enquanto eu era o prático que tocava a empresa e garantia a estabilidade. "Liz e eu somos assim", Betty disse. "Ela é tão esperta e inteligente, às vezes, e eu sou mais simples e prática."

"Simples não", eu disse a ela. Estendi a mão sobre a mesa e apertei a dela. "Tudo, menos simples."

Ela apertou de volta. "Você *é* gentil", ela disse.

E voltou ao assunto da editora de cartões, querendo saber agora se fazíamos todos os "versos" ou se contratávamos *free lancers*. Supondo que o senhor Hallmark não deve escrever todos os textos, eu disse: "Encomendamos a maioria dos versos a profissionais".

Alguma coisa alvoroçada e tímida dominou-a de repente: "Você não vai acreditar, mas eu também escrevo versos".

Meu coração quase parou. "É mesmo?"

"Não para publicar, só para ocasiões familiares. Acho que não tenho nível para ser uma profissional de verdade."

Eu também não achava que tivesse. Mas não tinha escolha; era meu dever lisonjear a moça, toda corada e relutante, pedindo que me recitasse a merda que com certeza fazia. Ela afinal concordou.

"Vou dizer o que escrevi para o aniversário de cinqüenta anos de minha mãe", falou. "Mamãe, quando penso em todas/ As coisas que fez por mim,/ Sei que não existe outra/ Na terra ou no mar sem fim./ Você é um doce, você é ótima,/ É toda elegância, enfim..."

"Ah, perfeito!", eu disse. "Olha nossa bebida chegando."

8

"Bom dia, coração."

Devo estar acordado; ninguém seria capaz de sonhar, com uma dor de cabeça tão forte. Cautelosamente — o que não adiantou nada — abri um olho, e uma agulha de luz solar perfurou-o direto até o cérebro. "Mãe de Deus!" Gemi e tornei a baixar a pálpebra sobre a órbita ferida.

O aroma de café ameaçava fazer uma revolução no meu estômago e uma voz que reconheci disse, sem necessidade: "Trouxe café para você".

Dessa vez entreabri os olhos, o que era mais seguro, e percebi vagamente uma forma feminina. Liz, possivelmente Betty. Qual das duas? Pensando bem, qual dos dois era eu?

"Quer os óculos?"

Ah, ha, uma pista. Óculos = Bart. Bart sendo chamado de "coração" = Betty.

Coração? Betty? Em que cama estava eu? "Óculos", murmurei sentindo uma súbita urgência e esticando a mão no ar até que os óculos fossem postos nela. Consegui enfiar a armação no rosto sem furar os olhos e pisquei para um quarto que conhecia de algum lugar. Deus do céu, ali estava o armário, com a porta elegantemente fechada. Eu estava de novo no andar de cima da casa das Kerner e ao que parecia tinha passado a noite toda ali.

Ah, é mesmo? Consegui me sentar, as costas apoiadas na cabeceira entalhada da cama, e olhei em volta, sem foco. O quarto tinha duas camas, numa das quais eu jazia. Na beirada da outra, Betty estava sentada, toda contente e sem sinal de ressaca, arrumada e linda nos shorts brancos e miniblusa azul-claro.

Ela sorriu para mim. "Ressaca?"

"Acho que é terminal."

"Trouxe aspirina."

"Me dê."

Ela ficou olhando, com uma expressão carinhosa, indulgente e materna, três dos maneirismos que menos gosto numa mulher, enquanto eu batalhava com as aspirinas e goles de café.

Estava difícil pensar e engolir a aspirina ao mesmo tempo, mas fiz um esforço. Noite passada: passeio romântico, barco, Caneca de Prata. Betty tinha me informado que não bebia nada mais forte que vinho, então eu tinha providenciado para que a mesa fosse inundada da bebida. Xerez primeiro, Moselle com os aperitivos, Médoc com a entrada e um coquetel de *crème de menthe*, conhaque e gelo na sobremesa (o veto ao que não fosse vinho já tinha caído na sobremesa). Eu conseguia me lembrar até o coquetel, mas daí em diante minha memória falhava. Houve uma cena cheia de risadas e eu caindo do barco ao descer. Era algo a respeito de roubar ou não duas bicicletas. Depois disso, um véu encobria tudo.

Acabei desistindo do esforço e coloquei a xícara de café na mesinha-de-cabeceira entre as camas, dizendo: "Deus, que dor de cabeça".

"Acho que não está acostumado a tomar vinho."

"Deve ser isso."

"Sabe, você fica muito mais parecido com seu irmão sem os óculos e assim com o cabelo despenteado."

Passei uma mão culpada pela cabeça, mas não dava para fazer nada, então deixei o cabelo cair de novo de lado.

"Alguma vez já pensou em experimentar lentes de contato?"

"Ah, não sei", respondi. "Para mim está bom assim." Os óculos me machucavam o nariz.

"Você é muito bonito, sabe", disse, e quando olhei para ela

achei que percebia algo possessivo, talvez triunfante no porte da cabeça e no brilho do olhar.

Será que tínhamos...? Tem coisas que a gente não esquece, não tem? Não tem? Eu estava nu debaixo do lençol e do cobertor fino. Fala, memória! Mas a memória continuava calada. E uma certa pergunta jamais se pode fazer a uma mulher. Elas não aceitam bem a idéia de serem esquecíveis. "Acho", eu disse, "acho que você deve procurar abrigo. Minha cabeça está para explodir."

"Faço uma massagem nas suas têmporas", ela ofereceu. "Quando Liz está de ressaca faço para ela, e parece que funciona."

"Qualquer coisa", disse.

Então ela veio e sentou-se na cama, tirou meus óculos e começou a massagear minhas têmporas com os dedos frescos. Não adiantou nada em termos médicos, mas fez com que ela ficasse ao alcance do braço e passei a mão em volta da sua cintura. O sorriso que me deu era quase tão lascivo quanto o da irmã e ela disse: "De novo? Melhor você descansar".

Ah, ha, mais uma pista. De novo, é? Acariciei um seio, puxei-a para mais perto e murmurei: "É a única terapia conhecida. Verdade médica".

"Bart", ela disse, e nos beijamos. Apesar da cabeça latejando, gostei.

Mas quando tentei fazer com que se deitasse na cama comigo ela me empurrou, ficou séria na hora. "Não na cama de papai!"

"Seu pai...", olhei para a outra cama. "Nem naquela ali também, claro."

"Você entende, não entende?" Ela deu tapinhas no meu peito, pedindo perdão.

"Claro, mas..." Como colocar a coisa sem revelar que nosso encontro anterior não tinha ficado registrado? "Ontem à noite", sugeri, "a gente...?"

Ela me olhou com um choque bem-humorado que encobria o choque verdadeiro. "Você não se lembra!"

"Claro que me lembro." Endireitei-me na cama, perplexo por ela duvidar de mim. "Me lembro de *você*. Mas você viu o estado em que eu estava, e o escuro e...", deixei a frase morrer com um gesto de mão. "Só não me lembro de *onde*", disse.

"Seu bobo", ela falou. "Na varanda."

"Ah."

"E na sala."

"Ah, ha."

"E no banheiro."

"Ah?"

Ela riu e deu mais um tapinha no meu peito. "Você estava insaciável", disse.

Devo ter estado. "Ainda estou", falei, brincando com o peito *dela*, enquanto olhava em volta procurando uma solução para nosso problema. Meus olhos bateram no armário; não, já seria ir longe demais.

"Ah, Bart", ela disse, e se inclinou para morder meus mamilos.

"Hum", eu disse, e apontei para o chão. "Está vendo aquele tapete?"

"Boa idéia", ela disse e saltou para fora dos shorts.

Mesmo gêmeas têm certas diferenças. Betty era um pouquinho mais magra do que Liz e um tanto menos imaginativa. Era também bem mais difícil de gozar; na verdade, nem sei se consegui. Mas ela pareceu bem satisfeita e depois, eu lá deitado no tapete como um peixe no fundo de um bote, me deu um beijo molhado na orelha e disse: "Vou fazer um bom café da manhã".

"Obrigado", sussurrei. Ela sussurrou porque era romântico, eu porque não tinha forças para falar.

Ela ia se afastando, mas voltou e sussurrou de novo. "Olha, se Liz entrar, lembre-se de que vamos manter segredo."

Segredo. Sobre a trepada? Não consegui responder nada além de uma piscada meio vaga.

Ela estava quase se ofendendo de novo. "Olhe lá", agora sem sussurros, "jure que não se esqueceu do nosso noivado."

"Ah, o noivado! Claro que não esqueci. Só não sabia do que você estava falando."

Ela me examinou um momento, mas resolveu deixar barato, e deve ter recebido por isso muitos pontos no céu. Saiu do quarto e, lentamente, consegui sentar-me no chão. Falei em voz alta: "Estou noivo", e ri.

Só um pouco mais tarde me lembrei do terceiro produtor mundial de madeira e derivados, além de diversas outras empresas, inclusive uma estação de televisão em Indiana.

9

Domingo de manhã peguei o *ferry* de Point O'Woods para Bay Shore, entrei numa cabine telefônica e liguei para a casa das Kerner. Sabia que era Betty no telefone porque Liz não tinha aparecido o fim de semana inteiro, mas disse: "Alô, é Liz?".

"Não, é Betty."

"Oi. Aqui é Art Dodge. Será que meu irmão está aí?"

"Ah, ele acaba de sair. Ia tomar o *ferry*."

"Droga", eu disse. "Bom, falo com ele hoje à noite, na cidade. Liz está?"

"Não, não está", ela disse, hesitante. Claro que não ia contar para Art as histórias cabeludas que tinha contado a Bart, de como Liz costumava sumir por dois ou três dias. "Quer que ela ligue depois?"

"Claro", respondi e deixei o número de Candy e Ralph. Aí atravessei a avenida Maple e tomei o *ferry* de volta para Fair Harbor, que não tinha a mesma classe do de Point O'Woods.

No dia anterior, quando a ressaca melhorou um pouco e eu e Betty acabamos cometendo sacrilégio na cama do pai dela, eu tinha telefonado para os amigos de Fair Harbor avisando para não se preocuparem, que eu estava mais ou menos são e salvo. Felizmente foi Ralph quem atendeu e ele entendeu tudo na hora. "Vai fundo, Art", disse, e visualizei o gesto que fazia ao dizer isso.

Agora era saber o que Candy achava do meu sumiço.

Ela não estava em casa, graças a Deus, mas os meninos estavam, espalhando manteiga de amendoim e geléia no balcão da cozinha. Tirei os benditos óculos, enfiei as lentes de contato, vesti uma sunga, peguei uma toalha e fui para a praia. Depois de uma noite, um dia e outra noite farreando com Betty numa casa sem Liz, precisava de um descanso reparador.

Mas não ia conseguir. Não fazia nem vinte minutos que estava deitado quando alguém chutou areia na minha cara. Entreabri os olhos e vi, primeiro, só um fundilho azul-escuro no alto de pernas bronzeadas. Aí Liz se sentou na areia ao meu lado e disse: "Alô, gostoso".

"Alô, você."

"Seu irmão apareceu em casa", ela disse.

"Atrás de você?"

"Ah", ela disse. "Nunca vi um casal combinar tanto quanto o seu Bart e a minha Betty."

Será que eu estava assim tão mal? Sorrindo aliviado, tornei a deitar a cabeça na toalha e disse: "Então, tudo bem".

"Até que enfim você apareceu", disse outra voz, e quando levantei a cabeça o novo fundilho estava vestido de amarelo. Mergulhou na minha direção e lá estava Candy, sentada a minha esquerda, mostrando os dentes a Liz por cima do meu peito. "E essa deve ser uma das suas novas amigas", ela disse.

"Liz Kerner", disse eu, "esta é Candy Minck, dona da casa onde estou hospedado."

E então, como uma das duas ia seguramente dizer alguma coisa que estragaria para sempre a história dos gêmeos sem que eu nada pudesse fazer a respeito, deitei a cabeça na toalha, fechei os olhos e cruzei as mãos no peito.

LIZ: Reconheci sua voz, do telefone. É uma voz muito pessoal.

CANDY: Você não parece nada com o que eu tinha imaginado.

LIZ: É mesmo? Pois você é exatamente como eu tinha pensado.

CANDY: Ah, é? Como?

LIZ: Ah, não sei. Graciosa e meio matronal.

CANDY: Quanta gentileza! Mas Art nos falou tão pouco de você. Você tem uma casa *sua* aqui ou só vem passar o dia?

LIZ: Tenho uma casinha em Point O'Wood. Não tão... à vontade quanto a sua, claro.

CANDY: É verdade. Você já esteve em casa, não é?

Abrindo os olhos, levantei cautelosamente a cabeça. Havia garras fincadas na areia de cada lado do meu peito. Eu disse: "Onde será que está Ralph?".

Candy, olhos ainda fixos em Liz, apontou um dedo impaciente para o mar. "Se afogando." E disse para Liz: "Esteja à vontade para aparecer em casa a hora que quiser".

"Muita gentileza sua", Liz respondeu. "É tão relaxante ficar num lugar em que ninguém se preocupa com arrumação e essas coisas todas."

"Olha", eu disse com um grande sorriso simpático, "por que a gente não vai beber alguma coisa?"

"Achei que você não ia convidar nunca", disse Liz.

Candy já estava de pé, limpando a areia da bunda, que por acaso caía em cima da minha cabeça. "Vamos todos para *minha casa*", disse.

Então saímos da praia e caminhamos pela calçada de tábuas na direção da casa de Candy. Houve um abençoado silêncio durante dois ou três minutos e aí Candy disse a Liz: "O pessoal em Point O'Woods te dá muitos dias livres?".

"Não muitos", Liz respondeu. "Desde que herdei a propriedade de papai, é só negócios, negócios, negócios, o tempo todo."

"Ah, você é órfã, coitadinha?"

Eu disse: "Liz tem uma irmã gêmea. As duas ficaram sozinhas no mundo".

"Tem outra na sua casa igual a você?" A idéia pareceu deixar Candy ligeiramente desanimada.

"Nunca se sabe quando a gente vai encontrar gêmeos, ha, ha", disse eu, e apontei, perguntando: "Não é um dos seus meninos, lá em cima do telhado?".

"O quê?" Candy olhou, protegendo os olhos do sol com a mão na testa. "Não estou vendo ninguém."

"Acho que foi impressão minha", eu disse. "Achei que tinha visto alguém lá em cima."

Caminhamos para a casa. Se pelo menos Liz tivesse de ir ao banheiro, eu podia levar Candy para um canto, explicar o esquema todo dos gêmeos, garantir que minhas intenções com as Kerner eram estritamente mercenárias e que as más intenções continuavam centralizadas na sua adorável pessoa, e insistir que a idéia era só conseguir um investimento das Kerner na Those Wonderful Folks e implorar a conivência dela com o plano. A idéia deveria ser atraente: Candy tinha uma simpatia natural por tudo o que era clandestino.

Infelizmente, quando entramos em casa, Candy é que foi direto para o banheiro enquanto Liz ficava ali no balcão da cozinha tocando com um dedo hesitante a camada de manteiga de amendoim e geléia, esperando o "de sempre". Gritei para Candy: "O que você vai querer?".

"Eu mesma faço quando voltar."

Vodca-gelo. Rum-com-tônica. "Saúde", eu disse e bebemos.

"Você gosta mesmo da sarjeta, não é?", sugeriu Liz.

"O quê? Candy? É a mulher do meu melhor amigo."

"Eu sabia." Andou pela casa, olhando os móveis. "É difícil de acreditar que ainda haja gente vivendo deste jeito."

"Nós somos o sal da terra", disse a ela.

Liz me deu uma olhada cética. "Você é mais a noz-moscada", disse. "Mas...", deu mais uma olhada em volta, "é fácil entender por que você ficou atraído por Betty. O simples cheiro de sabonete deve te deixar louco."

Resolvi que era melhor ignorar a indireta sobre Betty; ela não podia ainda estar zangada por causa da festa. "Da última vez que você esteve aqui", eu disse, "parece que ficou bem, ahn, satisfeita com as acomodações."

"Experimento de tudo pelo menos uma vez", respondeu ela. "Gosto de novas experiências."

Lembrei que desde sexta-feira à noite ela não voltava para casa. "Tenho certeza de que gosta", disse.

"Pena que envelheçam tão cedo", ela disse.

"Entendo o que você sente."

Ficamos sorrindo um para o outro, eu perto do balcão da cozinha, ela no meio da sala, até Candy marchar entre nós dois, na direção da porta, carregando o que parecia ser minha mala. Ficamos assistindo, enquanto ela chutava a porta, tomava impulso e atirava a mala para fora da casa. Tudo muito discretamente, claro: a mala passou por cima do parapeito e aterrissou no meio da moita de urtiga.

Candy voltou para mim um sorriso que podia rachar granito. "Espero", disse entredentes, num sorriso, "que seja a glória para você lá em Pine O'Woods." Chegou perto de mim e disse: "E *este* é o meu drinque, muito obrigada". E arrancou da minha mão o rum com tônica.

Liz começou a rir de repente. "Ah, Art, que cara mais linda!"

"Bom", eu disse.

Candy deu um gole no meu copo. "Saia daqui, Art", ela disse. "Saia daqui *agora.*" Pela cara dela, o próximo passo seria pegar uma faca.

Fui indo para a porta, irritado por perceber de relance que Liz estava rindo. "Acredito que a expulsão vale para Bart também", eu disse. E antes que ela pudesse responder, acrescentei depressa: "Ralph está sabendo disso? Ele concorda com isso? Afinal, ele é que...".

"Ralph não tem nada a ver com isso! Não admito que você diga nem o *nome* dele!"

"Ele vai ficar preocupado por eu não estar mais aqui."

"Acha que não vou contar para ele? Você acha?"

Pensei que ela era capaz de alguma idiotice, no estado em que estava, então em vez de responder saí, peguei a vassoura que estava encostada na parede ao lado de porta, e fui pescar minha mala.

Enquanto isso, Candy tinha se virado para Liz. Incrível a quantidade de nomes feios que ela conhecia para as partes íntimas femininas. E, embora as pedrinhas que Liz estava jogando no rio de grosserias de Candy fossem mais discretas, não me arrisco a dizer que fossem mais delicadas.

Agarrei a mala, joguei para cima do deck e voltei cuidadosamente para dentro. Candy estava tremendo tanto no seu biquíni amarelo que mais parecia uma aprendiz de dança do ventre, e Liz também estava com a cara meio vermelha. No momento, porém, nenhuma das duas estava falando. "Minha pasta", sussurrei para ambas, como se tivesse alguém dormindo por perto e não quisesse acordá-lo, e subi a escada na ponta dos pés. Lá em cima, peguei umas coisas que tinham sobrado — inclusive os óculos de Bart — e desci com a pasta.

Candy ainda estava ofegante, mas tinha agora a carinha de raposa meio franzida de curiosidade. "Quem?", perguntou.

Epa. "Só posso lhe dizer, Candy", falei, "que fiz o possível para aliviar sua solidão e ser um amigo de verdade quando você precisou."

"Seu filho da puta", ela disse. "Eu te corto o saco!" E circundou o balcão na direção da cozinha.

"Vamos, Liz", eu disse, digno. "Sei quando não sou mais bem-vindo."

Atravessei a sala, abri a porta e uma garrafa de mistura para *bloody mary* passou voando perto da minha cabeça, indo mergulhar no jardim. Liz e eu saímos, fechei a porta de tela e falei através dela: "Vou contar a Bart o que você fez. Tenho certeza de que ele vai ficar tão magoado quanto eu com sua ingratidão pela nossa gentileza, pela nossa tentativa de trazer algum consolo à triste vida de uma dona-de-casa enclausurada...".

Um ovo se espatifou na tela da porta e respingou no meu peito.

"Humpf", eu fiz. Peguei a mala e fui embora com Liz.

Não tínhamos chegado ainda ao fim do quarteirão quando ouvimos atrás de nós: "Quem? *Quem*?". Felizmente, Liz estava rindo alto demais para escutar.

10

Enquanto caminhava ao lado de Liz até o Hommel's, tive tempo de repensar as coisas. E agora?, eu me perguntava. Tinha feito meu número e conseguido o que queria, comer as irmãs. Precipitei o rompimento com Candy, que acho que já estava querendo antes, de forma que estava tudo acabado agora. Repetir a comédia dos gêmeos seria loucura; não ia conseguir me safar pela segunda vez. E, apesar de Liz ser divertida à sua maneira, não era nada repousante; talvez devesse ter ficado mesmo com Candy.

Portanto, o que eu devia fazer agora era pegar o próximo *ferry*-táxi-trem de volta para a cidade, mudar-me para o escritório (ah, aquele saco de dormir guardado no armário) e começar a procurar alguém que me hospedasse até o final de agosto. E também outra companhia feminina, apesar de, no momento, isso ser secundário.

Mas eu não tinha conseguido desistir da coisa. Tinha dado o telefonema de Art-Bart para Betty no minuto que desci do *ferry*, me arriscado a uma séria mutilação física ao falar o nome de Bart na minha cena de despedida com Candy, e agora estava indo para o Hommel's com Liz, pensando num jeito de ser convidado para passar o resto do verão na casa das Kerner. Por quê?

Bom, em parte por causa das Madeireiras Laurentian, acho. E talvez um pouquinho também por causa daquela estação de televisão em Indiana. Eu estava, afinal de contas, noivo de uma herdeira, ou pelo menos Bart estava.

E também pela mera bobagem e risco da coisa. Jamais fui capaz de desistir quando estava ganhando, nunca parei antes de ser apanhado, e não era agora que ia aprender. Então fui com Liz até o Hommel's, fiquei olhando o *ferry* partir e esperando ser convidado.

Durante algum tempo, parecia que não ia acontecer. Liz passou os dois primeiros drinques falando sobre Candy, disse algumas coisas que não achei justas, depois gastou o terceiro fazendo observações sobre a diferença de classe dos cidadãos a nossa volta. Deve ser difícil ser uma esnobe promíscua, mas Liz conseguia muito bem.

Afinal, na metade da quarta vodca-gelo, ela olhou para mim e disse: "Então, o que é que você vai fazer agora?".

"Torrar na cidade, acho. Vai ser chato contar para Bart."

"Bart que se foda."

"É meu irmão."

"Mas não meu", disse, perversa, eu achei.

"Meu apartamento..." Suspirei, mas fui forte: "Bom, já acampei no escritório outras vezes".

"Qual o problema com seu apartamento?"

Quase deixei escapar para ela que tinha sublocado, mas lembrei que, pelo que havia inventado, devia passar metade da semana no maldito lugar. "Bart", eu disse. "É um lugar pequeno no Village, não tem lugar para nós dois."

"Ele está na *sua* casa?"

Não fazia sentido, não é? "Bom", eu disse. A criatividade fluía em mim, alimentada pela necessidade. "Bart ainda está sem casa. Até o Dia do Trabalho."

"Por quê?"

"Ele passou os últimos anos morando na praia", expliquei. (Claro! Se algum amigo demonstrasse surpresa ao ouvir falar de Bart na presença de Liz, isso explicava tudo: um irmão há muito perdido.) "Voltou no começo do verão", eu disse, "e entrou no negócio comigo."

"Ah. Quer ficar lá em casa?"

"Vou ter de dormir no armário?"

Ela deu seu sorriso mais ácido. "Gostei de você", disse. "Pelo menos é um pouco mais gozado que o resto. Como lá na casa da sua amiguinha."

"Sempre dou uma chance aos coadjuvantes."

"Uhm-hum." Ela tragou a bebida e pediu outra com um gesto. "Dá para encontrar aquele moleque com o barco?"

"Posso tentar." Mas será que eu devia defender Bart? Não. Bart que se foda, como Liz sugeriu corretamente. Ele que se virasse com Betty. "Já volto", eu disse, e fui para a cabine telefônica.

11

Escrevi: "Natal só se goza uma vez por ano... Você, muitas".

Estava no *ferry*, quarta-feira de manhã, três dias depois de ter me instalado em Point O'Woods. Já era da família agora, e tinha certeza de que Bart também ia se dar bem.

Betty tinha aceitado minha presença com seu inevitável sorriso artificial, mas claro que a putinha hipócrita tinha de fingir que Liz e eu não estávamos trepando, então é claro que *nós* tínhamos de fingir que não estávamos trepando e o resultado era ter de andar nas pontas dos pés para lá e para cá. Pelo menos, a gente não tinha de se trancar no armário.

Eu era agora o incontestável ocupante do quarto de mamãe e papai. Primeiro joguei minha maleta em cima da cama de papai, para ver se Betty dizia alguma coisa. E não é que ela me mudou para a outra cama? "Fica mais perto do armário." Sem querer, fez uma piada, mas Liz e eu *não* nos olhamos. Era também um sinal de que Betty era mesmo a sentimental que fingia ser: estava guardando aquela cama para Bart.

E estava mesmo. Ela insistiu em telefonar para Bart logo no domingo à noite, para convidá-lo a ficar na casa em sua meia semana de folga. Desesperado, dei a ela o número de Candy e Ralph na cidade, rezando para não terem sublocado a casa sem que eu soubesse. Aparentemente, deu certo. Depois da terceira tentativa, eu disse: "Por que não liga amanhã de manhã? Ele vai estar no escritório".

"É o que vou fazer", concordou, e fomos, os três, jantar no Flynn's. Pedi licença para ir ao banheiro, achei um telefone e chamei Gloria na casa dela. "Atenda, droga", murmurei enquanto discava o número. Ela tinha de estar em casa.

O marido é que atendeu e quando me identifiquei ele disse: "Ah, sei". Tampou o fone com a mão, não totalmente — de propósito, claro —, e ouvi quando gritou: "É aquele filho da puta!".

"Alô?"

"Vai ter de descobrir *qual* filho da puta."

"Fale logo, Art, estou vendo televisão."

Ah, a vida de casado. "Amanhã", eu disse, "uma mulher vai ligar para falar com meu irmão gêmeo, Bart."

"Ah, meu Deus do céu!"

"Olhe aqui, Gloria. Tudo o que você tem de fazer é pegar o número de telefone dela e dizer que Bart está fora, numa reunião com nosso distribuidor local e..."

"Distribuidor *local*!"

"E que ele telefona de volta assim que chegar", continuei com firmeza.

"Quantos crimes vou estar cometendo?"

"Nenhum. Uma mentirinha piedosa em favor do amor, só isso."

"Besteira."

"Gloria, lembra como você detestava trabalhar na Met Life? As campainhas tocando o tempo todo, vinte e dois minutos de almoço?"

Ela suspirou. "Bart, é? Muito original."

"É a sigla de *Bay Area Rapid Transit*", expliquei, e voltei para o jantar com as moças.

E foi assim que, na segunda-feira de manhã, Betty telefonou para Bart, e uma hora depois Bart chamou de volta da cabine telefônica perto do quartel dos bombeiros. Falou-se de Candy e do desagradável incidente do dia anterior. Betty queria saber se Bart achava que Art tinha cometido adultério com Candy e Bart admitiu que tinha a mesma dúvida. Betty fez o convite e Bart aceitou alegremente. “Vamos poder ficar juntos três dias por semana”, ele disse.

“E três noites”, declarou a srta. Fogo na Roupa.

As noites que faltavam até lá, porém, eram de Liz, que não era nenhuma boba. Movimento e mais movimento, quando chegou quarta de manhã eu estava contente de tomar o barco para passar um dia de folga no escritório.

Liz foi me levar até o píer. “Adoro homens que passam metade da semana fora”, ela disse.

Tenho certeza, pensei. E disse: “Bom descanso”, dando-lhe um tapinha no rosto. Escrevi o novo cartão de Natal no *ferry*. É assim que nós, artistas, adaptamos os fatos de nossas vida à arte.

12

O cavalheiro que me esperava na ante-sala do escritório não tinha boas intenções; soube disso assim que pus os olhos nele. Gloria, com uma cara de agora-você-se-ferrou, fez um gesto grandioso indicando o sujeito e disse: "Este é o senhor Volpinex, que está esperando o senhor, senhor Dodge. Queria falar ou com o senhor ou com seu irmão Bart".

Epa. O senhor Volpinex devia ter minha idade ao morrer, milhares de anos atrás, e ter recebido no fundo das pirâmides esse arremedo de vida que tinha agora. Os químicos da Antiguidade tinham tingido sua pele com um bronzeado pouco salutar e pintado seus dentes com aquele esmalte branco barato usado em apartamentos de aluguel. O terno preto era, com toda a certeza, algum subproduto de petróleo, e o sorriso também.

"Acredito", disse ele, estendendo a mão, "que estou falando com o senhor *Arthur* Dodge."

"Isso mesmo." A mão dele era mais seca que uma pedra.

"Sou Ernest Volpinex", disse, e então se entregou. Ninguém que tenha *mesmo* trinta anos enfia a mão no bolso do colete nessa altura e tira um cartão. Portanto, meu primeiro palpite estava certo: ele era um morto-vivo.

Peguei o cartão, mas fiquei olhando o dono dele. "Em que posso servi-lo?"

"Sou", disse ele, com o sorriso de um mastim, "procurador do patrimônio Kerner."

Senti as orelhas de Gloria se empinando como as de um collie com a frase *patrimônio Kerner.* Kerner era o nome da moça que ligara dois dias antes, Bart era a pessoa que ela havia procurado e a palavra *patrimônio* se encaixava bem no vocabulário de Gloria. "Por que não entramos na minha sala?", sugeri.

"Muito obrigado."

E entramos no escritório. Indiquei a cadeira, mas Volpinex ficou de pé um momento, lendo os cartões emoldurados na parede, enquanto eu sentava à minha mesa e lia os recados. Lixo, lixo, lixo...

Estava examinando a correspondência e descobri, para minha agradável surpresa, um relatório corrigido e um cheque suplementar da All-Boro, quando Volpinex deu uma risadinha falsa, olhou para mim e comentou: "Muito interessante".

"Servem para alegrar os momentos difíceis", eu disse. "Sente-se."

"Obrigado."

Não me importei com a maneira como se acomodou, como se tivesse acabado de executar uma hipoteca. Perguntou: "Posso fumar?".

Pode se fritar. "Claro."

Ele tirou uma cigarreira de prata e uma piteira preta. A cigarreira tinha também um isqueiro embutido de um dos lados. Se não tivesse falado as duas palavras mágicas *Bart* e *Kerner*, eu teria achado que era algum palhaço exagerado; no caso, eu só olhava com respeito, se não com certa admiração.

Satisfeito com o cigarro, ele disse: "Somos vizinhos, sabe?".

O quê?! "Somos?"

"Você passou algum tempo em Fair Harbor e eu aluguei um cantinho em Dunewood."

"Ah." Ah, ha! De repente compreendi que *aquele* devia ser o dono da festa onde conheci Liz. E não seria também o sujeito com quem tinha passado o último fim de semana enquanto eu "barteava" Betty? Por isso Liz tinha aparecido de repente naquele pedaço da praia.

E pensar que ela havia acabado com minha relação com Candy!

"Estava hospedado com o senhor e senhora Ralph Minck, não estava?", perguntou meu saturnino amigo.

"Isso mesmo", respondi.

"E também seu irmão, conhecido como Bart. Seria um apelido para Bartholomew, pois não?"

"Não. Na verdade o nome dele é Robert. Fomos batizados em homenagem a dois pilotos famosos da Primeira Guerra Mundial, Arthur Powerton e Robert Godunkey. Mas, como somos gêmeos e tudo, acho que o nome acabou evoluindo até chegar em Bart."

"Ah", disse ele. "Talvez por isso não tenha conseguido descobrir muita coisa sobre ele."

Permiti-me parecer ligeiramente ofendido. "Descobrir?"

"Tenho paixão pela justiça", ele disse, incomodado, sorrindo para mim. "E acho que não é possível ser justo sem aplicação. Não concorda?"

"O senhor estava investigando meu irmão?"

"E o senhor também", declarou. "E sua...", o gesto com que indicou o escritório era generoso, "...empresa. Investiguei também seus amigos de Fair Harbor."

"Meus amigos?" O que é que ele queria, afinal?

"Ralph Minck", ele disse. "Advogado, funcionário de uma empresa grande no centro. Especialista em flutuações do mercado de ações e representações à SEC."

E recentemente promovido a um cargo que lhe permitia trazer trabalho para fazer em casa. Eu disse: "Não estou entendendo bem o que está fazendo, senhor...".

"Volpinex. Acredito que lhe dei meu cartão."

"É, deu, sim. Agora, o que é que o *senhor* quer de *mim*?"

"Simplesmente", disse ele, "a palavra de que nem seu irmão nem o senhor são caça-dotes."

Inclinei-me sobre a mesa, os braços apoiados sobre a correspondência espalhada. "Senhor Volpinex", disse, "acho que devia ir dormir mais cedo. Todos aqueles filmes da década de 30 que passam às três, quatro da manhã devem ter afetado sua mente, e isso não é nada bom para o senhor."

"Obrigado por se preocupar comigo", ele disse, "mas minha única preocupação é com..."

"E mais uma coisa", eu disse, levantando o braço com um dedo em riste. Uma conta de telefone grudou na minha pele suada e subiu junto, entre o pulso e o cotovelo. Bufei, sacudi o braço e ela caiu. "Mais uma coisa. E se *eu* também assistisse os mesmos filmes, noite após noite? Também teria passado pela mesma lavagem cerebral, e minha *única* reação, culpado ou inocente, só poderia ser aplicar-lhe um soco na boca. Felizmente, meus hábitos noturnos são mais saudáveis."

"Felizmente", ele comentou, seco. "Porque sou graduado em caratê."

Olhei para ele, profundamente deprimido. "É mesmo?"

"E em kung-fu também. Mas, voltando ao assunto, minha única preocupação é com as senhoritas Eliz/sabeth Kerner. Elas são..."

"Desculpe, podia repetir?"

"Como?"

"Essa coisa do nome."

"Senhoritas Eliz/sabeth Kerner?"

"Isso mesmo. Obrigado." Fiz um gesto gentil. "Continue."

"Claro. Obrigado. As moças em questão ficaram órfãs recentemente, como o senhor deve saber. O estado emocional delas ainda é instável. Fossem sozinhas e desamparadas, sabe-se lá quem poderia se aproveitar. Felizmente, porém, não estão sozinhas, nem desprotegidas."

"Elas têm a mim", eu disse. "E ao meu irmão, claro."

"Por favor, não me entenda mal, senhor Dodge", disse ele, "mas o senhor e seu irmão não se encontram no mesmo nível social e, digamos, econômico das irmãs Kerner."

"Pensei que vivíamos numa sociedade sem classes."

"Pensou mesmo?" Ele me olhou, tentando entender, depois encolheu os ombros e sacudiu a cabeça. "À parte isso", disse, com um outro gesto para o escritório, "temos ainda a questão econômica."

"Claro. E eu sou, como o senhor pode ver, um legítimo homem de negócios, com uma empresa muito próspera."

"Próspera? Sua empresa talvez possa sustentar um irmão razoavelmente bem, mas dois irmãos morreriam de fome com ela."

Eu não teria colocado em melhores termos. Não teria colocado em termo nenhum. Disse: "Meu irmão entrou para a firma recentemente. Estamos planejando uma grande expansão para o outono."

"Bravo, senhor Dodge. Com os dois vendendo seus produtos de porta em porta, tenho certeza de que vão se dar muito bem."

Havia algo no estilo do sujeito. Ali estava ele, uma barata num terno completo de três peças, dizendo para mim que *eu* era de baixa classe. E não só isso, era um magrela de trinta anos e falava com mais pompa que um gordo e grisalho banqueiro WASP de cinqüenta. Será que achava que era *mesmo* um Grahame ou um Frazier?

Aí entendi tudo. Uma idéia brilhou na minha cabeça e apontei para o seboso filho da puta. "Você é que está a fim delas."

"Desculpe?"

"De uma delas, quero dizer." Aproveitei a mão que estava apontada e estalei os dedos, para ajudar o pensamento. "Qual? Liz?"

A cara de limão espremido se apertou ainda mais. "Já suspeitava, mesmo antes de conhecer o senhor", ele disse, "que devia ser do tipo que não entende a ética profissional e automaticamente pensa o pior do próximo. Sua insinuação está abaixo de..."

"A gente se reconhece, cara", disse a ele. "Por baixo das aparências, somos irmãos, e você sabe disso. Eu não sou..."

A porta se abriu e Gloria entrou, com dois Excedrin e um copo de água. Mulher inestimável. Enquanto eu tomava o remédio, ela disse: "Charlie Hillerman está aí fora".

"Diga que fui para o Alasca para tirar fotos para os cartões de Natal. Renas fodendo, qualquer coisa." Aí meu olhar pousou de novo sobre meu visitante indesejado e lembrei-me de um incidente acontecido com Charlie Hillerman muito antes: "Não, espere aí. Diga que falo com ele num minuto".

"Para ele ter um ataque do coração? Cometa você seus próprios assassinatos."

Ela saiu e voltei a Volpinex. Agora que entendia o sujeito, não estava mais preocupado com ele. "Você não veio aqui", disse, "para descobrir se sou caça-dotes. Ou se meu irmão é que é. Você veio para descobrir se estamos no páreo. E deixa eu lhe dizer uma coisa: nós estamos. Os dois."

A cara dele continuava com aquele ar empapuçado, mas levantou a bunda da minha cadeira. "Na sua infância", ele disse, me olhando por cima da mesa, "o senhor devia ter seguido a orientação de seus pais, quando diziam para não julgar os outros por si mesmo. Posso lhe garantir que vou fazer tudo o que estiver em meu considerável poder para proteger aquelas duas moças de você *e* do seu irmão."

Parecia saído direto de um romance vitoriano, mas será que ele não sabia que estava mentindo? Devia ter passado a infância inteira trancado pelos pais (quem pode censurá-los por isso?) em algum sótão empoeirado, onde devia passar o tempo lendo as páginas de Harriet Beecher Stowe e da sra. Humphry Ward.

Mas o melodrama é contagioso. Levantei-me, levado pela força da cena que estava representando, e, naquele momento, era sincero em cada ridícula palavra que dizia. "Falando em nome do meu irmão, posso lhe dizer que qualquer procurador ganancioso ou qualquer outro abutre que esteja cobiçando a herança dos Kerner deve tomar muito cuidado, porque Liz e Betty, nos momentos de dificuldade e infortúnio, já têm seus heróis, afinal! E bom dia para o senhor!"

13

Quando Charlie Hillerman entrou com seu corpanzil, depois que Volpinex deslizou para fora, eu já estava preenchendo, bem depressa, mas calmo, o cheque dele. "Certo, Art", Charlie anunciou, chegando até mim e debruçando na mesa para mostrar os bíceps, "já descobri que você está sempre na cidade às quartas-feiras e vim aqui lhe dizer que..."

"Está aí, Charlie."

Ele pegou o cheque e fuzilou um olhar. "Se você está pensando que me engana com mais um pagamento parcial..." Calou-se, paralisado, olhando o cheque.

"Nada disso, Charlie", eu disse. "Estou pagando tudo."

Sentou-se na cadeira poluída por Volpinex. "Meu Deus", disse. "Quem foi que você matou?"

"Ao contrário", respondi.

Ele franziu a testa para mim, desconfiado de novo. Bateu no cheque com a ponta dos dedos e disse: "É bom?".

"Claro que é. Charlie, lembra que me contou daquele cartão com a nota de dólar que fez para a F&A?"

"Claro. 'Se quer dormir aqui, George, vai precisar de dez destas.' O que é que tem?"

"Seu trabalho era tão bom que o pessoal do Tesouro apareceu e a F&A não pôde distribuir os cartões", relembrei.

Ele acenou com a cabeça, chateado com a lembrança. "E nunca me pagaram."

"Nisso é que dá trabalhar com gente que se veste mal, Charlie. Fique comigo e garanto que vai se dar bem."

"Hm", ele fez.

"O negócio é o seguinte", eu disse. "Tenho um cartão de aniversário que é perfeito para você."

Sua truculência natural abrandou com uma ponta de curiosidade. "O que é?"

"Ouvi dizer que quando você nasceu... três sábios deixaram a cidade."

"Nada mau", ele disse.

"Elogios assim é que me dão força, Charlie."

"Qual é a imagem?"

"O cartão é uma cópia de uma certidão de nascimento."

Ele franziu a testa, sem entender. Na verdade, não era nenhuma grande idéia. "É?", ele disse.

Da gaveta de baixo da mesa peguei uma cópia fotostática da minha certidão de nascimento que eu pedira quando tirei o passaporte; nunca se sabe quando pode ser preciso sair do país. Estendi o documento por cima da mesa e disse: "A gente usa a minha. Assim, ninguém pode processar".

"É?", ele estudou o papel, não muito animado. "Para que é que você precisa de mim?"

"Bom, não vamos usar a minha *exatamente*, não é? Você tem tinta cinza para o fundo, tinta branca para as letras, pode fazer umas mudanças. Para ficar uma coisa generalizada."

Com o dedo grosso, ele apontou o papel. "Fulano de tal aqui?"

"Não, fulano de tal é engraçadinho demais. A gente pode deixar o meu sobrenome, é bem comum, coisa que se encontra em qualquer lugar. Mas vamos mudar o primeiro nome, deixa eu ver, alguma coisa com seis letras, hmmmmmm..."

"Joseph?"

"Joseph Dodge." Pensei um pouco. "Joe Dodge. Não tem alguém famoso chamado Joe Dodge?"

"Tem?" Charlie pensando parecia um cachorro basset.

"Que tal...", eu disse, "que tal Robert? Acho que serve."

"OK."

"Olhe", eu disse. "Vamos mudar o horário de nascimento. Sabe como é, não quero entregar nada para esses tarados por astrologia."

Ele franziu a testa ainda mais. "Como é?"

"Vá e faça, Charlie", falei. "Pense na coisa como um capricho pessoal."

Ele deu de ombros. "Você é que sabe. Alguma data especial?"

"Ah, não. Deixe a data", disse, displicente. "Não faz sentido mudar tudo, também. Só mude a hora de nascimento, ahn, não sei, digamos doze minutos mais tarde. E o resto pode deixar como está."

"Então é só fazer duas mudanças, certo? De Arthur para Robert, e de cinco e dezessete para cinco e vinte e nove."

"Perfeito. Quando você acha que dá para ficar pronto?"

"Quando você acha que pode me pagar?"

"Na entrega."

Se franzisse a testa um pouco mais, a cabeça dele ia abrir feito um coco. "Você andou roubando algum banco?"

"Estou querendo mostrar que confio nos meus artistas. Quando você apronta?"

"Hoje de tarde. Quanto é que eu levo nisso?"

"Vinte e cinco."

"Não. Quarenta."

"Por uma hora de trabalho? Nem puta cobra isso tudo."

"Trinta", ele disse.

"Eu estou apertado, Charlie", falei. "Se tiver de pagar mais do que vinte e cinco, não vou poder pagar na hora. Se você está disposto a esperar..."

"Aceito os vinte e cinco", ele disse.

14

Bzzzzzz.

"Ahn?"

"Linda Ann Margolies acabou de chegar."

Por um segundo me deu um branco total. Linda o quê? Aí bati os olhos no relógio sobre a mesa, vi que era uma e cinco e me lembrei de tudo: a jóia de Columbia, a tese de mestrado sobre humor. "Certo", disse, enfiando o resto do meu sanduíche de pastrami com pão integral dentro da gaveta. Tomei o resto do café de um gole só, atirei o copinho no cesto, limpei a boca com o guardanapo, levantei-me e dei um sorriso de boas-vindas quando Gloria fez entrar Linda Ann Margolies.

Quando vi a moça, multipliquei o sorriso por dois.

Ah, sim, há momentos em que eu entendo o canibalismo. Imagens de comida me enchiam a cabeça enquanto olhava aquele bocado de luxo: folhado feito em casa, *crêpes suzette*, pêssego maduro. Se ela fosse um pouco mais baixa, seria demais, estufava, estaria mais para um *gourmand* que para um *gourmet*, mas tinha a altura certa para atenuar um pouco o efeito e ficar perfeita. Sexo sem perda de status, que delícia. "Entre, senhorita Margolies", eu disse, ignorando o sorriso malicioso de Gloria por trás dela.

Gloria saiu, indiquei para a moça a cadeira Volpinex-Hillerman e ela disse: "Muito obrigada por achar tempo para mim, senhor Dodge. Sei que é um homem muito ocupado".

"O sol vem nascendo, já estou correndo", eu disse, sentando de novo na minha cadeira.

Ela deu um rápido sorriso surpreso. "Ah, claro! É daquele anúncio de ameixas."

Eu estava perplexo. "Como é que sabe uma coisa dessas?"

"Faz parte da minha tese", ela disse. Duas tímidas covinhas emolduraram o sorriso tímido. "Sei todas."

"Aposto que não."

"Adoraria ouvir alguma nova", ela disse.

Pensei um pouco e disse: "Barbasol, creme de barbear. Mulher com vestido de noite segurando uma embalagem gigante do produto".

Ela já estava sorrindo e acenando com a cabeça. "Seu tubo é pequeno? Experimente o meu."

"*Wall Street Journal*", desafiei.

"As ações da Bolsa me mantêm de pé. As suas, prefiro deitado."

"Loja de roupas femininas, ahn, Peck and Peck."

"Certo tipo de mulher...", disse aquela calma maravilha, "usa o motorista seis vezes por dia."

"Certo", falei. "Então aqui estamos para eu entrevistar *você* sobre humor, certo?"

Ela riu: discreta, polida, afável. "Fiz minha lição de casa."

"Estou vendo. Tem certeza de que veio ao lugar certo?"

"Não se subestime", ela disse. "A Folksy Cards é a melhor do ramo."

"O lema nesta espelunca", eu disse, "é 'Não se joga merda em quem já está nela'. Sei bem qual é meu campo. Sexo e violência ligado a ocasiões festivas."

Lápis e bloco apareceram de dentro da bolsa imensa. "A entrevista começou."

"O humor é como uma fonte", eu disse.

"A vida é assim. O senhor nasceu em Nova York?"

Olhei para ela. "O que é que isso tem a ver com humor?"

"Existe uma teoria que diz que o humorista é um 'estranho no ninho'", explicou. "Podemos entender isso de duas formas. Se o senhor nasceu e foi criado na cidade de Nova York, pode se sentir isolado do resto do país: logo, o humor. Se veio de Kansas ou de algum outro lugar, pode se sentir isolado e sem referências aqui: logo, o humor. Só quero saber se coloco o senhor na coluna A ou na coluna B."

"Sou como o pato selvagem."

"Estrangeiro ou nacional?"

Ela não se abalava. Encolhi os ombros: "Cresci um pouco por toda parte. Já ouviu falar de 'filho do Exército'?".

"Pai de carreira?"

"Certo."

"Oficial ou alistamento?"

"Outra teoria?"

"Claro."

"Alistamento", respondi.

"Claro", ela disse, e escreveu alguma coisa.

Olhei duro para ela. "Como claro? Por quê?"

"Os que fazem parte da estrutura de poder", ela disse, "não precisam de humor. Pelo menos, é o que diz a teoria. Pais vivos ou mortos?"

"Pergunte sobre humor."

Ela me deu um olhar duro, depois amaciou. "Desculpe", disse, e parecia sincera. "É tão fácil se perder com as palavras e esquecer o sentido. Tudo bem, vamos falar de..."

"Meu pai morreu", eu disse. "Coronária, num barco a remo, em Vermont, pescando, dois anos depois da aposentadoria. Minha mãe não dá notícias desde 59, quando fugiu com o xilofonista dinamarquês da banda do clube de dança NCO, em Vogelweh, Alemanha, levando o Volkswagen 54 do meu pai, mas deixando para trás as chinelas prateadas."

A senhorita Margolies me estudou em silêncio durante um longo momento. "É verdade, isso tudo?"

"Você acaba de aprender mais uma coisa sobre o humor", contei a ela. "Provoca paranóia."

Ela era firme demais para se surpreender. Fez que sim com a cabeça, a boca sorrindo, mas uma ruga entre as sobrancelhas. "Tudo bem", disse. "Vamos falar sobre humor. O que é o humor, de fato?"

"Fazer as pessoas rirem."

"Por baixo disso", ela falou. "O que significa o humor?"

"Aceitação", eu disse. "O cômico faz os outros rirem para que não o matem."

Quando ela franzia a testa, ficava parecendo uma filha num comercial de televisão, aprendendo como usar desodorante. "Isso também já sei", ela disse. "Mas deve haver alguma coisa mais profunda, alguma coisa específica que faz com que a pessoa escolha o humor em vez de outra forma de defesa. O que será isso?"

Ela estava se repetindo e o tédio provoca irritação. Respirei fundo e disse: "Porque o cômico, ele é um assassino, é por isso. O cômico é o último dos homens civilizados a sentir o assassino dentro de si. Somos onívaros, menina, e isso quer dizer que comemos qualquer coisa que não se mexa, comemos qualquer coisa que não tenha luzes piscando. 'Humor em vez de outra forma de defesa', você disse. E está certa. Humor é surpresa. Faço você rir, isso quer dizer que te surpreendi, quer dizer que você vai manter distância, que não vai atacar. Os medidores de risada deviam medir em megamortes, porque isso é que é o humor; eu te mato em teoria para evitar que você me mate de verdade".

Ela acenava a cabeça enquanto o lápis deslizava no bloco de estenografia. Sorrindo para si mesma, disse: "É, funciona".

Olhei firme. "O que funciona?"

Ignorando a questão, ela me olhou e disse: "Está dizendo que o comediante é um assassino entre assassinos, e usa o humor tanto para esconder que é mortal por razões sociais, quanto para mostrar que é mortal como proteção. E é claro que nos seus cartões os dentes afiados aparecem bem claros no sorriso, não é?".

Perguntei: "O que é que funciona?".

Ela me deu um arremedo de sorriso afetado, uma esnobada de moça esperta. "Faça a mesma pergunta três vezes e na terceira vai ouvir a verdade", disse.

"Muito bonitinho", respondi. Mas não tinha concordado em dar essa entrevista para me aborrecer.

O risinho continuava. "O último dos homens civilizados a sentir o assassino vivo dentro de si", leu na merda de estenografia lá dela, que devia ser perfeita. "Isso descreve você?"

Dei a volta na minha mesa, e o sorriso dela mostrava que sabia que eu ia fazer isso. Fiz com que se deitasse no chão, e o sorriso dela mostrava que sabia disso também. Brinquei de menino-e-menina com ela, e duas vezes tive o prazer de ver que ela parecia surpresa.

15

Sábado de tarde, na praia, em Point O'Woods — não é exatamente a Riviera. Velhos sentados de calça, camisa e chapéu discutindo debêntures, enquanto suas mulheres fazem pose debaixo dos guarda-sóis. Poucas mulheres mais jovens chapinhando na água rasa aqui e ali, mas nenhum biquíni entre elas. A maioria usava maiôs inteiros, com saiotes, e algumas tinham até toucas de borracha brancas. Não existe mulher no mundo que não pareça ter as coxas grossas demais quando usa touca branca de borracha e maiô inteiro amarelo com um saiote na frente. Portanto, não havia muito o que ver a não ser a praia e o mar e o céu sem nuvens e as casas bonitas. Mas Bart não se importava; agora que estava vivo, estava se divertindo muito.

Vivo. Charlie Hillerman tinha aparecido na quarta-feira à tarde com a certidão retocada e que parecia tão boa a ponto de passar pelo documento real. A xerox saiu perfeita, absolutamente perfeita. Enquanto isso, tinha mandado dois dólares para o condado de Kings, pedindo uma cópia nova da minha certidão, de forma que agora Art e Bart eram ambos capazes de provar que existiam.

E se Bart realmente casasse com Betty? A possibilidade era estimulante. Art podia simplesmente desaparecer, por exemplo, deixando para trás seus débitos. Ou então eu podia aceitar um acordo para uma anulação discreta quando a verdade viesse à tona. Ou Bart é que podia desaparecer (morto por mim), deixando Art como herdeiro. Eu podia matar Bart com a arma de papai.

Que apareceu num momento estranho. De vez em quando, na turbulenta vida de qualquer homem, chega uma ocasião em que é preciso lubrificar os caminhos, e numa dessas ocasiões, na cama de papai, abri a gaveta do criado-mudo, na vaga esperança de encontrar um pote de lubrificante K-Y. Tateando com a mão esquerda, enquanto o resto do meu corpo estava ocupado com outras coisas, de repente me dei conta de que tinha uma arma na mão. "Eca!", eu disse, levantando a coisa para dar uma olhada. Era um revólver de cano curto, de metal preto acinzentado, surpreendentemente pesado. "Meu Deus", eu disse.

Betty, é claro, deu um grito; qualquer um daria se se visse na cama com um homem nu de arma na mão. Seu grito me assustou, abri a mão e a arma sumiu dentro da gaveta de novo. Fechei a gaveta e já ia gaguejar alguma coisa sobre o verdadeiro objetivo da minha busca quando Betty gritou: "Cuidado com isso! Está carregada!".

"Carregada! Meu Deus do céu, para quê?"

"Nós não sabemos como descarregar", ela disse, e olhou para mim, cheia de esperança. "Você sabe?"

"É a primeira vez que pego numa arma na minha vida", eu disse.

"Era de papai", ela disse.

Bela vida sexual de papai. E, por uns instantes, bela vida sexual a minha. Mas depois de uns minutos já tínhamos retomado o espírito da coisa, e nos demos muito bem mesmo sem a ajuda da indústria petroquímica. E não pensei mais na arma na gaveta. Claro que naquele momento não me ocorreu que ninguém jamais fosse usar aquilo.

No entanto. Sem contar esse mau momento com o arsenal, a vida de Bart nessa semana em Point O'Woods foi mais doce do que uma sobremesa armênia. Farra, farra, farra com Betty na e em volta da cama de papai, ceias debaixo das estrelas, e descansos na praia. O que podia ser melhor? Nem mesmo a insistência de Betty em vestir um maiô amarelo inteiro com saiote podia abater meu ânimo. Nada podia.

"Olhe a Liz", Betty disse.

"Hm?" Ela havia sumido a semana inteira. Levantei a cabeça da areia — pesada com os óculos e as lentes escuras de prender por cima —, olhei para o sudeste, e ali, da direção de Dunewood, vinha Liz. Num biquíni, meu Deus, branco alvo; de repente mal podia esperar para ser Art de novo.

Mas quem é que estava com ela? Entrecerrei os olhos e vi Volpinex, a criatura saída da tumba da múmia, deslizando pela areia como uma mancha de óleo. Seu modelo de praia era o mesmo que usava no escritório, menos o colete e a gravata, mais óculos escuros enormes que faziam que ficasse parecendo guarda-costas de algum milionário grego.

Betty e eu nos levantamos, e Liz, como que sorrindo de alguma piada secreta, fez as apresentações. *Não conheço esse homem.* "Prazer em conhecê-lo", eu disse.

Ele me deu uma mão seca e fria para apertar (que larguei logo em seguida), e disse: "Seu irmão deve ter falado de mim".

Minha cara iluminou-se de repente, de choque e surpresa. "Ah! O senhor é o sujeito que acha que eu sou caça-dotes."

O sorriso dele coagulou; não esperava uma resposta tão direta na frente das moças. Seu erro foi pensar que eu era um trouxa igual a Art. Mas assim mesmo ele reagiu, dizendo: "*Caça*-dotes, não". E, com um gesto de cabeça na direção de Betty, que piscava sem entender nada, completou: "*Encontra*-dotes, eu diria".

"Ernest!", Betty gritou, ofendida e surpresa, enquanto Liz dava sua risada marota e dizia: "Ernie, você tem tanto tato".

"E responsabilidade", ele disse, o sorriso envolvendo as palavras.

"Ernest", disse Betty, "você está acusando Bart de... de..."

"Acusando não", Volpinex afirmou. Levantou um dedo, como se quisesse frisar para um júri um ponto especial a ser considerado: "Apenas acho que existe essa possibilidade. Mas, dada minha função nos seus negócios, é uma possibilidade que tenho de levar muito a sério".

A nossa volta, o sol brilhava sobre aqueles valorosos protestantes. Eu disse: "Acho que tem razão senhor... ahn...".

"Volpinex", ele repetiu, como um fetichista com a boca cheia de couro preto.

"Bom, senhor Volpinex", disse eu, no meu tom mais direto, "não posso dizer que goste das suas insinuações. Concordo com sua responsabilidade, mas não com suas maneiras."

"Isso mesmo", disse Betty. Ela enganchou o braço no meu e olhamos, desafiadores, para o sujeito desagradável.

"Pode ter certeza", ele disse, com uma irônica curvatura para mim, "que não tive intenção de ofender nenhum cavalheiro aqui presente."

"Minha vida é um livro aberto", eu disse. "Passei os últimos sete anos na Califórnia e voltei na primavera passada porque meu irmão queria ajuda para ampliar a empresa. Podemos não ser ricos, mas somos honestos e trabalhadores. Pode investigar meu passado o quanto quiser que não vai encontrar nada. Garanto."

"Sinceramente, espero que o senhor tenha razão", ele disse, tentando ser sarcástico, mas sem conseguir esconder o incômodo. Tinha vindo atrás de mim como se eu fosse Art, e em vez disso tinha dado de cara com Horatio Alger. Dei um show de comportamento vitoriano, e o que é que ele podia fazer?

Bater em retirada. "Bom, foi um prazer conversar com o senhor", disse.

"Vai se sentir péssimo, Ernest", disse Betty, "quando descobrir que está inteiramente errado."

Volpinex bateu um olhar azedo nos nossos braços entrelaçados. "É", disse ele, "sei o quanto você é leal, Betty. Mas não se esqueça de que também sou leal."

Observei: "Estou certo de que Betty agradece por isso".

Ele me lançou um breve olhar calculista. Sabia que eu era bom demais para ser de verdade, mas seria possível que eu fosse assim mesmo? Com a pergunta ainda brilhando nos olhos, virou-se. "Bom, Liz", disse, numa tentativa frustrada de pegar a mão dela, "temos de ir."

"Mal posso esperar", ela disse, "para ver você com o outro irmão." Aí virou-se para mim com seu sorriso gozador e falou: "Você é mesmo um escoteiro, hein?".

Betty interveio: "Liz, por favor, não comece".

"Estou dizendo isso com a mais profunda admiração", Liz garantiu, voltando-se para Volpinex. "Vamos, Ernie, você sabe que tem alergia à bondade."

Volpinex mostrou a todos nós algo que podia parecer um sorriso e acompanhou Liz na direção da casa dos Kerner.

Betty disse: "Viu por que faço questão de manter nosso noivado em segredo? O mundo está cheio de gente desconfiada".

"Ele só está fazendo o que acha que é seu dever." Bart, pelo que eu estava vendo, era generoso na vitória.

Ela agarrou meu braço, roçando os fundilhos nos meus. "Já pensou na surpresa deles", ela disse, "quando aparecermos casados?"

"É. Já pensei."

16

Domingo de manhã, Betty disse: “Bart, acho que vou voltar para a cidade com você”.

“Ótimo”, eu disse.

Ela me deu um sorriso conspirador. “Vamos deixar Liz aqui sozinha com Art.”

“Malandragem nossa”, respondi.

Liz tinha voltado de manhã, provavelmente para esperar a chegada de Art. Será que ela havia mesmo passado a noite anterior — sem falar nas de quarta, quinta e sexta — junto com aquele verme do Volpinex? Será que ela não tinha parâmetros? Não dava para descobrir olhando para ela. Por um momento, pensei em investigar mais fundo no meu personagem de Art, mas abandonei a idéia. Afinal de contas, Art não tinha visto Liz e aquela toupeira juntos. Além disso, Liz era afiada demais para se brincar com ela.

De qualquer forma, tinha agora um problema muito mais sério para resolver. Betty ia para a cidade comigo? Como é que Art ia poder passar os próximos três dias com Liz, se Bart ia estar em Manhattan com Betty? Pela primeira vez me vi desejando ter mesmo um irmão gêmeo.

Tudo bem. Todo problema tem solução, se a gente procurar. Consegui fugir de Betty um momento e telefonei para a casa dos Minck. Rezei para Ralph atender, e não Candy.

Mas não foi nenhum dos dois. Foi um dos meninos. “Escute”, eu disse. “Quero que anote um número de telefone, e se anotar errado vou a sua casa hoje à noite e corto seu pé com um machado."

"Eu anoto direito", ele disse, defensivo. "Sempre."

Bem devagar, ditei o número escrito no telefone diante de mim, e pedi para o menino repetir. Só quando ele falou os números certos, na ordem certa, é que continuei o recado. "Agora", disse, "vá procurar seu pai. Já. Diga a ele que é importante e fale para ligar para esse número e chamar Bart. B. A. R. T. Entendeu?"

O menino repetiu direitinho, tinha entendido tudo.

"Muito bem", eu disse. "Fale para seu pai ligar daqui a meia hora. Sua mãe *não* — seu pai. Entendeu?"

Ele disse que sim. Desligamos. Fui para a cozinha e preparei uma bebida que tivesse álcool. Não havia jeito de não voltar para o lado de Betty na varanda e ficar esperando.

Vinte minutos. Já estava ficando inquieto, com dificuldade para me concentrar nos casos comoventes que Betty contava dos seus tempos de colégio na maravilhosa Bennington. Estava a ponto de desistir do temperamento calmo. Por que diabos eu estava fazendo aquilo tudo, afinal? O negócio de cartões não dava grandes lucros, mas me mantinha em termos de casa e comida. Dane-se o terceiro maior fornecedor de madeira e produtos de madeira do mundo *e* diversas outras empresas *e* a estação de televisão em Indiana. O dinheiro que fosse para o inferno, e Volpinex que ficasse com as duas irmãs e tudo o mais que quisesse; por que haveria de me esgotar quando o esquema todo ia acabar despencando, com certeza, mais cedo ou mais tarde?

Telefone. Riiiiing. Que som maravilhoso.

Betty continuou a falar, não deu atenção. "Meu bem", eu disse. "Não é o telefone?"

"Ahn?"

Riiiiing. "O telefone", eu disse. "Acho que está tocando."

Ela estava no meio de uma história mais fascinante que a estrada de Cairo a Aqaba, e ficou irritada com a interrupção. "Quem pode ser?"

"Alguém que quer falar com você", sugeri enquanto o telefone tocava pela terceira vez.

"Bom." Finalmente ela se levantou, entrou e ouvi quando dizia: "Alô?". Sim, sim, sim. "Um minuto." Ahhhhh. "Bart?"

"Hummm?"

"É para você."

"Para mim?" Já de pé, entrei na casa e atravessei a sala até o telefone que ela estendia na minha direção. "Quem é?"

"Vou perguntar", ela disse e abaixou a cabeça para encostar o fone no ouvido.

Deus! "Não tem importância, me dê." Peguei o telefone da mão dela e disse: "Alô?".

Era a voz de Ralph. "Art? É você?"

"Ah, Art!", eu disse. E falei sem som para Betty: *É Art.* Ela fez que sim com a cabeça, entendendo.

"Meu filho anotou errado outra vez", Ralph disse. "Achou que você tinha dito Bart."

"Que coisa, hein?"

"Bom, pelo menos anotou o número direito."

"Claro."

"Claro nada. Você nem imagina como eles bagunçam os recados."

"Se você acha", eu disse.

"Art? Problema?"

"Que pena", respondi. Betty estava perguntando sem som: *O que foi?* Fiz um gesto para ela esperar.

Ralph disse: "O quê? Não, não estou com problema nenhum, estava perguntando se você... Ahn, está tudo bem aí?".

Eu disse: "Tem certeza de que não dá para eu dar um jeito?".

"Tudo bem comigo, Art", ele disse. "Escute, você parece meio confuso."

"Não, tudo bem", eu disse, meio duvidoso.

"Você me pediu para telefonar, não foi?"

"Então ligo para você amanhã", eu disse.

"Já entendi. Tem alguém aí do seu lado e você não pode falar. É isso?"

"Isso mesmo", respondi.

"Você e as mulheres", ele disse, com uma risada de inveja. "Certo, então falo com você depois."

"Quando quiser", respondi.

"Até lá."

Será que ele não ia largar nunca do telefone? "Certo", eu disse.

"Bom, é..." Pelo amor de Deus, Ralph! "Então, tchau." E finalmente desligou.

"O problema, Art", falei no telefone mudo, "é que só voltei para tentar ajudar." Esperei a resposta; o telefone fazia *bzzzz*. "Claro, eu entendo." *Bzzzzz*. "Ótimo. A gente se vê na quarta-feira." *Bzzzzzz*. "Tchau."

Desliguei e Betty perguntou: "O que é que aconteceu?".

"Era Art", eu disse.

"Isso eu já sei. O que é que ele queria?"

"Não vai poder vir esta semana. Houve algum problema com os impostos, vai ter uma auditoria nos livros da firma, uma coisa assim. Ainda não estou familiarizado com esse lado da empresa, então Art vai ter de resolver sozinho."

"Ah, que pena", ela disse. "Liz vai ficar chateada."

"Art também", e era verdade. "Mas ele disse que eu devia ficar aqui esta semana. Não tem lugar no apartamento dele para nós dois."

"Podemos ficar no meu", ela disse.

Mais uma complicação? "Seu o quê?"

"Meu apartamento em Manhattan."

"Ah, seria uma pena desperdiçar esses dias de verão a mais. É tão melhor aqui."

Ela me deu um olhar coquete. "Mas temos uma razão especial para ir para a cidade", disse. "Sabe qual?"

Eu não sabia, e detesto incertezas. A vida já é bem incerta. "Alguma razão especial para ir a Nova York?"

"Sabe o que é que eu vou virar na quarta-feira?"

"*O que* você vai virar?"

"Vou virar a senhora Bart Dodge", ela me informou, e subitamente jogou os braços em volta de mim e me beijou na orelha e no pescoço. "Vai ser uma maravilha, não vai?"

"Fabuloso", eu disse, e era a pura verdade.

Ela me soltou e vi que tinha estrelas nos olhos. "Acha que seu irmão podia ser nosso padrinho?"

"Puxa, grande idéia", respondi. "Claro, ele vai estar superocupado esta semana, mas vou perguntar."

17

Art estava presente em espírito. Como as trêmulas virgens dos romances vitorianos, durante meu casamento eu estava meio fora do ar. Betty tinha aprontado tudo; o que eu tinha a fazer era sentar e deixar acontecer.

E imaginar, de vez em quando, que diabo estava acontecendo. O que é que Betty queria comigo afinal? Eu sabia por que estava casando com ela, mas por que ela estava tão decidida a se casar comigo?

Determinada mesmo. Desde o momento que chegamos a Manhattan no domingo à tarde, quando ela conseguiu convencer o médico da família Kerner a antecipar a data do nosso exame de sangue para sexta-feira, até o momento da legalização da nossa união na sala do juiz em Weehawken, Nova Jersey, na terça à noite, Betty avançou como uma piranha por dentro de um boi, sem hesitar diante de ossos ou cartilagens. Será que Bart era assim tão adorável?

Que outra explicação poderia haver? Eu estava ocupado demais com minha dupla vida para prestar atenção, mas aparentemente eu tinha conquistado a garota desde o início com empenhada amabilidade semidistraída. Nunca tinha percebido que havia tanto charme passivo dentro de mim. Nem que isso pudesse ser tão intensamente estimulante quanto Betty achava. O gosto dela devia ser muito especial, porque, se eu era de fato o solteirão mais excitante que ela conheceu na vida, a classe endinheirada deste país deve ter sérios problemas.

De qualquer forma, Betty se empenhou muito e nos casamos. "Você descanse, coração", ela disse, dando-me um beijo rápido e me jogando numa poltrona, "que eu cuido de todos os detalhes. Se quiser alguma coisa é só pedir para Nikki, Blondell ou Carlos."

"Certo", eu disse.

Nikki, Blondell ou Carlos. A casa da família Kerner, em Manhattan, um apartamento de oito cômodos na Quinta Avenida, com janelas e terraço dando para o parque, na segurança de um sétimo andar, era *exatamente* o meu ideal de vida rica, começando pelos três empregados que acabei de mencionar. Era uma canseira em Point O'Woods a gente fazer a própria comida, e se vestir sozinho, toda essa perda de tempo das classes baixas. Uma garota de Bay Shore, adolescente loira e baixinha, que parecia ter sido moldada com miolo de pão e respondia pelo nome de Francine, vinha no *ferry* para lavar a roupa e fazer a limpeza lá duas vezes por semana, mas, puxa vida!, até protéticos têm direito a uma faxineira.

Bom, o apartamento em Nova York era outra coisa. Os cômodos eram espaçosos e bem mobiliados, os quadros dependurados pelas paredes eram, conforme descobri raspando com a ponta da unha, pinturas e não cópias impressas. Havia três linhas telefônicas, reflexo da ocupação anterior por papai Kerner, com seus abrangentes interesses de negócios, e quatro banheiros, reflexo da sua tendência a produzir filhas. E, apesar de os empregados morarem em casa, jamais estavam no caminho; tinham suas acomodações próprias do outro lado da cozinha. Nikki, Blondell e Carlos.

O último, Carlos, era o chofer que teve o ombro atravessado pela tecla do piano na tragédia da noite de Ano-Novo. Era baixo e atarracado, de quarenta anos, com uma cara fechada, de índio, e um sotaque que parecia um espinheiro. Quando não estava dirigindo, o que significava quase nunca — a viagem que fez a Bay Shore para buscar a Betty e a mim no terminal do *ferry* domingo à tarde foi a primeira saída do novo Lincoln da família em muitas semanas —, Carlos era meio jardineiro no terraço, mordomo em meio período, *barman* quase sempre e faz-tudo à disposição. De cara, desconfiamos um do outro.

Blondell, uma gorda babá negra do tipo que sempre achei que era ilegal ter em casa depois da decisão da Suprema Corte de 1954, era a cozinheira, claro. Também não era cidadã americana, o que talvez explicasse o fato de continuar existindo numa forma que só podia ser considerada um débito para sua raça. Nascida numa obscura ilha do Caribe chamada Anguilla, tinha passaporte britânico, mas a língua que falava não podia ser menos inglesa. Seu sotaque, ainda mais impenetrável que o de Carlos, era como uma brisa de vento: macio e imprevisível. Como na pele de Bart eu usava óculos e Blondell adorava intelectuais acima de tudo, ela e eu nos demos bem à primeira vista.

O sotaque de Nikki era francês. Era a empregada, de modos atraentes, cuja presença fez com que eu reformulasse minha opinião sobre o falecido Albert J. Kerner. Tinha os ossos de Candy e alguns dos seus traços faciais meio de raposa, só que no caso dela atenuados por uma lascívia mais honesta. As saias do uniforme eram curtas e ela parecia encontrar sempre um incrível número de tarefas que exigiam que se curvasse na minha frente, mostrando o que ela própria chamaria de *derrière*. Eu chamava de bunda e tinha vontade de dar uma mordida na dela, mas claro que com a proximidade do casamento isso era impossível. Talvez Art, dentro de alguns dias...?

Bom. Isso era especulação sobre o futuro; no presente do especulador, eu estava a ponto de me tornar um feliz noivo. O período de espera legal no estado de Nova York era longo demais, então, na terça-feira, Carlos nos levou até Jersey City, onde tiramos a licença e onde a certidão de nascimento feita por Charlie Hillerman passou brilhantemente na prova. Depois, algumas extravagâncias sexuais no banco de trás do Lincoln a caminho de Far Hills para jantar com uma antiga colega de escola de Betty, mais o novo marido da colega; foram as únicas duas pessoas a saber do nosso segredo.

Devo confessar que gostei da casa deles. Era nos campos de caça à raposa em Nova Jersey, onde Jackie Kennedy costumava ficar e a casa era o orgulho da vizinhança. Uma enorme criatura de pedra, esparramada, de quatro andares, no meio de um parque de árvores imponentes, pontilhado de quadras de tênis e caramanchões e piscinas. Os estábulos ficavam nos fundos. Dentro, havia cálidos tons de madeira e antiguidades caras e a confortável aura de dinheiro produzido por gerações de peões.

Os donos, amigos de Betty, eram Dede e David. Dede era uma loira acinzentada do tipo que todo mundo acha que enlouquece os homens norte-americanos, mas que sempre suspeitei ser uma trepada inapta, e David parecia um daqueles advogados jovens de Washington que todo mundo manda ir buscar café. Ele era de fato advogado na firma da família, em Filadélfia, e essa casa — chamada Colina dos Ventos, o que me fazia bater os dentes — era parte das posses da família, tendo sido antes ocupada por uma tia que agora envelhecia na Côte d'Azur.

Tendo estado com Betty ultimamente quase que exclusivamente em encontros sexuais, tinha me esquecido do quanto podia ser chata em situações sociais. Como seu professor de etiqueta ia ficar orgulhoso.

Não que Dede e David fossem melhores. Freqüentaram a mesma escola de etiqueta, e sem nenhum esforço os três, sozinhos, conseguiram recriar a atmosfera daquela festa inteira em Point O'Woods, na qual Betty havia entrado na minha vida. David estava falando comigo sobre o mercado de ações, os Jovens Republicanos, barcos e sapatos masculinos, e juro que Bart embarcou direitinho. Art teria se comportado mal, é claro, com observações perversamente engraçadas ou cochilando direto, mas Bart tinha natureza mais serena. Sapatos masculinos: nunca pensei que o assunto pudesse ser tão interessante.

Jantamos cedo, uma vez que nosso casamento estava marcado para as nove da noite. Numa caravana de dois carros, Dede e David nos seguindo no seu Jaguar V-12, rodamos para Weehawken, onde tivemos de esperar vinte minutos na ante-sala do juiz

Reagensniffer, enquanto o meritíssimo acabava de lidar com a cota noturna de contraventores do trânsito e espancadores de esposas. David ficou falando sobre carros importados.

O juiz finalmente entrou na sala. Um sujeito esquisito de cara dura e magra, cabelos brancos rareando na cabeça ossuda, certamente não tinha menos que oitenta e cinco anos, e movia-se com aquela agilidade seca adquirida em anos e anos de ininterrupto mau humor. Olhou para nós, sentou na poltrona de couro marrom gasto e rugiu: "O que é que vocês querem?".

"Meu nome é Elisabeth Kerner", Betty disse, aparentemente imune à rabugice dele. "Temos hora marcada para nos casar."

"Ah!" A cara azeda se pregueou toda no que seria um sorriso paternal; ele aprendera há muito tempo a tratar com gente de boa família. "Claro, senhorita Kerner", disse. Os olhinhos dele examinaram todos. "E este seria...?"

"Meu noivo, Robert Dodge. E estes, os padrinhos."

Foram feitas as apresentações. O juiz estendeu a mão e me vi apertando uma coisa que parecia feita de arame e pele de salsicha. Aí passamos às formalidades, Betty tirando envelopes de dentro da bolsa, o juiz sentado atrás da imensa mesa de madeira antiga, as pessoas assinando coisas de um lado e outro.

Eu tinha de colocar o nome de Bart num formulário, e inclinei-me sobre a mesa. Ao terminar, levantei a cabeça e vi o juiz me olhando com um súbito desgosto. "Então, meu jovem", perguntou, "o que tem a dizer?"

"Desculpe..."

Ele franziu as sobrancelhas, pareceu um pouco perplexo, depois olhou para os outros e, de repente, abriu um sorriso insincero, dizendo para mim: "Nenhuma dúvida de última hora, não?".

"Não, senhor", respondi. Não quanto ao casamento, pelo menos.

"Muito bem, muito bem." Ele examinou de novo os formulários, nos deu a todos um último olhar de reprovação e gritou: "Oficial!".

A porta se abriu e um cavalheiro de ar preocupado apareceu. "Pois não, meritíssimo." Devia ter por volta de trinta anos, coberto com uma camada daquela gordura fofa de bebezinho, cheio de caspas polvilhadas como Aji-No-Moto nos ombros do terno preto.

Apesar de ter chamado o lacaio, o juiz parecia não saber o que fazer com ele. "Hum", disse. Levantou os papéis de casamento numa mão, deixou que caíssem sobre a mesa e apontou um canto distante da sala, dizendo: "Você só, ahn, esteja presente".

"Sim, senhor meritíssimo."

E o oficial de justiça foi se colocar no canto, como um personagem saído de alguma história de terror, enquanto o juiz Reagensniffer nos casava. Primeiro ele se levantou e pegou um livrinho fino da estante detrás da mesa, depois gastou um tempo infindável nos colocando em posições precisamente predeterminadas no meio da sala. "Um pouco para a direita. Um passo à frente; não, não tanto." O quê? Era um juiz ou um fotógrafo?

Bom, quando o arranjo finalmente acabou, o juiz ficou na nossa frente, virando as páginas do livro até encontrar a página certa, e aí, com um dedo dentro do livro, disse: "Geralmente começo uma cerimônia dessas com algumas observações preliminares".

Um pigarro fantasmagórico soou no canto. Todo mundo se assustou.

"O casamento", disse o juiz, "é um frágil barco no tormentoso mar da vida. Não deve ser tratado com leviandade. E aqueles que o fazem, e não medem seus passos, tampouco podem esperar ser tratados levianamente. Sou nesta sala o mesmo homem da tribuna. Sempre disposto a ouvir explicações, mas acreditando sempre no que reza a lei." Fixou em nós os olhos de pássaro. "Muito bem? Alguém tem algo a dizer?"

Todos nos mexemos, incomodados. Não era exatamente o tipo de cerimônia que tínhamos em mente. Finalmente, para quebrar o silêncio incômodo, eu disse: "Meritíssimo, continuamos decididos a nos casar".

"Casar", ele repetiu, como se fosse uma palavra nova e talvez interessante. Piscou, olhou o livro que tinha empalado no dedo e disse: "Ah, sim, casar. Os que entram para o estado civil do casamento assumem responsabilidades sobre um sério companheiro, um companheiro para as tormentas e torrentes desta vida. Dois são mais fortes que um, companheirismo, dar e receber fortaleza. E para haver consórcio não são necessários atos. Apenas a intenção dos indivíduos de se consorciarem juntos. Está claro?".

Não para mim. Dessa vez foi Betty quem trouxe as coisas de volta aos trilhos: "Meritíssimo, nosso plano é consorciar juntos e amar juntos e viver juntos para sempre".

"Claro, claro", disse o juiz. "Um laço permanente." Ele hesitou; será que ia dizer *para a vida toda*? Não, ele pegou outro caminho. "Então vamos prosseguir", disse, abrindo o livro, e, sem mais preâmbulos, partiu direto para a cerimônia. Lia as palavras de um modo duro, quase com raiva, como se estivesse explicando nossos direitos antes de proferir uma sentença, e demos as respostas apropriadas nos pontos apropriados. Betty tinha um ar etéreo, e fiz o que pude para parecer solene e confiável.

"...e eu os declaro marido e mulher. Oficial, pode levar os dois."

E assim eu estava casado. Noiva e noivo foram beijados pelos padrinhos. Mãos foram apertadas. Passei um envelope fechado para o juiz, certificando-me de que Betty estava vendo o que eu fazia. Todo mundo deve ter ficado satisfeito com o gesto, provavelmente porque pensavam que o envelope continha dinheiro. Na verdade, seu único conteúdo era um cartão da Those Wonderful Folks que acabou sendo ainda mais adequado do que eu imaginava quando o escolhi no dia anterior. Na frente, um velho sentado numa cadeira de rodas diz: "Não é que eu esteja velho demais para ir à caça...". E dentro, continua: "Só não consigo é achar a espingarda".

18

Quando Liz chegou, às duas e meia da tarde seguinte, percebi instantaneamente que estava encrencado. "Bom, você parece que está se sentindo em casa", ela disse, saindo para o terraço onde eu gozava o sol, a vista do parque, um rum com tônica e meu estado matrimonial. Sentando-se numa cadeira de lona, ela indicou o parque com um gesto: "Agora só falta trazer seu cavalo para pastar no nosso gramado".

"Boa tarde", eu disse do jeito esperto de Bart. "Betty não me contou que você vinha para a cidade."

"Betty não sabia que eu vinha." Ela deu de ombros, parecendo vagamente irritada e descontente: em outras palavras, normal. "Fiquei com vontade de ver Art no seu hábitat natural."

"Ah", eu disse.

"Ele demora para almoçar."

"Como?"

"Liguei para o escritório", ela disse. "A secretária disse que ele ainda não voltou do almoço."

"Bom", respondi, "almoço de negócios. Sabe como é, com ilustradores, distribuidores, essas coisas."

Ela olhou o céu azul. "Acho que vou dar uma chegada lá, conhecer o escritório."

"Nunca se sabe quanto ele demora para voltar", eu disse. "Por que não espera ele telefonar?"

Ela ficou beliscando a lona da cadeira, com ar de teimosa, aí olhou para mim. "E você? Não devia estar trabalhando?"

Na minha lua-de-mel? Bom, não podia falar nisso; Betty insistia em manter nosso casamento em segredo, até de Liz, e por razões pessoais concordei de boa vontade. Mais uma vez a criatividade veio em meu auxílio. Sem nenhuma outra intenção na cabeça, a não ser dar uma resposta ao que Liz me perguntou, acabei inventando outro arranjo muito útil. "Art e eu, a gente...", encolhi um ombro, "...nós discutimos. Faz um tempo que a gente não se vê."

Ela ficou interessada; pelo brilho dos olhos e pela curva dos lábios, parecia estar esperando uma explicação divertida. "Discutiram? Vocês dois?"

"Acontece nas melhores famílias." Bart jamais conseguiria divertir Liz, por mais que vivesse.

"Pensei que você e seu irmão fossem muito chegados."

"Você e Betty não discutem nunca?"

O brilho do olhar virou uma faísca de aço por um segundo. "Não estamos falando de Betty e de mim." A curiosidade voltou e ela disse: "Mas que razão têm vocês para discutir?".

De fato, qual? Procurando algum assunto, vasculhando as diferenças de personalidade que eu tinha inventado entre nós dois, disse: "Ah, acho que Art, às vezes, é um pouco negligente com, ahn, a ética profissional".

"Ética profissional?" Ela achou a frase hilária, mas fez um esforço para ficar séria e me preservar.

"Ele trata mal os ilustradores", eu disse, feito um menino meticuloso. Cheguei mais perto dela, baixei a voz e, olhando para a porta do terraço, disse: "Não contei nada para Betty. Não quero que fique preocupada".

"Você não conhece Betty", ela respondeu.

Mais do que Liz podia imaginar. "Vai guardar meu segredo?", perguntei.

Ela deu de ombros. "Por que não?", e mudou de assunto sem pensar duas vezes: "O que você está bebendo?".

"Rum com tônica."

"É o mesmo que Art bebe."

"Resolvi experimentar", expliquei, olhando feito um carneiro para o copo e me xingando por dentro por aquela bobagem. "Acho que isso significa que, no fundo, quero fazer as pazes com ele."

Liz era perfeita para conversas psicológicas: dormia na hora. "É, deve ser isso o que significa", ela disse. "Mas é comigo que você tem de fazer as pazes. Será que você chamava Carlos e pedia para ele me fazer o drinque de sempre?"

Eu estava louco por uma desculpa para entrar e ali estava ela. "Eu faço pra você." E me pus de pé imediatamente.

Ela me olhou debaixo do sol. "Sabe o que costumo beber?"

Eu sabia? Não conseguia me lembrar se Bart já tinha sido apresentado aos hábitos etílicos de Liz ou não. "Não tenho certeza", disse.

"A fórmula é simples", ela explicou. "Um copo, uma pedra de gelo, vodca a gosto."

"Já trago", prometi, pensando que Bart não tinha merecido a fórmula completa com o beijo molhado no fim. Entrei depressa.

Tudo bem. Eu estava com uma porção de coisas contra mim, inclusive o fato de não ter nenhum irmão gêmeo, mas aqui e ali ainda havia algumas coisinhas a meu favor — principalmente, nesse momento, o sistema telefônico dos Kerner. Não só eram três linhas diferentes, como também havia extensões pelo apartamento todo, inclusive uma de fio longo na sala de estar. Eu já tinha visto Nikki levando esse telefone para Betty atender chamados no terraço. Portanto, Liz podia ficar onde estava que ainda havia alguma esperança.

A cozinha estava vazia. A extensão ali era um telefone branco de parede e, como todos os outros, tinha uma fileira de botões na base, para selecionar a linha que se queria usar. Tinha também um fio bem comprido, de forma que eu podia prender o telefone entre a orelha e o ombro e falar enquanto fazia outras coisas.

Ótimo. Peguei o receptor, acomodei no ombro e apertei o botão da linha um. Ele imediatamente acendeu, e o mesmo botão deve ter acendido em todos os telefones do apartamento, revelando que essa linha estava em uso. Isso não era bom, mas era inevitável. Disquei depressa o número da segunda linha e, enquanto a companhia telefônica dava seu concerto de cliques e notas de computador, fui até os armários e peguei um copo. Estava me virando para a geladeira quando, simultaneamente, o receptor fez "bdrrrrrrp" no meu ouvido e todos os telefones da casa, inclusive o da cozinha, disseram "riiiiiing". Não, não sou mentiroso, mas o telefone do quarto de Betty não estaria fazendo "riiiiing". Por vontade própria e providência dela mesma, estaria soando como um pássaro, todo trinados e pios. Se pretendia viver muito tempo naquela casa, ia ter de dar veneno para aquele telefone algum dia.

Abri a porta do freezer e escolhi com cuidado uma pedra de gelo. Nikki entrou para atender o telefone. "...As mangas eu quero... Espere um pouco", falei ao telefone, e virando-me para Nikki disse: "Estou com o meu alfaiate na linha. Atenda em outra extensão, por favor".

"*Oui*", ela disse, e saiu.

"Algum dia", eu disse para o *derrière* dela, e fui até o armário onde ficavam as bebidas. Peguei a vodca enquanto o telefone tocava uma segunda vez. Nikki atendeu: "Rezidance dos Kerrnérrr".

"Liz Kerner, por favor." Abri a garrafa de vodca enquanto Nikki me pedia para esperar, porr favorrr.

O tempo passava. Clique. "Alô?"

"Liz? Está em Nova York?"

"Ah, é você", ela disse. "Onde é que foi almoçar? Na Filadélfia?"

"Copenhagen", eu disse, que era o nome de um restaurante local. "O que você está fazendo fora da ilha?"

"Visitando os pobres. Por que não vem me buscar para a gente sair hoje à noite?"

Porque Betty e eu temos um jantar de lua-de-mel especial hoje à noite no Three Mafiosi, um dos restaurantes de cem dólares o prato de Nova York, só por isso. "Acho que não vai dar, *baby*", respondi. "Por que não me ligou antes?"

"Vai sair com alguém."

"É. Quando o gato não está, sabe como é."

"Os ratos fazem a festa.".

Eu disse: "Acho que não é bem assim. Escute, vamos abreviar o assunto, tudo bem?".

"Venha até aqui, e eu abrevio para você."

"Meu bem", respondi, doce, "estou retornando a *sua* ligação." E então me ocorreu que o jeito mais simples de sair dessa enrascada era fazer Art discutir com todo mundo. Art na lista negra de todo mundo e o bom e velho Bart livre e sozinho. Será que Bart conseguia agüentar Liz?

Mas ela disse: "É, tem razão. Acho que estou de mau humor por causa da viagem para cá".

"Veio de carro?" Pareceu-me que Carlos tinha ficado em casa o dia inteiro.

"Vim com alguém", ela disse. "Alguém que você conhece."

"Eu?" Candy! Nossa, será que Liz já sabia de tudo?

"Ernie Volpinex."

"Ah!"

"Ele conheceu seu irmão, sabe? Foi uma..." Interrompeu-se e disse: "Espere um pouco. Um minuto, está bom?".

"Claro", respondi, pensando depressa. Ela tinha acabado de se lembrar de Bart, portanto da bebida. Eu estava demorando demais.

"Vou falar na outra linha."

"Sei", eu disse, entendendo logo o que ela ia fazer. Assim que ouvi o clique do aparelho, atendi com a voz mais gutural que consegui: "Menches con carne conquista malatesta bergonez".

"Carlos!" Lá estava ela na outra linha.

Ainda gutural, disse: "Alô?".

"Aqui é a senhorita L", disse com uma voz tão ofensivamente arrogante quanto um funcionário de uma financeira. Ah, ha, pensei, então é assim que ela fala com os inferiores. "O senhor

Dodge está pela casa, em algum lugar, preparando um drinque para mim. Dê uma ajuda a ele, por favor."

"Si", respondi, enquanto ouvia os cliques, e na minha própria voz disse: "E perdido em pensamentos lá ficou, o idiota, com...".

"O quê?"

"Ah, você voltou", eu disse.

"À noite, que horas?"

Era direta, a moça. Disse: "Por que não passo para te pegar, digamos, às onze e meia?".

"Tão tarde?"

"Essa garota é importante para mim", respondi. "O irmão dela talvez invista no meu..."

"Sem detalhes. Tudo bem, onze e meia. Na sua casa?"

"Não. Eu passo e te pego." Aí, bem a tempo, me ocorreu perguntar: "Qual é seu endereço?".

"Seu verme", ela disse, "ela vai dormir na sua casa! Por isso você quer vir aqui, porque ela vai ficar lá!"

"Eu não tentaria aprontar uma dessas com você", eu disse. Discussão, afinal?

Não. "Isso que eu gosto em você", ela disse. "Você é podre. Onze e meia." E me deu o endereço.

"Certo", eu disse, desliguei e corri com o drinque pelo apartamento, só mudando para um passo tranqüilo quando cheguei no terraço.

"Então", ela disse, "demorou, hein?"

"Carlos disse que você mandou me procurar."

Ela tomou um gole e me observou enquanto eu voltava a sentar no meu lugar. "O que deu em você?"

"Primeiro, uma exigência física", disse a ela, com meu melhor sorriso de carneiro. "Depois, me perdi um pouco. Ainda não estou acostumado com este apartamento."

"Seu irmão ligou", ela disse.

"Ligou? Falou alguma coisa a meu respeito?"

"Uhm-hum. Disse que você é muito bonzinho e sentimental e que está arrependido de ter proposto sociedade a você."

Olhei para ela. "Não entendo", eu disse, "por que haveria de dizer uma coisa dessas?"

19

Por volta das onze da noite, Betty estava dormindo o sono dos drogados; e era exatamente como estava. O rótulo do remédio para dormir, que achei no armário dela, dizia para tomar uma cápsula uma hora antes de deitar, e foi o conteúdo de duas cápsulas que misturei no molho do *coq au vin*, quando ela deu uma chegadinha ao banheiro do restaurante. Isso pouco antes das nove da noite; às dez e meia, ela ainda estava bem acordada e, louco para ir embora, eu estava começando a ficar preocupado.

Aí ela despencou de repente, com grandes bocejos, incapaz de ficar com os olhos abertos, com grande instabilidade no andar. Apoiou-se em mim até o Lincoln que estava esperando lá fora, Carlos nos levou para casa, e carreguei-a pelo apartamento até nosso quarto. Liz tinha saído para algum lugar antes da gente, e aparentemente ainda não tinha voltado; se me desse o bolo depois de todo o trabalho que tive, nunca a perdoaria.

Tirei a roupa de Betty, que me abraçou com braços sonolentos e murmurou: "Vamos trepar, coração". Ela conseguiu ficar acordada durante, mas apagou antes de eu sair da cama.

Enquanto me vestia correndo, ia estudando o terreno que tinha pela frente. Não ia poder manter os dois lados da charada por muito mais tempo, isso estava claro. A piada já estava feita; portanto, para onde é que eu ia, quais eram meus objetivos?

Dinheiro. Um homem pobre entre pobres fica razoavelmente satisfeito, mas um homem pobre entre ricos começa a ficar ambicioso. As pessoas que moravam nesses apartamentos da

Quinta Avenida e nos chalés de Point O'Woods e nas mansões de Far Hills eram tão chatas que eram capazes de secar um poço de areia movediça, mas seu estilo de vida era exatamente o que eu queria para mim. Chofer, quadra de tênis, terraços, estábulos nos fundos. Arrumadeiras francesas, meu Deus. *Dinheiro.* Igual a um tigre que provou carne humana pela primeira vez, eu agora sabia exatamente o que estava caçando.

Então. Eu havia jogado duas iscas na água, uma com o rótulo *Art* e outra com *Bart,* e por sorte a linha de Bart pegou peixe grande. Eu e Betty ainda não tínhamos falado diretamente de dinheiro, mas esta noite, a caminho do restaurante, ela me passara o cartão do American Express, dizendo: "Você pode ir usando este enquanto providenciamos os novos". O que queria dizer que era todo meu. O que Betty tinha, eu tinha, e ela tinha muito.

Portanto, era hora de cortar a outra linha: Art deveria sumir. Naturalmente, teria sido mais simples me livrar de Bart, mas isso ainda podia ser feito. Durante o jantar eu contara a Betty sobre a desavença entre os irmãos, de forma que agora ambas as irmãs sabiam que havia problemas. Muito caracteristicamente, Liz fizera o possível para piorar a situação um pouco mais, enquanto Betty havia me olhado séria, como se fosse o diretor social de algum hotel de turismo, e perguntado se podia fazer alguma coisa. Eu disse a ela que não.

Meu próximo passo, então, era precipitar o rompimento entre Art e Liz. Isso não era impossível, dada a língua venenosa de ambos os atores em questão. Aí, sem Art saindo com Liz, eu podia assentar calmamente como Bart, com minha pequena Betty, e vivermos felizes para sempre.

Quanto a Art, a melhor coisa a fazer seria arquivar o cara. Três anos atrás, oito dos meus ilustradores tinham me processado, tentando conseguir o controle da Those Wonderful Folks, Inc., como compensação pelos pagamentos atrasados que devia a eles. Perderam, claro, mas eu podia agora propor uma coisa semelhante. Eles assumiam a empresa, os copyrights, os débitos, os móveis do escritório, as contas a receber e tudo, em vez do pagamento.

Faríamos a coisa legalmente, com advogados e assinaturas e talvez até com abraços. E fim. Art Dodge teria apenas se cansado da empresa, vendido tudo para pagar as contas e mudado de cidade. Eu podia até melhorar a coisa, dizendo que Art me contara que ia passar algum tempo na Inglaterra.

Enquanto mudava de roupa, com Betty morta para o mundo ali na cama, examinava e reexaminava minhas opções, e entre outras emoções surpreendeu-me encontrar uma grande sensação de alívio. O jogo tinha sido divertido no começo, mas, quando as apostas foram crescendo, foi ficando cada vez menos divertido e mais enervante. Talvez fosse difícil fingir ser o insípido Bart para o resto da vida, mas não tão difícil quanto fingir ser *duas* pessoas. O golpe tinha chegado ao fim, e boa viagem.

20

Por volta das duas da manhã, logo depois que pedi mais uma rodada de drinques, Liz tirou da bolsa um maço de documentos, desdobrou e estendeu por cima da mesa, dizendo: "Dê uma olhada nisto aqui".

Estávamos num bar no Upper East Side, cercados de publicitários e atrizes de comerciais de televisão. Durante as últimas três horas, eu estivera sob constante tensão, tentando fazer Liz entrar numa discussão comigo. Havia algo estranho com ela hoje, calada e distante e quase triste; fosse o que fosse, fazia com que ela ficasse imune à irritação. Na verdade, o único momento em que mostrou sua verdadeira face foi quando me contou que Bart, depois do meu telefonema da tarde, tinha dito que se afastara de mim porque eu não passava de um verme. "Você faz vir à tona o melhor das pessoas", eu havia respondido. Mas ela havia desviado os olhos, dizendo: "Quem me dera".

Qual era o problema com ela? Será que sabia de mim? Qual a finalidade daquelas mentiras para os "irmãos"? Mas não dava essa sensação; eu não tinha bem certeza do que Liz faria se descobrisse a verdade sobre a trama que eu estava levando a cabo, mas respostas misteriosas, silêncios reservados e incapacidade de ficar brava não me pareciam reações adequadas.

E agora esse documento. Já recebi intimações antes e estava hesitante em pegar o papel sobre a mesa. "O que é?"

"Uma proposta de casamento."

"Ha ha ha", eu disse.

“Pegue, não vai morder”, ela disse.

Olhei mais de perto a cara triste dela. Que música secreta era essa que ela estava cantando? O que havia de tão sério? Estendi a mão, afinal, e peguei o papel. “Vou adorar isto?”, perguntei.

“Você é quem sabe”, ela falou, pegando o copo e olhando ao longe.

Empurrei para o lado meu rum com soda, desdobrei os papéis e vi que era um documento legal de algum tipo, um contrato ou coisa parecida, e comecei a ler:

> Nós, abaixo assinados, Elizabeth Anne Kerner e Arthur Drew Dodge, desejando um claro entendimento antes da celebração do nosso casamento, contratamos e juramos o seguinte:

Que diabo? Olhei para Liz, mas ela ainda estava olhando ao longe, observando alguma coisa do outro lado do salão, do jeito que um gato fica às vezes olhando uma porta vazia. “O que é isto aqui?”

Ela me deu uma olhada gelada. “Leia”, falou. “Não precisa explicação.”

“Em que nível?”

“Estou com cara de quem está brincando?”

Não estava. Mas meu Deus do céu, *as duas*? Primeiro Betty me dá o maior safanão da minha vida, e agora Liz aparece com a mesma coisa, só que, evidentemente, do seu jeito adorável. Sei que não sou um bagulho em relação a mulheres, mas até que ponto um homem pode ser irresistível?

Mais exatamente, qual era a história com aquele contrato ou fosse lá o que fosse aquilo? Abaixei a cabeça, passei pela introdução de novo e comecei a ler palavra por palavra, do começo ao fim.

Incrível. Ali, em sete páginas, estava um contrato completo, definindo acordos pessoais e financeiros entre Liz e eu, que orientaria os nossos laços matrimoniais e que entraria em efeito a partir da data do nosso casamento. Na primeira página, depois do preâmbulo e de alguns itens de palavrório legal, vinha uma lista das propriedades de Elizabeth Kerner que ia muito além dos meus sonhos de avareza, com minha própria situação financeira sobrestimada. Até aí, tudo bem; a pesquisa que fizeram pode ter descoberto meu nome correto, mas a contabilidade da Those Wonderful Folks era incompreensível.

Continuando. A partir da página dois, era proposto que eu recebesse uma quantia de subsistência de dois mil dólares mensais pelo período que durasse o casamento, mais os salários de dois empregados do sexo masculino, que não excedessem dezesseis mil dólares por ano, mais o uso ilimitado das residências Kerner, onde quer que estivessem localizadas. A quantia de subsistência e os salários dos empregados podiam ser aumentados de vez em quando, à vontade de Elizabeth Kerner, mas não podiam ser abaixados.

Indo mais à frente, passando por cláusulas cheias de palavras estranhas, Liz e eu renunciávamos ambos à exclusividade de privilégios sexuais e sociais entre nós, concordando — em língua legal — que ambos podíamos fazer o que quiséssemos onde quiséssemos quando quiséssemos com quem quiséssemos e sem fazer perguntas um ao outro. Eu, porém, tinha de me comprometer, só eu, em não praticar em público nenhum ato que pudesse trazer embaraço ou desgraça sobre Elizabeth Kerner, sua família ou qualquer empresa de negócios com que ela tivesse qualquer tipo de ligação. "Diz aqui", falei, "que você pode me embaraçar, mas eu não posso embaraçar você."

"É isso mesmo", ela disse.

"Ah." Continuei lendo e descobri que em seguida declarávamos não estarmos, no momento, casados com ninguém — hmmmmm — e cônscios de não haver nenhum impedimento ao proposto casamento.

Tudo bem, onde estava o xis da questão? No fim, é claro. No caso de qualquer um de nós desejar o divórcio, o outro concordaria em não contestar a ação de nenhuma forma, e eu era obrigado a admitir que todo o arranjo financeiro entre nós seria suspenso já na primeira entrada dos papéis de separação. Na eventualidade de eu morrer antes de Liz, ficava acertado que qualquer interesse legal que eu pudesse ter na fortuna ou propriedades dos Kerner seria herdado por Liz, nenhuma parte ficando reservada a qualquer dos meus possíveis herdeiros ou cessionários. No caso de Liz ir embora primeiro, eu concordaria em nada exigir quanto a suas posses, a continuação da quantia de subsistência mensal ou qualquer direito de herança, reconhecendo o desejo de minha esposa de que a totalidade das suas posses fosse destinada a sua irmã Elisabeth.

Mais alguma coisa? Sim. Eu reconheceria previamente a paternidade de qualquer criança nascida a Liz no curso do nosso casamento ou até um ano depois de qualquer divórcio ou separação. Eu não responsabilizaria a família Kerner ou qualquer das empresas de negócios ligadas a ela por qualquer processo legal contra mim movido por terceiros, ou no evento de qualquer outro problema que pudesse acontecer causado pela parte não Kerner da minha vida. No evento de eu ser raptado — Jesus Cristo! —, ficava inteiramente compreendido que ninguém da família Kerner, ou de suas firmas, pagaria forma alguma de resgate. Eu não usaria minha posição ou qualquer parte dos meus rendimentos — originados ou não da família ou firmas dos Kerner — para abrir, estimular, contribuir ou, sob qualquer outra forma, fomentar negócios ou empresas que fossem direta ou indiretamente concorrentes de qualquer empresa Kerner. Eu deixaria todos os anúncios matrimoniais, dos planos de casamento ao divórcio, inclusive quaisquer outras possibilidades intermediárias, aos inteiros cuidados de Liz. E assinava o acordo de livre e espontânea vontade, levado exclusivamente por meu afeto por Liz e nosso desejo de não ter questões financeiras ou externas a interferir com o nosso amor recíproco e com nossa perspectiva de uma longa e confortável vida unida em matrimônio. Liz já tinha assinado na última página, com o que julguei uma caligrafia exasperada e avarenta.

Coloquei o documento ao lado do meu copo. Liz olhou para mim. “E então?”

"Bom", eu disse. E fiquei ali, balançando a cabeça e batendo no documento com as pontas dos dedos, tentando pensar.

Liz disse: "Não vai dizer nada?". Tinha os lábios apertados, a voz ligeiramente rouca.

"Bom, não sei o que dizer", respondi. "Nunca recebi uma proposta de casamento antes."

"É sim ou não. Não vou discutir detalhes."

"Aqui não tem nada sobre amor", disse, com a mão sobre os papéis.

"Sobre o quê?"

"A questão é a seguinte: por que eu? Por que não, por exemplo, aquele sujeito ali de costeletas?"

"Você é o cara certo para a vaga", ela disse.

"Por quê?"

Ela encolheu os ombros. Por trás dos olhos encobertos, olhava pelas frestas da armadura. "Você é fácil de conviver", ela disse. "A gente se entende."

Talvez. Balancei a cabeça, devagar, tocando o contrato de novo. "Foi Volpinex quem escreveu isto tudo?"

"Ele é meu advogado."

"Você se importaria se meu advogado der uma olhada?"

"Me importaria. Decida agora."

Tap-tap-tap, meus dedos batiam no contrato. "Qual é o esquema? Para que tudo isso?"

"Se eu estiver solteira até o fim deste ano", ela disse, "vai me custar mais de três milhões de dólares."

"Impostos", chutei.

"Meu pai", ela disse, "pensou que porque era episcopal estava a salvo e não ia morrer enquanto não estivesse pronto. Ele nos deixou desprotegidas."

"Sei", falei. E eu sabia mesmo mais do que aquilo tudo. Sabia agora, por exemplo, por que Betty estava tão louca para se casar. Na época, já tinha achado que Bart era um tanto molenga para os fantásticos resultados que estava obtendo, e agora entendia tudo. Num sentido muito moderno, Betty precisava casar.

Mas por que não tinha me contado a verdade? Tinha falado de amor, mas nunca mencionou três milhões de dólares.

Nem tinha me apresentado um contrato. O que queria dizer que se sentia segura, que não precisava se proteger de Bart do jeito que Liz estava se protegendo de mim.

Mas para que todo aquele segredo? Por que Betty insistia em manter o casamento secreto até para Liz? Estava acontecendo alguma coisa, alguma coisa além do dinheiro, alguma disputa, alguma trapaça entre as irmãs? Eu disse: "E Betty?".

"O que tem Betty?" Liz pareceu surpresa com a pergunta, mas não incomodada.

"Ela também tem de se casar?"

"Você não tem nada que pensar em Betty", ela disse, inadequadamente. "Só em nós."

"Estou tentando enxergar o quadro geral."

"Foda-se o quadro geral." Agora era ela que estava batendo os dedos na mesa; dava para perceber que estava ficando cada vez mais irritada. "Decida, Art", ela disse. "E logo. Não vou oferecer duas vezes e o prazo está se esgotando."

Bom, claro que a coisa estava fora de questão. Eu já tinha acesso à fortuna dos Kerner, sem compromisso, pelo casamento de Bart com Betty. Só estava empacando ali em função da informação, não porque estivesse pensando em casar com Liz.

É claro que, por outro lado...

Que outro lado? Eu já tinha tudo. Não precisava de mais nada, e essa charada toda estava se esgotando sozinha. Iria arquivar Art e viver por algum tempo exclusivamente como Bart, conforme o planejado. E para isso nada podia ser mais útil do que esse contrato; tudo o que eu tinha a fazer era me sentir justificadamente insultado, *que tipo de rapaz você pensa que sou?*, ficar furioso, armar uma cena e marchar noite adentro. Aí Art estaria seguramente fora de cena e Bart poderia rolar pacificamente no luxo.

"Art? É agora ou nunca."

A alternativa? Não tinha alternativa. Impossível. E desnecessária, porra. Bart estava casado com Betty, não bastava isso?

"Art?"

Não bastava. Não me pergunte por quê, mas simplesmente não bastava. Eu *queria* casar com Liz, *queria* continuar sendo Art, queria até levar mais longe aquele desafio. Qualquer coisa para não ter de viver vinte e quatro horas por dia como Bart, casado vinte e quatro horas por dia com Betty.

"Art?"

Merda. Levantei a cabeça e sorri para minha futura noiva. "Acho que a ocasião pede champanhe", eu disse. "E você paga."

21

Meus sonhos foram todos cheios de espelhos, e quando acordei o quarto estava ao contrário. Ou eu estava. A luz do sol murmurava entre as cortinas das janelas, criando uma luminosidade submarina na qual vi a minha roupa espalhada pelo carpete. Minha cabeça doía e o ar-condicionado me deixava os ombros frios. Gemendo um pouco, mas bem confortável, afundei mais nas cobertas e ao meu lado Betty murmurou e se mexeu, roçando o quadril quente no meu corpo. Toquei seu seio mais próximo, ela suspirou e chegou mais perto, e logo estávamos em conjunção matrimonial, tudo legal e honesto.

Depois, minha dor de cabeça voltou, e meus olhos pareciam queimar. Caí deitado no meu lado da cama, molhado do exercício, e Betty, agora inteiramente acordada, apoiou-se num cotovelo para me dar um olhar lascivo e dizer: "Devo admitir que você é um noivo de primeira classe".

"Você quer dizer marido", eu disse. E aí me dei conta de que estava enxergando muito nítido e pisquei. Não era de admirar que meus olhos estivessem ardendo; ainda estava com as lentes de contato. Mas aquilo não estava certo; como Bart, eu usava óculos. Tinha de ir ao banheiro e fazer a troca antes que ela notasse alguma coisa. Enquanto isso, tentei franzir os olhos, como fazem os míopes sem óculos.

"Marido?" Betty repetiu, olhando para mim. "Não vamos apressar as coisas, gostoso."

Olhei para ela, esquecendo de apertar os olhos. Betty? Não era Betty, era Liz!

Meu Deus do céu! Não vou dizer que a coisa toda me voltou à cabeça, mas uma parte voltou, e eu podia completar o resto. Liz e Art: tínhamos brindado nosso noivado com champanhe, e depois um pouco mais de champanhe e depois mais um pouco de champanhe. Depois, um táxi nos trouxe para cá, subi, entrei neste quarto, nesta cama, nesta mulher, e o tempo todo eu planejava sair logo depois, como Art, esperar uns dez minutos mais ou menos, e reentrar como Bart, que iria na ponta dos pés para a cama de Betty, dormir o sono de um marido. Em vez disso, eu tinha dormido. Dormido.

E agora já era de manhã. Que horas? Será que Betty estava acordada? Como é que eu ia tirar Art dali sem sair como Bart? Com esta cabeça e estes olhos, como é que ia fazer *qualquer* coisa?

Betty, quer dizer, Liz, estava me estranhando. "Algo errado?"

"Bexiga", eu disse. "Volto já."

"Como você é romântico", ela disse.

As irmãs tinham quartos separados e lavabos separados, mas havia um cômodo comum, com uma banheira, entre os dois lavabos. Saí correndo da esperta presença de Liz, fechei a porta e virei a chave para trancar. E agora? A minha volta estavam a privada, a pia, toalhas, espelhos. Espelhos. "Você seria útil no quarto ao lado", disse para meu reflexo, e passei correndo pelo cômodo da banheira para o lavabo de Betty, onde meu reflexo se repetiu. Parei, respirei fundo, examinei meu corpo nu no espelho e não descobri nada que pudesse despertar a suspeita de Betty. Abri a porta.

Betty estava sentada na cama, com os olhos parados e a base da palma da mão apertada no alto da cabeça. "Ah, então você está aí", disse com uma voz nebulosa. "Estou com uma terrível dor de cabeça."

"Bom dia, coração." Franzi os olhos, lembrei a mim mesmo: você é Bart e não está de óculos. "Como está hoje?"

"Já *disse*", respondeu, irritada. "Estou com dor de cabeça."

"Ah, coitadinha. Espere aqui que vou pegar uma aspirina." Virei-me e voltei direto para o banheiro, fechando a porta ao passar.

Betty ainda precisava de mais alguns minutos, já dava para perceber. Descalço nos ladrilhos, deslizei pelo banheiro de Liz, verifiquei se a porta estava trancada e abri as duas torneiras da pia. Aí voltei correndo de novo, fechando ambas as portas de correr da sala central com a banheira, de forma que Betty não pudesse ouvir a água correndo. Um pouco ofegante, peguei a aspirina do armário de remédios, enchi de água o copo de escovas de dentes e voltei para Betty, que estava meio dependurada da cabeceira da cama, o rosto franzido, olhando ao longe. "Aqui está, minha querida."

"Bebi demais ontem à noite? Minha cabeça está explodindo."

"Talvez algo errado com aquele *coq au vin*", eu disse. E aí me lembrei que tinha temperado o *coq au vin* com as cápsulas para dormir, e desejei não ter dito nada.

Mas talvez não. Olhando para mim, franzindo os olhos ainda mais que antes, Betty disse: "Sabe que você pode ter razão. Achei mesmo que o molho estava com um gosto, não sei, meio amargo, esquisito".

"Devia estar passado", eu disse. Sentando na beirada da cama, ofereci solicitamente a aspirina e a água a minha esposa. "Vai se sentir melhor logo", prometi. "Por que não tira um cochilo uma horinha mais?" Tempo suficiente para Art dar o fora daqui.

"Deite comigo", ela pediu. "Você está me acostumando mal. Não consigo mais dormir sozinha."

"Claro, querida", eu disse. Será que ela ia dormir logo? Será que o ralo estava funcionando direito na pia de Liz? Será que Liz estava chamando Art pela porta trancada, imaginando o que podia estar acontecendo lá dentro? Com minha própria dor de cabeça trovejando, mas um sorriso fixo de compaixão amarrado no rosto, deslizei para a cama ao lado de Betty. "Ponha a cabeça no travesseiro agora", eu disse. "Feche os olhos. Tente dormir."

"Está bom, amor", ela murmurou e se mexeu, roçando o quadril quente no meu corpo. Como não reagi, ela pegou minha mão e colocou sobre o seio mais próximo. Aí suspirou e chegou mais perto de mim.

"Querida", eu disse, "você devia tentar..."

"Bobinho", ela sussurrou. "Cure-me, amor."

Muito bem; *agora* era conjunção matrimonial.

Minha dor de cabeça não passava. Depois, caí do meu lado da cama, muito molhado por causa do exercício, e Betty, sonolenta, acariciou minha barriga: "Ah, já estou me sentindo muito melhor".

"Bexiga", eu disse.

Ela abriu os olhos entrecerrados: "O quê?".

"Durma um pouco", disse, tentando acalmá-la, acariciando seu rosto e beijando sua testa. "Eu já volto."

Mais uma corrida pelas instalações, com uma pequena pausa para fechar a água da pia de Liz. (O ralo estava em ótimas condições.) E para dentro do quarto, onde Liz estava andando de um lado para outro, num robe azul-claro, os braços cruzados abaixo dos seios. "Você demora muito", ela disse.

"Resolvi me lavar", respondi. "Desculpe, você..."

"Depois você me diz", ela passou correndo por mim, entrando no lavabo com todos os sinais de urgência.

Bom, é assim mesmo de manhã, quando você esgotou galões de champanhe ou de outros líquidos na noite anterior. Na verdade, pensando bem...

No corredor dos quartos, na direção da sala de estar, havia outro banheiro para atender os hóspedes. Achei muito conveniente, e corri pelo corredor, vestindo nada mais que minha pele, para me aliviar, depois me lavar na pia de hóspedes e me enxugar com aquelas toalhinhas de hóspede. Por que se oferecem aos hóspedes toalhinhas tão minúsculas?

Eu tinha vindo correndo, sem encontrar nenhum representante da população de serviçais do apartamento, mas na volta, assim que saí do banheiro de hóspedes, encontrei Nikki passando com um regador na mão. Ela examinou minhas partes baixas com agradável surpresa e disse: "Uh-la-lá!". Jamais imaginei que dissessem mesmo essas coisas.

Olhei para ela, vi que os olhos estavam malandros e o rabo abanando, e com firmeza disse a mim mesmo que tinha de voltar para o quarto. Sem contar os excessos físicos a que já tinha sido submetido essa manhã, havia uma desesperada e crescente necessidade de reduzir minhas presenças a uma única, antes que alguma das irmãs entendesse tudo. "Depois", eu disse, e marchei pelo corredor.

No fundo, a porta de Betty ficava à esquerda, a de Liz à direita. A do quarto de Betty estava ligeiramente aberta; olhando pela fresta, vi que não só estava acordada, como sentada na beirada da cama. E, pelo ar concentrado com que olhava para a porta do lavabo fechada, entendi o que é que estava esperando.

Deus todo-poderoso, será que aquilo não ia acabar nunca? Eu tinha acordado havia menos de meia hora e meu dia já tinha sido exaustivo. Corri para dentro do quarto de Liz, respirei fundo duas ou três vezes, e Liz saiu do lavabo. "Não se vestiu?", ela perguntou.

"Pensei em tomar um chuveiro." Dei um beijo rápido no rosto dela, acenei alegremente, disse "*Hasta la vista*" e escapei para o lavabo.

Não podia trancar aquela porta, mas certamente podia trancar a porta da sala da banheira, e fiz isso. A porta do lado do quarto de Betty não ousei trancar, porque ela podia notar, portanto tive de deixá-la fechada, mas vulnerável. Abri o chuveiro e ao som alegre da ducha voltei para o quarto de Betty, que deu um pulo da cama no instante que apareci, ignorou solenemente meu "Mas, querida, você ainda está acordada" e voou para dentro do lavabo.

Agora, finalmente, eu tinha um minuto para mim, para me refazer e tentar resolver aquela bagunça. Não ia dar para ficar fazendo joguinhos de banheiro o dia inteiro. De um jeito ou de outro, eu tinha de tirar Art daquele apartamento. Em termos bem simples, Art tinha de ir embora enquanto Bart ficava. Em termos ainda mais simples, eu tinha de estar em dois lugares ao mesmo tempo.

Na minha atual situação, Bart estava nu aqui no quarto de Betty, enquanto Art estava nu lá no chuveiro. Portanto, minha primeira ordem de serviço era tirar Art do chuveiro. Aí tinha de fazer Bart ficar fora de vista por algum tempo, até eu conseguir vestir alguma coisa em Art. Então Art podia ir embora, para voar de volta ao lugar onde Bart estivesse escondido, de forma que *ele* agora pudesse ir voando de volta para sua querida. Esperto?

Ainda estava tentando digerir aquilo tudo quando Betty voltou e me olhou surpresa. "Você não vai se vestir?"

"Peido", eu disse.

"O quê?"

Me pus de pé, num salto. "Uma ducha", disse alto. Tudo estava acontecendo duas vezes. "Vou tomar uma ducha."

Já ia correr para o banheiro quando ela disse: "Liz está lá dentro, agora".

Meu coração caiu no chão. "Lá dentro?"

"No chuveiro."

Liz estava lá dentro? Se Liz estava lá dentro, ela já sabia a verdade, ou estava muito perto dela. Dois mil por mês: uma imagem mental de notas com pequenas asas voando para fora da janela. Marido de Betty, sem contratos; imagem mental de uma imensa madeireira com asinhas voando por cima da montanha. Perguntei: "Tem certeza?".

"Ouvi a água correndo."

"Ah", eu disse. Água correndo, tudo bem. Na verdade, quase disse que era Art que estava lá dentro, e não Liz, quando me dei conta de que não havia jeito de eu saber uma coisa dessas.

Mas e agora? Se nós todos fôssemos esperar Art terminar o banho, íamos ficar muito, muito sujos.

"Olhe aqui", Betty disse. Estendeu uma coisa na minha direção.

"O quê? O quê?"

"Não quer os óculos?"

"Ah!" Mais um maldito detalhe. Peguei os óculos e coloquei na cara e aí realmente apertei os olhos. Lentes de contato com óculos por cima são a melhor combinação que já inventaram desde sorvete com picles. "Talvez", eu disse, tentando dar a ela a impressão de um homem que enxergava e que não tinha nenhum outro problema, "talvez ele já tenha saído, quer dizer, quem sabe ela já saiu. Vou, ahn, vou dar uma olhada." E fugi na direção do banheiro, batendo o quadril nu na maçaneta da porta ao passar. Ah, meus pobres olhos.

Fechar a porta do banheiro. Abrir a porta da sala da banheira, entrar num lugar cheio de vapor. Meus óculos ficaram imediatamente embaçados. Enquanto tirava-os da cara, fechei a torneira, corri de volta para Betty, tornei a colocar os malditos óculos embaçados, olhei para ela, dei o mais falso dos sorrisos de que fui capaz e disse: "Está livre, agora. Volto num minuto".

Assim que comecei a fechar a porta, ela gritou: "Tem toalhas?".

"Muitas, muitas."

"Se precisar mais toalhas, estão no armário embaixo da..."

"Tem muitas, muitas, muitas."

Fechar a porta, mas deixar destrancada. Para dentro da sala ainda enfumaçada, fechar a porta, trancar. Tirar óculos, colocar no balcão diante da banheira, abrir o chuveiro de novo, atravessar a sala, dar de nariz na outra porta.

Ai! Droga, esqueci que tinha trancado. Destranquei, deslizei a porta com todo cuidado e vi que o banheiro de Liz estava desocupado. Entrei, deslizei a porta, fechando de novo, abri a porta do quarto e saí para ver Liz, já vestida, arranjando o cabelo diante de um espelho na parede. "Você devia estar muito sujo", ela comentou.

Fechei a porta do banheiro. "Agora que sou sua propriedade", disse, "vou ter de me cuidar muito bem."

Ela me olhou duro pelo espelho, depois voltou-se e repetiu direto para o original. "Não posso imaginar o que eu faria", disse, "se você tivesse se recusado a assinar."

"Teria me amado mais", sugeri, "mas não se casaria comigo." Eu sabia que era verdade assim que falei, e senti uma pontada ao dizer isso, mas não se pode ter tudo na vida. Você determina as prioridades e faz suas escolhas. Havia muito tempo eu decidira que comeria todos os bolos que encontrasse.

Liz estava me observando, pensando. "É verdade", disse. Depois voltou-se e perguntou: "Quer alguma coisa de café da manhã?".

Eu estava rapidamente recolhendo a roupa ainda espalhada pelo chão, e vestindo peça por peça. "Não, quero sair logo. Não quero cruzar com Bart."

"Quer que eu deixe você em algum lugar?"

Eu estava pulando numa perna só, calçando uma meia. "Não se incomode. Tomo um táxi para o centro."

"Onde é que você vai estar hoje?"

"Difícil dizer." Só consegui encontrar um pé de sapato; aí, descobri o outro debaixo da cama. "Telefono à noite."

"Não esqueça de fazer o exame de sangue."

"Ligo para meu médico assim que chegar ao escritório." Camisa vestida e enfiada nas calças, fui na direção dela para um beijo de despedida. Mas ela virou o rosto, estudando o cabelo no maldito espelho outra vez. De pé atrás dela, olhando o reflexo, perguntei: "Esse mau humor passa?".

"Vamos ver, não é?", ela disse.

"Certo. Bom, não precisa me acompanhar, acho o caminho."

Ela não disse nada. Ainda estava olhando no espelho quando saí do quarto.

A porta de Betty estava agora inteiramente fechada. Lá fui eu pelo corredor, muito nervoso, e tornei a me enfiar no banheiro de hóspedes sem que ninguém me visse. Fechei a porta, sentei na privada e encostei o ouvido no buraco da fechadura para ouvir quando Liz passasse.

Levou algum tempo e, mais uma vez, tive tempo para pensar. Visualizei Liz entrando no lavabo, ouvindo a água do chuveiro, entrando na sala de banho e descobrindo que estava vazia, depois fechando a torneira, encontrando Betty a meio caminho. "Onde está Bart?" "Quem?"

Sou guloso. Não devia ter assinado, devia ter ficado com o plano original e feito Art desaparecer. Olha só o que estava acontecendo esta manhã. E isso era só o começo.

Agora já estávamos rapidamente chegando ao ponto em que a revelação do esquema significaria muito mais que uma simples perda de rendimentos. Já estávamos em terreno criminal: bigamia, fraude, Deus sabe o que mais. Eu podia até acabar na cadeia no fim de tudo; nós dois, Art e Bart, cumprindo penas idênticas.

Ruídos no corredor, alguém passando. Assim que a pessoa passou abri uma fresta e olhei para fora. Liz ia se afastando pelo corredor. Olhando para ela, me vi desejando que fosse de Betty que eu tivesse de desistir. E não inteiramente por causa dos dois mil mensais.

Bom, fiquemos com o que for possível. Assim que ela sumiu de vista, saí do banheiro de hóspedes e deslizei pelo corredor, de volta para o quarto outra vez. A única coisa que não queria é que a porta de Betty se abrisse, que Betty saísse e me encontrasse correndo ali, que Betty começasse a perguntar...

Não aconteceu. Para dentro do quarto de Liz, atravessar correndo, para dentro do banheiro, depois para a sala de banho mais embaçada do que nunca. Havia grandes gavetas debaixo da bancada, algumas vazias. Arrancando as roupas, fui enfiando peça por peça numa gaveta vazia, juntei as lentes de contato embrulhadas em papel higiênico do banheiro de Liz, e me enfiei no chuveiro só o tempo necessário para me molhar. Aí fechei as torneiras, peguei uma grande toalha dourada e macia de uma prateleira, coloquei os óculos e voltei para Betty, que estava parada na frente do espelho, vestida, arranjando os cabelos. Com um doce sorriso na minha direção, ela disse, brincando: "Você devia estar muito sujo".

"Agora que sou seu", disse, "tenho de me cuidar muito bem." Duas vezes, tudo duas vezes.

"Quer tomar café?"

"Quero, sim", disse eu. "Não sei por quê, estou morrendo de fome."

22

Que dia. Disse a Betty que queria ir até o apartamento que divido com Art, para pegar o resto das minhas coisas. Naturalmente, ela se ofereceu para ir comigo, mas consegui convencê-la a desistir. Uma vez fora do apartamento, fui para o dr. Osbertson, o charlatão que a cada inverno não consegue me curar da gripe, e fiz o segundo exame de sangue em menos de uma semana. Dali, fui para meu apartamento; o maluco que estava sublocando tinha saído, mas deixara traços de sua presença. Aparentemente, seu maior divertimento era comer pizza. Tateando o caminho pelo pântano, empacotei uma porção de porcarias que podiam ser de Bart e levei tudo para o escritório, onde o costumeiro turbilhão de problemas da minha outra vida estava à espera. Deixei que me esperasse ainda um pouquinho, enquanto telefonava para Ralph, em Fair Harbor, mas infelizmente foi Candy quem atendeu. "Ralph Minck, por favor", eu disse, mas ela reconheceu minha voz, fez uma porção de observações que há alguns anos seriam impublicáveis e desligou na minha cara. Enquanto fazia tudo isso, estava pensando: *Preciso me livrar de Bart, pelo menos durante algum tempo; ele tem de sair da cidade, tem de sumir, sumir, sumir.*

Quando era criança, na sessão de cinema dos sábados à tarde, às vezes passava um filme de um caçador de tesouros submarinos preso nos braços de um polvo. Ele lutava e se debatia, as bolhinhas subindo, o fundo do mar todo agitado, os braços do polvo se enrolando por tudo. Pela primeira vez na vida entendi exatamente o que o mergulhador estava sentindo.

Durante a hora seguinte, examinei a correspondência, os recados telefônicos, as merdas dos ilustradores, as ameaças da gráfica, os palavrões do locador. "Estou saindo fora, babaca", disse ao locador, enquanto na minha tela de imagens mentais via notas de dólar com asinhas voando para *dentro* da janela. E o tempo todo pensando: *Bart tem de sumir.*

Tentei ser mais esperto que isso. Tentei argumentar comigo mesmo, para me convencer de que era loucura sequer *pensar* em casar com Liz. Siga o plano velho, pegue as madeireiras e corra, não seja tão ambicioso, não seja tão burro, não seja tão louco, eu me dizia. Dizia mesmo, não se pode falar que não avisei a mim mesmo, mas nada adiantou. Na minha cabeça, ou seja lá o que for que tenho atrás dos olhos, já estava comprometido e só pensava: *Bart tem de sumir.*

A única amenidade eram dois recados telefônicos de Linda Ann Margolies. Foi com muita pena que os joguei no cesto de lixo; gostei dessa moça, mas uma complicação a mais ia acabar comigo para sempre. Ou será que eu devia dar um retorno aos telefonemas dela, conversar um minuto, ver se tinha alguma piada nova?

Não. Em vez disso, telefonei de novo para Ralph e dessa vez ele atendeu. "Escute, Ralph, será que você podia fazer uma pesquisa para mim? Secreta."

"Claro. Problemas com a firma?"

"Não. Na verdade, talvez você fique tão surpreso quanto eu, estou pensando em me casar."

"Não brinca! Ah, seu malandrão. Alguém que conheço?"

"Não, você não conhece", eu disse. "Ela tem uma casa em Point O'Woods."

"Rica, hein? Sempre confiei em você."

Tipo da coisa que ninguém faria na vida, pensei comigo. "É ela que quero que você investigue. E o advogado também."

"O advogado dela? Você não está aprontando alguma, não é?"

"Claro que não. Vou te contar qual é a situação, Ralph. Estou apaixonado por essa garota e ela por mim, mas o advogado quer ficar com ela para ele, porque é rica. Quer dizer, pelo menos é isso o que eu acho."

"Mas é antiético", Ralph disse. Ele parecia chocado.

"Foi exatamente o que eu disse, na cara dele", contei. E então, falando no que achei ser a própria língua de Ralph, disse: "Ele negou peremptoriamente. Só que não confio nele".

"Como é que ele se chama?"

"Ernest Volpinex."

"De que firma?"

"Não faço idéia. Não, não, espere, acho que tenho o cartão dele aqui. Se não joguei fora." Dei uma rápida busca na minha mesa, mas não encontrei. "Desculpe, acho que não tenho mais."

"Tudo bem. Eu descubro quem é."

"Ótimo."

"O que exatamente você quer saber?"

"Bom, ele disse para minha noiva que ela tem de se casar este ano, senão vai levar uma imensa mordida do imposto de renda em abril do ano que vem. Ela é órfã, sabe? Os pais morreram na noite de Ano-Novo."

"Antes ou depois da meia-noite?"

"Não faço idéia."

"Bom, como é o nome dela?"

"Elizabeth Kerner. O que eu quero saber é a posição financeira dela. Quanto herdou, se realmente tem algum problema de imposto, a situação geral. E sobre Volpinex o que eu quero saber é o tipo de sujeito que ele é. Acho que é um escroque, e gostaria de saber que reputação ele tem no meio profissional, se existe algum escândalo ou alguma coisa desse tipo no passado dele."

"Quer afastar sua namorada dele, não é isso? Para ela arrumar outro advogado."

"Queria que fosse você, Ralph. Se você aceitar mais um cliente."

"De quanto é essa mordida do imposto?"

Eu sabia por que ele estava perguntando. Queria ter idéia de quanto dinheiro ela tinha, para saber se interessava como cliente. Então contei a verdade: "Três milhões de dólares".

"Ah", ele disse, calmo, mas em cima: "Vou procurar já, Art. Descubro tudo o que puder".

"Obrigado, Ralph, muito obrigado."

"Amigo é para essas coisas."

"Você é legal, Ralph."

"Isso não é nada. E parabéns pelas núpcias."

"Obrigado, Ralph. Desta vez é pra valer."

Conversamos mais um pouco e desligamos. Fiquei sentado um tempo, quieto, a mão em cima do telefone. *Tenho de me livrar de Bart.*

23

O telegrama chegou às nove da noite. O bom e velho Joe; é uma bênção ter amigos em quem você pode confiar, principalmente quando moram na Califórnia e você está precisando de um telegrama da Califórnia.

Betty e eu estávamos jantando sozinhos no terraço, no ar quente de agosto, olhando as luzes dos táxis em Park Drive. Liz estava lá dentro, furiosa, batendo portas: Art não tinha dado notícia o dia inteiro.

"O que é isso, agora?", disse eu, estendendo o papel amarelo para Betty por cima do café e do pêssego melba. Nikki tinha trazido o telegrama para mim, rebolando a bunda, e ficou ali parada ao lado da mesa, me dando seus olhares obscenos e esperando ordens.

Betty pegou o telegrama, as sobrancelhas franzidas para mim. "O que é? Pode ir, Nikki."

Nikki virou-se como se fosse um guarda do palácio de Buckingham, só que bem mais interessante, e marchou para dentro. Ela se mexia como alguém que tem bons músculos pélvicos. Eu disse: "É um telegrama. Algum problema".

Betty baixou os olhos cautelosamente para as palavras escritas no papel amarelo, lendo à luz das velas. Eu sabia o que diziam. Não só porque tinha acabado de ler, mas porque, um pouco antes, eu mesmo as tinha escrito. E o que dizia era:

BART,

TELEFONE HOJE À NOITE OU AMANHÃ. SITUAÇÃO SÉRIA.

JOE GOLD

"Quem é Joe Gold?"

"Um velho amigo meu, de Los Angeles, que ganha a vida escrevendo contracapas de discos."

"Você conhece gente tão esquisita", ela disse, e devolveu o telegrama. "O que será que aconteceu?"

"Não sei. Acho que é melhor telefonar."

"Você ainda tem algum negócio lá?"

"Não. Já lhe contei, vendi minha parte do lava-carros quando voltei para cá."

"Então o que pode ser?"

"Não faço a menor idéia. Tenho de telefonar."

"Acho que sim", ela disse, hesitante. Olhou desconfiada o telegrama na minha mão, um telegrama genuíno, genuinamente mandado de Los Angeles, por um homem genuinamente chamado Joe Gold. "Acho que sim", ela repetiu, pegando o sininho no meio da mesa e tocando com força.

Nikki atendeu prontamente ao chamado — decerto espionava, entre suas outras qualidades. "Pronto, madame? Quer que tire agora?"

"Traga o telefone para o senhor Dodge."

"Pois não, madame."

Enquanto ela não estava perto, Betty perguntou: "Por que ele mandou o telegrama para cá?".

"Deve ter telefonado para o escritório e Art deve ter dado o endereço."

"Então por que ele não telefonou?"

"Não faço idéia." Na verdade, eu não tinha uma explicação pronta para aquilo, achando que a pergunta ia acabar se perdendo no desenrolar dos fatos. Pelos meus objetivos, um telegrama estabelecia uma conexão com a Califórnia muito mais realista que um telefonema, mas não era coisa que eu devesse revelar a Betty.

Nikki voltou com o aparelho de fio comprido. "Ele devia ter mandado o número", disse eu. "Como é que se faz para chamar informações de Los Angeles?"

As qualidades empreendedoras de Betty vieram prontamente à tona, conforme eu esperava. "Me dê o telefone", ela disse. "Nikki, lápis e papel."

"Sim, senhora."

Enquanto Nikki saía rebolando mais uma vez, Betty discou o número de informações de L. A. e perguntou: "O endereço dele, você sabe?".

"Vassar Drive, em Hollywood."

"Vassar?" Seus lábios se curvaram ligeiramente. "Aquela gente lá... Telefonista? Em Hollywood, senhor Joseph Gold, o endereço é Vassar Drive. Pois não.

Nikki voltou com lápis e um bloco. Ia dar para mim, mas espantei-a na direção de Betty. Ela já ia saindo de novo, mas eu disse: "Nikki, espere um pouquinho. Podemos precisar de mais alguma coisa". Se ela era espiã, não queria que estivesse por perto de nenhuma das outras extensões nos próximos minutos.

"Pois não, senhor Bart." As palavras, o jeito e a intenção pareciam saídos direto de *A história de O*, e tinha certeza de que não era nada inconsciente.

Betty, cobrindo o fone com a mão, perguntou para mim: "Ele é judeu?".

"Não faço idéia", respondi.

"Deve ser." E aí, no telefone: "Sim, telefonista". Anotou alguns números. "Muito obrigada." Desligou e disse: "Nikki, passe isto aqui para o senhor Dodge".

"Sim, senhora."

Ignorando a dança de Nikki, olhei o número de telefone anotado no bloco, vi que Betty não tinha se enganado e disquei de memória. Um toque. Dois toques. Três toques. Vamos lá, Joe, você disse que ia estar em casa, são só seis da tarde na Califórnia. Quatro toq... "Alô?"

"Alô, Joe?"

"Oi, cara. Recebeu, hein?"

"É, recebi, sim. O que foi que houve?"

"Confesso que nossas relações com as mulheres ficam cada dia mais barrocas", ele disse.

"Meu Deus!", exclamei, muito chocado e com ar assustado. Nikki e Betty olhavam para mim, curiosas e apreensivas.

"Nunca gostei de Lydia", Joe disse, "nem quando você ainda estava casado com ela."

"Quando?", perguntei. Eu estava nervosamente curvado sobre o telefone.

"Pelo menos", Joe disse, "era um casamento aberto, moderno, do tipo que você gosta."

Eu disse: "E acha que ela estava falando sério?".

"Não quero nem imaginar o que você está aprontando agora", ele disse.

Perguntei: "E o que foi que os médicos disseram?". Previsivelmente, as duas mulheres ao meu lado reagiram à palavra *médico*.

"Tem de existir algum jeito mais fácil de ir para a cama", ele continuou. "Ou de se separar de uma mulher, ou seja lá o que for que você está aprontando."

"Meu Deus, Joe, mas isso foi há tanto tempo. Nunca dei a ela..." E fiquei quieto, como se tivesse sido interrompido.

Joe estava dizendo: "Não tem casa de massagem aí, não?".

"Claro, claro, entendo", disse, relutante. "Mas o que é que *eu* tenho de fazer?"

"Já pensou em masturbação?"

Olhei desamparado para Betty, sacudindo a cabeça. "Joe", eu disse, suplicando para que entendesse, "você não está entendendo. Agora tenho compromissos aqui. Não posso simplesmente..."

"Claro", ele falou, "como dizia Marx, a burguesia tinha de inventar o adultério para não morrer de tédio."

"Já entendi, Joe", eu disse, desesperado.

"Ou será que foi Lenin? Um desses comunistas."

"Bom, por quanto tempo seria?", perguntei.

"O que você precisa talvez seja um hobby. Quebra-cabeças, por exemplo."

"O problema, Joe", disse eu, em tom confidencial, "é que agora tenho uma pessoa aqui."

"Isso eu não duvido nada."

"É sério, Joe. Se tiver de viajar, vou..."

Mais uma vez fingi ser interrompido. Nikki e Betty pareceram chocadas com a sugestão de que eu estava sendo solicitado a ir para a Califórnia. Enquanto isso, Joe dizia: "Talvez você prefira jardinagem. Trepadeiras, essas coisas. Aí você conta para elas seus segredinhos e fica olhando as folhas caírem, uma por uma".

"Joe", perguntei, "como é que vou explicar isso a ela?"

"Se há alguém que é capaz, Art", Joe disse, "esse alguém é você."

"Entendo", disse eu, mas demonstrando que não estava nada contente. "Os médicos acham, é?"

"Acham, sim", Joe disse. "Acham que você é maluco."

"Obrigado, Joe, eu ficaria muito grato. Muito melhor do que ficar num hotel."

"Estamos tendo uma conversa cruzada", ele me perguntou, "ou é só impressão minha?"

"Não sei se posso prometer alguma coisa", eu disse.

"Vá em frente e prometa, *baby*."

Balancei de leve a cabeça, escutando. Lógica, dever, amizade, sentido moral, tudo evidentemente conspirava para me fazer concordar com alguma coisa que me deixava extremamente relutante. "Você está certo, Joe", eu disse.

"Ora, muito obrigado", ele disse.

"Vou dar algum jeito aqui", eu disse, "e vou para aí assim que puder."

"Nem pense numa coisa dessas", ele disse.

"Claro, Joe, eu sei", continuei, "e agradeço muito. Até mais."

"Ainda está difícil aí?", ele perguntou enquanto eu desligava.

Betty perguntou: "Você vai para a Califórnia?".

"É uma..." Interrompi a frase, olhei para Nikki e disse: "Pode levar o telefone de volta, Nikki".

"Sim, senhor." E lá se foi ela, sem dúvida para se esconder atrás da cortina e ouvir minha história.

Betty demonstrava compreensível impaciência. "Pelo amor de Deus, o que foi que houve?"

"Uma garota", eu disse. "O nome dela é Lydia, era minha namorada quando eu morava em Los Angeles. Durante algum tempo chegamos até a pensar em casamento."

"E?"

"Terminamos", eu disse. "Já fazia dois ou três meses que não nos víamos quando vim embora. Na verdade, foi um pouco por isso que fiquei tão contente quando Art me telefonou e convidou para entrar no negócio de cartões com ele. Eu estava pronto para voltar."

Sua impaciência ainda não estava satisfeita. "*E*?"

"Ela tentou se matar."

"Tolice." Betty recostou-se na cadeira, e combinou a frase antiquada com uma antiquada expressão de descrença e desprezo. "É um recurso idiota para conseguir você de volta."

"Acho que não, acho mesmo. Ela jogou o carro no precipício, em Mulholland Drive. Quer dizer, não foi aquela coisa de remédio para dormir, enfiar a cabeça no forno aberto, uma dessas tentativas armadas já à espera do resgate. Ela tentou se matar de verdade."

"Bom, e o que é que *você* vai fazer a respeito? Voltar e casar com ela?"

"Voltar e falar com ela", respondi. "Os médicos acham que ela está me idealizando ou algo assim, que se conseguir me enxergar como sou de verdade, e voltar para a realidade, se recupera. Ela tentou de novo no hospital, tentou chegar até a janela para pular."

Afinal, uma certa compaixão por essa desconhecida vítima de coração sangrando começou a aparecer no rosto de Betty, junto com a impaciência e a irritação. “Mas ela não está sob vigilância, nem nada?”

“Não pode ficar assim para sempre.” Peguei a mão de Betty entre as minhas, sobre a mesa, e olhei dentro dos olhos dela, com toda sinceridade. “Betty, essa história toda é um horror. Eu preferia nem ter sabido de uma coisa dessas. Mas agora já sei, e como posso voltar atrás? Imagine se me recuso a ir, digo que não tenho nada a ver com isso e...”

“Mas você *não* tem nada a ver com isso.”

“E se ela tentar de novo, uma terceira vez? E se conseguir? Será que agüento isso na consciência para o resto da vida?”

“Ela pode tentar de novo, mesmo você indo.”

“Mas pelo menos terei feito o que pude. Betty, como é que vou me olhar no espelho se não tentar, pelo menos?”

Ela sabia que seus argumentos estavam perdendo terreno. “Mas é tão inconveniente”, disse, olhando a escuridão do Central Park. “Não sei se posso ir agora.”

“Betty, você não pode ir comigo. Já imaginou o choque que seria, se apareço na frente dela junto com...”

“Você está pensando em ir sozinho?”

“É só por um dia ou dois”, disse eu. “Joe ofereceu para eu ficar na casa dele. Você tem o número do telefone, podemos estar em contato o tempo todo.”

Afastando a hipótese, Betty disse: “Ela não ia nem saber que eu estaria lá. Podíamos ficar em Bel Air, eu podia visitar uns amigos enquanto você vai ao hospital, não haveria nenhum problema”.

“Pode achar que sou bobo”, disse, “mas não posso fazer isso. A coisa ia estar o tempo todo na minha cabeça, como se eu estivesse ostentando minha felicidade diante da desgraça alheia. Deixa eu fazer do meu jeito, Betty. Não vai ser por muito tempo, e quando terminar será para sempre.”

Ela franziu a testa. "Como você pode saber que ela não vai tentar de novo dentro de um ano? Um evento anual, como o festival da tulipa. O salto de Lydia."

"Se acontecer", eu disse, "não vou mais me sentir comprometido. Uma vez, acho que devo a ela, acho mesmo. E, além disso, você quer manter nosso casamento em segredo. Como é que podemos viajar juntos, ficar num hotel, visitar seus amigos lá, fazer tudo isso e manter segredo?"

Ela fuzilou o Central Park, com o viaduto de luzes dos carros e as fracas luzes dos postes ladeando os passeios. Ponderou alguns argumentos, rejeitou outros, voltou atrás, imaginou o que poderia acontecer e todas as implicações, e afinal, irritada, encolheu os ombros: "Tudo bem. Faça como quiser. Acho que devia era estar contente de ter um marido tão íntegro".

"Estou muito contente", disse, apertando a mão dela, "de ter uma mulher tão compreensiva."

24

O próximo avião para Los Angeles só saía, conforme eu já sabia, às nove da manhã seguinte. Betty foi comigo até o Aeroporto Kennedy, no Lincoln, com Carlos dirigindo. Apesar de arrogante, Carlos era bom motorista e nos deixou no terminal de concreto da TWA mais cedo do que esperávamos. Fomos tomar um café antes de nos despedir. "Ligo para você assim que chegar à casa de Joe", prometi.

"Vou estar esperando."

"Não esqueça", eu disse, "ligue para mim se acontecer alguma coisa. Tem o número dele?"

"Tenho", ela disse.

"Ótimo." Se ela chamasse, Joe ia dizer que eu estava no hospital ou que tinha saído para jantar ou o que fosse adequado para a hora do dia, e me ligaria em seguida para eu telefonar para Betty. Considerando a confusão que eu já tinha feito nesse mês, a história de Bart em Hollywood seria brincadeira de criança. Minigolfe.

Finalmente, chegou a hora da partida. "Nossa primeira separação", eu disse, apertando-a contra o peito.

"Volte logo", ela sussurrou e apertou ligeiramente o quadril em mim.

"Prometo. Prometo."

Nos beijamos. Peguei a passagem de primeira classe, paga com o cartão American Express de Betty, e passei pelo detetor de metais do sistema de segurança contra seqüestradores. "Acesso permitido apenas a passageiros." Ela ficou parada do outro lado dos seguranças, me olhando com seu sorriso afável e eficiente. *Bye-bye*, Betty. Fui acenando e avançando pelo longo túnel vermelho.

Fora de vista. Ótimo. O banheiro masculino era bem ali. Felizmente, Betty tinha me sugerido comprar um livro de bolso para ler na viagem, de forma que eu tinha material para me distrair durante os vinte minutos seguintes na cabine da privada, cujo uso custou-me dez centavos. Depois, deixando o livro para o próximo ocupante, no caso de o papel higiênico acabar — não era um bom livro —, agarrei a maleta que tinha preparado para a viagem à Califórnia, saí do banheiro dos homens e me juntei a um grupo de passageiros que tinha desembarcado — pelo que a conversa deles sugeria — de um vôo vindo de Detroit. Fomos todos juntos pelo túnel vermelho até o terminal principal, onde tentei devolver o bilhete e pegar o valor em dinheiro vivo. (Minhas despesas tinham sido infernais no último mês.) Os desgraçados não quiseram me dar em dinheiro, só em crédito no cartão de Betty. "Nesse caso", eu disse, "acho que vou tomar o avião."

"Acho que já decolou, meu senhor."

"Eu alcanço", declarei, pegando o bilhete e indo embora.

25

"Dois dias em seguida?", Gloria disse quando entrei. "O verão deve ter terminado."

"Quando estou com você", respondi, "é sempre verão no meu coração." E entrei na sala para ver que maravilhas tinham sido descarregadas na minha mesa pelas maravilhas do correio e do telefone.

Não muitas. Estava tão acostumado às montanhas semanais, wagnerianas em volume e conteúdo, que o resultado de um único dia nem registrava no sismógrafo. Linda Ann Margolies não tinha ligado mais, o que era uma pena. Nenhum chamado de Liz, mas um de Ernest Volpinex. Ah, é mesmo?

Clique. "Gloria, ligue para aquele sujeito, Volpinex. OK?"

"Certo."

Correspondência. Lixo, lixo, lixo...

Bzzz. "Volpinex."

"Obrigado." Clique. "Volpinex?"

Uma voz feminina disse: "Um momento, por favor".

Pensei em desligar. Será que Gloria não sabia trabalhar? Devia ter insistido com a secretária do outro lado da linha para fazer o patrão *dela* atender primeiro.

Ah, foda-se. Volpinex não ia perceber esse tipo de sutileza de qualquer forma. A menos, claro, que tivesse a intenção de me deixar esperando. O relógio da minha mesa tem ponteiro de segundos e fiquei olhando para ele; ia esperar exatamente um minuto, depois desligava.

Quarenta e dois segundos: "Senhor Dodge?", soou a voz de Volpinex, como melado azedo.

"Isso mesmo."

"*Arthur* Dodge?"

"Vamos lá, Volpinex", eu disse.

"Acho que sabe por que telefonei."

"Meras suposições", disse a ele. "Se soubesse, provavelmente não estaria ligando de volta."

Ele deu uma risadinha. "Devo admitir que gosto mais de você que do seu irmão."

"Foi por isso que ligou? Desculpe, já estou comprometido."

"Na verdade, foi *por isso* que telefonei. Seu compromisso, o contrato de casamento que assinou."

"O que é que tem?"

"Fui eu que escrevi, claro."

"Claro."

"Não de livre e espontânea vontade."

"Claro."

"Falei tudo o que pude contra você", ele me garantiu.

"Fale por si próprio", sugeri.

"Mas, mesmo assim, Elizabeth insistiu", ele continuou. "Você era o único candidato que ela levou em consideração."

Dei uma risada proposital ao telefone. "Você apresentou seu nome como pretendente, também?"

"Com o objetivo de protegê-la, apresentei, sim. Sei que não vai achar isso desprendimento da minha parte, mas na verdade foi. Principalmente porque sempre gostei mais de Betty."

Dei uma gargalhada. "Boa tática, Volpinex! Quer dizer que agora você quer ser meu cunhado?"

"Estou acostumado com seu cinismo", ele disse. "E para ser honesto, eu..."

"Por favor, seja."

"Minha opinião a seu respeito é tão má quanto a sua a meu respeito", ele disse. "Mas, aconteça o que acontecer entre Betty e eu, sempre resta o fato de que sou advogado da sua noiva. E o estado de cunhado no futuro não é inteiramente inconcebível."

"Para mim é", Bart respondeu.

"É melhor não contar muito com as possibilidades do seu irmão", disse ele a Art. "Já vi Betty animada desse jeito antes."

"Viu, é?"

"É, já vi, sim. A questão é que, de uma forma ou de outra, você e eu vamos ter de chegar a algum tipo de acordo. Mesmo que nenhum dos dois consiga superar a antipatia mútua, vamos ter de construir um procedimento viável para lidarmos um com o outro."

O que é que ele queria agora? Perguntei: "O que é que você quer agora?"

"Uma trégua", ele disse. "Possivelmente produtiva, pelo menos não danosa. Para nós dois."

"Muito bem", eu disse. "Você não enfia uma faca nas minhas costas que eu não enfio nas suas."

"Talvez pudéssemos entrar em maiores detalhes", disse ele. "Tem algum compromisso para o almoço?"

Ainda não eram onze horas. "Hoje?", perguntei.

"Ou amanhã. Quanto mais cedo, melhor."

"Tudo bem, hoje. Onde?"

"No meu clube", ele disse e me deu nome e endereço. Evidentemente, havia freqüentado uma das universidades corretas da Nova Inglaterra — o padrão de ensino não é mais o que era —, e era no clube daquela universidade que íamos almoçar. "Meio-dia e meia", ele sugeriu.

"Ótimo", concordei e desligamos.

E agora? Será que Volpinex achava mesmo que eu ia ficar contra meu irmão no caso de Betty? Se achava, é porque tinha a si mesmo em muito alta conta, ou a mim em muito baixa. E, se não era isso o que queria, quais as alternativas? "Um procedimento viável para lidarmos um com o outro." Quanto será que era isso, em dinheiro norte-americano?

Bom, eu logo descobriria. Agora, era hora de restabelecer contato com minha namorada número dois. De novo ao telefone, disquei.

"Rezidance dos Kerrnérrr."

"Alô, Nikki, aqui é Art Dodge. Liz está aí?"

"Senhorita Liz? Vou verrr." Ouvi um clique quando ela me pôs na linha de espera, e passei os dois minutos seguintes olhando os recados telefônicos que faltavam. Nada de Ralph, mas ainda era cedo; só tinha pedido para ele investigar Liz e o advogado ontem. Quanto ao resto, lixo, lixo, lixo...

"Alô?" A voz mais nojenta do que nunca.

"Alô, alô, minha futura esposa", eu disse. "Como vai minha pombinha nesta bela manhã?"

"Você ia me ligar ontem." Ela soava imperiosa e irritada, exatamente o tom que tinha usado ao pensar que estava falando com Carlos.

Estava na hora de começar a sintonia fina do relacionamento. "Eu estava ocupado", disse, displicente.

"Quando você tem de ligar, você..."

"*Tem* de ligar?"

Houve uma breve pausa, e quando ela falou de novo a raiva tinha sido substituída por cinismo. "Uma pequena rebelião, ahn? Alimentando seu auto-respeito? Tudo bem, Art, já provou para mim o quanto você é macho e independente."

"Não quero ser independente", eu disse. "Quando é que vamos casar?"

"Por que a pressa?"

"Pressa nenhuma, só quero saber quando."

"Depois do Dia do Trabalho", ela disse.

"Depois do Dia do Trabalho?" Impossível. Podia segurar Bart na Califórnia por quatro, cinco dias, talvez até uma semana, mas não mais do que isso. *Depois* do Dia do Trabalho? Duas semanas? Talvez mais? De jeito nenhum.

Aí, para piorar as coisas, Liz acrescentou: "Temos até o fim do ano, por que a pressa? Além disso, temos de esperar até o seu irmão voltar".

"Bart? Voltar de onde?"

"De Los Angeles. Viajou hoje de manhã. Alguma ex-namorada tentou se matar."

"Ex-namorada!", demonstrei minha indignação. "Que me importam ex-namoradas?"

"Você perguntou, eu respondi", ela disse.

"Filho da puta!", berrei. "Ele é meu sócio, tinha de estar aqui me ajudando com a ampliação, não apareceu no escritório a semana inteira, e agora está na *Califórnia*? Filho da puta, vai ser chutado para fora da empresa, juro por Deus."

"Faça como quiser." Ela não podia estar menos interessada. "Quer ir para a ilha comigo amanhã?"

"Vou", respondi.

"Vamos sair para jantar hoje à noite? Quer dizer, se você não tiver de cuidar de alguma dona de casa adoentada."

"Passo aí por volta das sete."

"Bom."

"Agora, sobre a data do casamento, eu sempre..."

"Não force a barra, gostoso", ela disse e desligou.

Droga.

26

Volpinex disse: "Nunca tive muito senso de humor".

"Você me surpreende", respondi.

Estávamos almoçando numa mesa branca como a neve, perto do arco de uma janela. A sala de jantar no terceiro andar do clube, silenciosa e ocupada pela metade, dava para a Park Avenue, lotada de táxis. Um novo edifício de escritórios do outro lado da rua, uma estrutura sem-graça de placas de vidro e cromo, formando um grande espelho segmentado, onde eu podia ver o clube de Volpinex refletido como um sonho da comissão de patrimônio: elegância vitoriana em tijolos marrons tremulando na superfície funcional. No começo da refeição, eu havia feito um gesto perto da janela, esperando me ver do outro lado da rua, mas o reflexo não chegava a revelar tantos detalhes.

"Sempre pensei no humor", continuou Volpinex, "como indício de instabilidade. Um sujeito da minha fraternidade estava sempre contando piadas e acabou se enforcando."

"Não vou fazer uma coisa dessas", prometi.

Ele me encarou preocupado. "Não, não creio que vá."

"Está frio aqui", eu disse, e passei manteiga no pão, com uma gélida faca de prata.

Volpinex sempre me surpreendia; na minha memória, ele tendia a ficar cada vez mais velho e gordo, mas na vida real era invariavelmente um sadio e esguio homem de trinta anos. Meu contemporâneo, na verdade, e mais ou menos do meu tamanho, só que provavelmente em melhor condição física: formado em caratê, por exemplo. Filho do conde Drácula, de algum auxiliar da Casa Branca. Era sua falta de humor, a determinada monotonia e idiotice do seu discurso que o fazia parecer gordo, com cinqüenta anos.

Seguindo essa linha de raciocínio, eu disse: "O humor mantém as pessoas jovens".

"No sentido da infantilidade, sim, concordo."

"Além disso", falei, "sempre ouvi dizer que o humor é que nos distingue dos animais."

"Papagaios contam piadas", disse Volpinex, "e hienas dão risada."

"O que *você* acha que nos distingue dos animais?"

"Nada", ele respondeu. E houve uma pausa na conversa, enquanto o garçom servia as ostras de Volpinex, meus mariscos e nossa meia garrafa de Chablis. O ritual da prova do vinho foi realizado com profundo e solene prazer da parte de todos e o garçom retirou-se. Volpinex disse: "Reconheço, no entanto, que o humor pode ser um produto vendável".

"Tudo tem seu preço", disse eu.

Ele me deu um minúsculo sorriso. "Inclusive você, por exemplo."

"Existe sempre a possibilidade", sugeri, "de que eu tenha assinado o contrato não por amor ao dinheiro, mas por amor a Liz."

"Suponho que isso deva ser uma piada", ele disse, murchando o sorriso. "Você nunca sofreu uma auditoria", afirmou, mergulhando uma ostra no molho vermelho cor de sangue e comendo em seguida.

Apertei os olhos na sua direção: "Podia repetir?".

"Pela Receita Federal", ele explicou. "Nunca fizeram nenhuma auditoria nos seus impostos."

"Iam precisar de um microscópio."

"Você me parece", continuou, "o tipo de pessoa capaz de cometer uma fraude só pelo prazer da coisa. Colocar o cachorro como dependente, esse tipo de coisa. Uma auditoria poderia muito bem acabar atirando você em Danbury."

Ele estava falando da prisão federal. Em linguagem de Volpinex, os federais chamam o lugar de Unidade Correcional. Eu disse: "Aonde você está querendo chegar? Conselhos legais de graça?".

"Se você se casar com Elizabeth Kerner", disse ele, "sua condição econômica será significativamente alterada. Eu não estranharia nada que o pessoal da Receita se interessasse por você."

Comi um marisco. Tomei um gole de Chablis. E disse: "Você me fez vir até aqui só para me fazer essas ameaças idiotas?".

"Ameaças? Estamos apenas discutindo possibilidades."

"Não, não estamos. Estamos discutindo as fantasias da sua cabeça. Está querendo me dizer que tem amigos na Receita e que eles vão ser informados a meu respeito, se não me afastar de Liz."

Nada se alterou no seu frio rosto sombrio; senti um leve aroma de cabelo oleoso. "A mente humorística é muitas vezes paranóica", ele disse, tomando um gole de vinho. "Já observei isso antes."

Esse eco de um comentário que eu tinha feito para Linda Ann Margolies me deixou perplexo; será que ela fazia parte de um plano e trabalhava para Volpinex? Não, *isso* sim era paranóia. Volpinex não tinha nenhuma necessidade de infiltrar Mata Haris na minha vida. Eu disse: "Vou me casar com Liz. Não temos nada para discutir".

"Segundo sua ex-mulher", ele disse, calmo, "humoristas dão maridos insatisfatórios."

Comi meu último marisco. Esvaziei o copo de vinho, que um garçom silencioso imediatamente tornou a encher e se retirou. "Olhe aqui, Volpinex, seja qual for a sujeira que descobriu a meu respeito, você já deve ter mostrado a Liz, e ela se recusou a aceitar. Essa ameaça do imposto de renda não me assusta, porque no momento em que eu estiver casado com Liz vou ter os contadores dela para me defender." Dei o sorriso mais seco que tinha no estoque e disse: "Estou entrando para a família, meu bem, portanto, relaxe e aproveite".

Ele não conseguiu responder logo. Nossos pratos de aperitivo estavam sendo retirados, meia garrafa de Médoc estava sendo provada e aprovada, e nossas entradas já estavam sendo servidas; costeletas de carneiro para ele, filé malpassado para mim. Enquanto tudo isso acontecia, tomei o resto do meu vinho branco. Quando comecei a comer o filé, Volpinex disse: "Você acaba de tocar na minha verdadeira objeção a você. E ao seu irmão. Família. Quem são vocês? De onde vêm? São como bárbaros diante do portão e é meu dever afastá-los".

Será que ele de fato acreditava naquilo? O homem sem humor não faz distinção entre verdade e mentira; as palavras para ele são simples instrumentos, eficazes ou não eficazes. Eu disse: "E você, Volpinex? Esse nome que você tem não é um dos nomes finos do tipo de Point O'Woods. De que caverna *você* saiu?".

"Enquanto meus ancestrais respiravam a brisa do Mediterrâneo", ele disse, "os seus estavam acorrentados aos remos. A civilização declinou desde então."

Cortei a carne. "Você não está esperando que eu jogue o cabelo para trás e saia da sua vida", eu disse. "Portanto, o que você quer?"

"Quero entender minha antipatia", ele disse. "Você tem a impressão de que somos um par de oportunistas, que sou de alguma forma semelhante a você."

"Não, você é bem diferente", falei. "Eu sei quando estou brincando."

"Não acha que estou falando sério nessa questão de família?"

"A mãe de Liz tinha nome de família", eu disse. "Mas o velho Kerner era um lenhador saído do Canadá, e sua única família era uma puta na frente do Hotel Americana. Ele tinha uma coisa muito melhor que uma árvore genealógica — uma árvore de dinheiro."

"Você não tem nenhuma das duas."

"Elas estão bem, obrigado."

Ele me estudou, não disse nada, e durante algum tempo apenas comemos. Toda vez que olhava para ele, ainda estava olhando para mim, me estudando como um engenheiro rodoviário estuda uma montanha. Esqueça o túnel, filho da puta, esta montanha está aqui para ficar.

Ele finalmente disse: "Vamos discutir esse assunto sob outro ângulo".

"Você manda", eu disse.

"Você não é bem o caça-dotes convencional", falou, "um chofer qualquer, louco para achar uma caça rápido. Você é melhor que isso, mais educado, mais inteligente, mais talentoso."

Pousei o garfo e olhei para a cara dele. "Agora está tentando me vender uma enciclopédia."

Ele ignorou a observação. "Se for honesto consigo mesmo, vai ter de admitir que gosta da vida que já tem: a liberdade, a sensação de aventura e experimentação, a oportunidade de empregar seus talentos."

"E os credores", eu disse. "Esses são os meus favoritos."

Ele balançou a cabeça, pensativo. "O dinheiro que Elizabeth ofereceu subiu a sua cabeça. E por que não? É um bom dinheiro. Mas não é o que você quer de verdade."

"O que quero de verdade é um carro de bombeiros e uma caixa de soldadinhos de chumbo."

"O que você quer de verdade", ele disse, "é a vida que está levando agora, mas com um pouco mais de firmeza econômica."

"Como dois mil dólares por mês."

"Não", ele disse. "Dinheiro *ganho.* Produto do seu próprio trabalho."

"Como psicólogo", eu disse a ele, "você dá um ótimo comediante."

Ele continuou; era magro, mas falava gordo. "Tenho clientes com capital disponível para investimentos de alto risco. Você tem uma empresa com um potencial bastante grande. Com uma linha de produção mais variada e mais ampla, e distribuição nacional do produto, você poderia ficar muito bem de vida. Acredito que eu poderia autorizar um investimento de, digamos, trinta mil dólares."

"Você é uma coisa, Volpinex", disse eu. "Primeiro ameaças, depois suborno." E não consegui evitar de ficar pensando como ele tinha chegado àquela quantia.

"Eu já sabia", disse ele, "que você ia fazer a pior interpretação possível dessa oferta. No entanto, ela continua valendo."

"E no entanto eu continuo casando com Liz. Desista, Volpinex. Nada vai conseguir evitar que esse casamento aconteça." Não vi nenhuma razão para mencionar que a Folksy Cards jamais sobreviveria à ampliação, e que trinta mil dólares equivalia a quinze meses de pagamentos de Liz. Por que precisaria eu desse capital de investimento de alto risco? Tinha alguns altos riscos próprios já em curso.

A cara dele era agora tão fria quanto o ar condicionado. "Eu esperava que pudéssemos fechar um acordo", ele disse.

Ele tinha gasto o último cartucho, afinal. "Vou te dizer uma coisa", sugeri. "Tente com Bart. Ele talvez aceite trinta mil dólares. Ou quem sabe Betty seja mais sensível ao escândalo do que Liz."

A expressão dele se toldou. "Seu irmão tem uma vida muito mais limpa do que a sua", ele disse. E pude perceber certa frustração em sua voz.

Claro. Uma verificação de antecedentes padrão cobre apenas duas áreas: crédito e polícia. Bart estaria limpo em ambas, e a conclusão não seria que Bart Dodge não tinha existência real, mas que Bart Dodge era um sujeito de vida limpa. Como se diz, é muito difícil provar uma negativa.

"Bart sempre foi um escoteiro", disse eu, e tomei um gole de Médoc. Estava delicioso.

27

Depois do almoço, Volpinex me convidou para jogar squash. "Nunca joguei", eu disse.

"Você aprende. Vamos, te empresto um abrigo."

Descobri que squash é um jogo que combina as piores qualidades do tênis e do handball. Numa sala de teto alto, absolutamente nua, ficamos os dois vestidos com nossos abrigos, de frente para a mesma parede, segurando filhotes de raquetes de tênis na mão. O jogador número um tem de fazer uma bola dura de borracha bater na parede. O jogador número dois tem de rebater para o jogador número um rebater o rebate, e assim por diante.

O jogo consiste principalmente em correr para frente e para trás na sala vazia, trombando eventualmente com uma parede lateral. Pelo que sei, a classe alta é louca pelo jogo.

Volpinex me explicou as regras do jogo e comecei a entender por que era atraente a certo tipo de intelecto, uma vez que é tão complicado quanto jogo de mico. "Entendo", disse a ele, "eu bato depois você bate depois eu bato depois você bate."

"Isso mesmo", concordou, levantando a bola e golpeando forte com a raquete. Ela bateu na parede e voou de volta, direto na direção da minha cabeça. Desviei o corpo para a direita, ouvi o zumbido da bola passando e virei-me para descobrir que ela tinha batido na parede oposta e estava vindo outra vez na minha direção.

Mas com menos determinação. Ela bateu no chão antes que eu pegasse, de forma que só machucou um pouco minha mão.

Uma bola de borracha bem dura. Eu disse: "Esta coisa vai bem depressa, hein?".

"Bons jogadores, num jogo rápido", revelou-me, "fazem a bola atingir até cento e cinqüenta quilômetros por hora."

"Não há de fazer bem se bater na testa de alguém", sugeri.

Ele me deu o seu sorriso ralo. "De fato, você tem de desviar", disse. "Vá. Experimente."

Tudo bem, filho da puta. Sou bem bom de sinuca, devo ser capaz de escolher um ângulo entre o ponto em que estou e o nariz desse verme. Marquei um ponto na parede em frente, levantei a bolinha e bati com toda minha força.

A bola foi onde quis. Bateu na parede, mas nem chegou perto do ponto que eu tinha escolhido, e voltou num ângulo que não passava nem perto do nariz de Volpinex.

E ele desviou como um coelho mecânico. Voou na minha frente, atirou-se diante da bola que rebatia, deu um golpe com a raquete, atingiu a bola em vôo e lá vinha a danada de novo. Da parede direto para meu olho esquerdo, mais depressa do que nunca.

"Meu Deus!", gritei, e praticamente caí de bunda para escapar. A bola zumbiu, passando, e me virei para Volpinex a tempo de ver que ele estava correndo de novo, numa diagonal da sala, com a raquete pronta.

Que diabo era aquilo? *Whump* fez a raquete dele contra a bola, e lá vinha ela, um foguete zunindo com um V-2 na direção da Londres do meu estômago. Dando um pulo e encolhendo a barriga, deixei o demônio passar voando, mas tão depressa e voltando na minha direção tão imediatamente que não tive tempo de nada, a não ser me abaixar de novo, rolando na direção da parede lateral, desequilibrado para a frente, correndo feito um louco para conseguir botar meu corpo de novo debaixo da cabeça.

Whump ouvi atrás de mim, e *thock* quando a danada rebateu na parede de novo. Nem olhei; só bati na parede e me atirei para trás. Tão rápida quanto uma mensagem subliminar num filme de cinema, a bola vinha voando na direção do meu olho direito e passou zunindo a minha esquerda.

Fui atrás, correndo para salvar a vida. Volpinex estava galopando para interceptar a bola. Balançava o corpo; eu estava virando para a esquerda porque adivinhei que era nessa direção que iria em seguida. *Zing* fez a bola, muito alto, roçando o lobo da minha orelha direita. Eu estava correndo como se um marido tivesse chegado em casa inesperadamente, e observava os olhos de Volpinex. *Ele* que vigiasse a bola.

Ela estava vindo por trás de mim, eu sabia, e ele estava na minha frente. No que julguei ser o último segundo, me atirei no caminho de Volpinex, saltando baixo e paralelo ao chão, como se estivesse dando um mergulho numa piscina. Caí na altura da canela dele, eu em movimento, ele de barriga para a frente, e fomos os dois para o chão como dois aviões que colidem acima das nuvens.

Rolei e rolei, até me ver longe de todas aquelas pernas e raquetes, e aí me pus de pé, aspirando o ar com força e procurando em volta pela maldita bola.

Lá estava ela, dando outro ricocheteio. Mas a velocidade estava diminuindo agora, e vinha pulando pelo chão muito inocente, como se não fosse capaz de fazer mal a uma mosca. Corri em diagonal na direção dela, peguei-a no ar, agarrei com ambas as mãos, e deixei o impulso me levar até a parede oposta, na qual bati como um saco de correio.

Fiquei ali um minuto, encostado na parede, a bola presa nas mãos em segurança, junto do meu corpo. Minha garganta ardia, seca de respirar pela boca, meu lado direito doía que parecia que eu tinha quebrado as costelas na canela do assassino filho da puta, sentia uma pontada do lado esquerdo por causa da corrida, minhas pernas estavam tremendo, o lobo da orelha ardendo, e eu estava, em termos gerais, um caco.

"Chega por hoje?"

Virei-me até ficar encostado de lado na parede e vi Volpinex parado lá, sorrindo para mim. Não estava nem ofegante, o maldito. Não tinha dúvidas de que ele devia ser um gênio no caratê. Fui, ofegante, até ele.

"Talvez seja um jogo rápido demais para você", ele disse, batendo a raquete na outra mão: plong, plong. "Melhor não entrar em nenhum jogo que seja rápido demais para você", insistiu. "Devia evitar esses jogos, como precaução e segurança." Virou-se e atravessou a sala, saindo pela portinha do outro extremo.

Ah, eu tinha uma porção de coisas para dizer a ele, o problema era só que eu ainda não conseguia falar. Fiquei ali, apoiado na parede, respirando sonoramente pela boca, atirando raios para a portinha fechada. Não acertei nenhum.

28

Escrevi: "A frente do cartão mostra um túmulo aberto. Dentro do cartão, está escrito 'Dê um pulinho aqui, quando quiser'".

Isso foi às três da tarde, no meu escritório, pouco depois de Bart ter ligado para Betty de Los Angeles. Pastilhas de Sucrets melhoraram minha garganta, Excedrin abrandou as dores e Mediquik anestesiou o ardor na orelha. Minhas costelas estavam aparentemente intactas, apesar dos hematomas do meu lado direito. E isso porque eu estava sentado em relativa calma no meu escritório. Depois de ligar para o *Daily News*, para ter certeza de que o avião de Bart não tinha caído, nem sido seqüestrado, disquei o número de Betty.

"Rezidance Kerrnérrr."

"Alô, Nikki, aqui é Bart." Eu gritava um pouco, como alguém num interurbano. "Betty está aí?"

"Um minuto, porr favorrr."

Esperei um momento, massageando as costelas doloridas. Me vingar de Volpinex, preciso me vingar de Volpinex.

"Alô? Bart?"

"Alô, meu bem!", gritei. "Bom, já cheguei!"

"Ah, que bom que você ligou", ela disse. "Foi gentileza sua."

"Tudo bem", disse eu. "O vôo foi bom, Joe me encontrou no aeroporto e aqui estou."

"Já foi ver a moça?"

"Ainda não. Acabei de chegar. Joe está com o número do médico, vou ligar para ele e ver o que tenho de fazer."

"Como é que está o tempo aí?"

"Quente", informei, repetindo para ela o que o *Times* tinha me contado de manhã, com seu mapa meteorológico nacional. "Mais que em Nova York. Deve estar quase quarenta graus."

"É mesmo? Que horror!"

"Bom, tem ar-condicionado aqui onde estou e o carro de Joe também, então não é tão mau. Engraçado, ainda é quase meio-dia aqui, sabe?"

"Você deve estar sentindo o *jet lag*", ela disse.

"Era de se esperar."

"Sabe de uma coisa", ela disse. "Art está furioso de você ter ido embora."

Nossa, como as notícias correm depressa. "Está? Por quê?"

"Ele disse a Liz que ia te expulsar da firma porque você veio para ajudar, não faz nada e agora abandonou tudo."

"Bom, ele é um rato", falei, sinceramente indignado. "Ele próprio me disse que devia tirar uns dias de folga, enquanto terminava a auditoria."

"Só sei o que Liz me contou."

"Bom", eu disse, "devo estar de volta em dois ou três dias, para acertar as coisas com aquele meu irmão."

"Talvez você não devesse se envolver naquela empresa dele, afinal", ela sugeriu. "Não acha que faria mais sentido se fosse meu administrador, com salário e tudo?"

"Você está querendo dizer que devia me sustentar?" Eu parecia um escoteiro *de verdade* dizendo aquilo.

"Claro que não. Já tenho um administrador, você só teria de ficar no lugar dele."

"Ah, não sei", eu disse. "Bom, talvez possa funcionar. Apesar de eu não gostar da idéia de alguém ser despedido sem razão nenhuma."

"Bom, ele podia continuar como meu advogado, mas você seria o administrador, só isso."

"Advogado? Você está falando de Volpinex?"

"Não, não. Ele não é *meu* advogado. Eu tenho outro, meu."

O que não deixava de ser uma boa notícia. "Mas esse sujeito é administrador e advogado ao mesmo tempo?"

"Sempre achei mais conveniente que fosse assim."

"Bom, acho que talvez fosse mais negócio você ter duas pessoas diferentes para essas duas coisas."

"Então, está vendo? Já está falando como meu administrador."

Dei uma risada adolescente. "Acho que estou", disse.

29

Quando voltamos da praia, por volta das seis da tarde, eu disse a Liz: "O que é que você quer fazer hoje à noite?".

"Não sei o que você vai fazer", ela disse, "mas tenho um encontro."

"Ah, ha. Alguém que eu conheça?"

"Ernie Volpinex", revelou. E foi para a escada.

Olhei para ela, franzindo a testa. "Espere aí, espere aí. É verdade?"

Ela parou no segundo degrau e se virou para mim: "Alguma vez eu já menti para você?". E continuou subindo.

"Espere um pouco", eu disse, e cheguei perto da escada. Quando ela se voltou e me olhou sem nenhuma curiosidade, falei: "Nós estamos noivos, não estamos?".

"Cláusula sete", respondeu. A cláusula da não-exclusividade sexual.

"Então você vai sair com Volpinex."

"Vou."

"Entendo." Controlei uma raiva súbita e me afastei um passo da escada.

Seus lábios se curvaram um pouco. "Tenho certeza que sim", ela disse e foi para o andar de cima.

Bom. Eu podia detectar a fina mão mediterrânea de Volpinex naquela história, fazendo Liz testar minha obediência ao contrato. O filho da puta ia se empenhar em me fazer dançar, como eu tinha dançado na quadra de squash?

Será que ele já tinha contado a Liz da "squashada que me dera"? Ela notara meus hematomas na noite anterior e eu tinha resmungado alguma coisa sobre um acidente, mas Volpinex certamente daria maiores detalhes. Não reajo bem à humilhação, e essa era a arma que ele estava usando contra mim.

O que é que eu podia fazer com ele? Vaguei até a cozinha, preparei um drinque, pensando o tempo todo numa maneira de me vingar, de acabar com ele.

"Eu podia matar o filho da puta", murmurei em voz alta, surpreso comigo mesmo tanto pela idéia quanto pelo fato de falar uma coisa dessas alto numa cozinha vazia.

Matar? Não, era só um daqueles pensamentos extravagantes que a gente tem às vezes. Mas o que mais eu podia fazer? Levei meu drinque para o deck posterior, debaixo do sol que se punha, sentei numa cadeira de lona e meditei sobre o problema do advogado Volpinex. Sorvia minha bebida e os últimos raios de sol, e logo estava cochilando.

Quando acordei já era quase noite e os mosquitos estavam começando a se interessar por mim. Entrei na casa escura e acendi algumas luzes. Liz já tinha saído, sem dizer nada, e Betty estava jantando com amigos de família. Eu tinha a casa só para mim.

Então fiquei bêbado, como raramente fico, e assisti péssimas comédias na televisão da sala, até dormir. Acordei por volta das onze com uma dor de cabeça de matar e um urgente desejo de ficar sóbrio; uma hora depois, estava na quinta xícara de café, assistindo *Quinteto da morte*, quando Betty entrou, muito bonitinha mas datada no seu vestido branco. "Alô-alô", disse ela. "Sozinho?"

"Liz tinha uma conferência com o advogado."

"Ah,. meu Deus", ela disse, e sentou na outra ponta do sofá, meio virada para mim, o rosto e os joelhos me estudando com compaixão. "Sei que ela é minha irmã", disse, "mas tenho de admitir que às vezes é uma pessoa muito difícil."

"Difícil para uns, fácil para outros." Na tela, Herbert Lom livrava-se de Cecil Parker, no telhado da casa, com a bengala do próprio Parker. Catapum, catapum, catapum, telhado abaixo.

Betty continuava a estudar meu perfil. "Nunca vi você assim. Sabe como é, quieto e sério."

Quieto e sério. Fechei uma carranca para a tela da TV, sem saber o que responder, e de repente me dei conta de que estava mesmo quieto e sério.

"É estranho ter irmão gêmeo, não é?", ela disse.

Virei o rosto para o sorriso maníaco de Alec Guinness. "O que tem de estranho?"

"Tão parecidos e ao mesmo tempo tão diferentes."

Ah, ha, profundidade. Já fazia algum tempo que eu não era Art na presença de Betty, e com todos os outros problemas que tinha para pensar era difícil achar as respostas certas. Bart, é claro, teria simplesmente concordado com a afirmativa dela, acrescentando alguma reflexão própria. Mas o que diria Art?

Fantástico. Eu tinha esquecido como fazer o papel de Art.

Enquanto isso, Betty tinha preenchido meu silêncio com mais palavras de sua própria lavra. "Como Liz e eu. Sei que somos parecidas, mas por dentro somos tão diferentes que às vezes é difícil acreditar que somos parentes."

"Concordo com você", eu disse. A discreta matança continuava na tela da televisão.

"Aposto que acontece a mesma coisa com você e Bart", ela disse, e quando olhei para ela de novo havia um pequeno brilho nos seus olhos. E seria aquilo o fantasma de um sorriso brincalhão manifestando-se em seus lábios?

O que é que temos aqui? Minha curiosidade se espicaçou e meu interesse cresceu. Disse: "Acha que somos tão diferentes?".

"Bom, não sei realmente, não é?" Agora era a vez dela de olhar a tela da TV, e a expressão de inocência que grudou no rosto era tão verdadeira quanto uma peruca de kanekalon.

"Você conhece nós dois", eu disse.

Um olhar de lado. "Não da mesma maneira."

Estiquei o braço esquerdo e usei um dedo para tocar o joelho. “Você teria interesse em fazer uma experiência científica?”

Ela me olhou, o ar inocente ligeiramente fora de prumo por causa do sorriso maroto. “O que é que você está querendo dizer?”

“Gostaria de saber se você é *realmente* diferente”, falei.

“Tenho certeza de que ia ficar decepcionado”, ela disse, mas o sorriso aberto e os olhos brilhantes diziam *Venha experimentar, venha experimentar.*

Então fui e experimentei.

30

De repente, no meio das atividades, me veio um pensamento: *Estou corneando a mim mesmo!* A idéia foi tão surpreendente durante um minuto que achei que não seria mais fisicamente possível continuar. Mas me refiz, e acho que Betty não notou a menor falha na minha narrativa.

Só que o pensamento não ia embora. Deus sabe que já apliquei cornos na testa de outros homens, e sempre suspeitei da existência de alguns na minha própria testa durante meu casamento com Lydia, de forma que sei o estado adequado para cada um dos papéis, mas o que devia pensar ao desempenhar os dois papéis ao mesmo tempo? Será que uma coisa dessas já tinha acontecido antes? Talvez em alguma página do *Decameron*, mas e na vida real?

Quanto a Betty, a putinha fazia todo mundo pensar que era a irmã *boazinha*. Casada há quatro dias, e direto para a cama com outro homem. Bom, podia não ser exatamente outro homem, mas com toda certeza não o marido. Ou, em todo caso, ela não *sabia* que era o marido.

Que pecado era esse, afinal? Ela estava tentando cometer adultério, Deus sabe disso, mas na verdade não estava conseguindo. Por outro lado, não sabia disso. Seria pecado de intenção? Poderia um pecado que envolve ação física ser considerado um pecado de intenção?

E quem era eu nisso tudo? Pela primeira vez, os irmãos gêmeos existiam ambos, simultaneamente e no mesmo corpo, os dois pensando a mil por hora. Eu estava ao mesmo tempo pecando e sendo pecado, em idênticas proporções.

E, como se não bastasse isso, não só Betty era muito diferente da irmã, coisa que eu já sabia, como era também muito diferente da Betty que ia para a cama com Bart. Esta Betty era bem mais exigente, mais sonora e mais rápida para satisfazer. Que loucura era essa em que eu estava? Será que *ninguém* tem uma personalidade sólida e confiável com que se possa contar?

Betty, que como esposa de Bart sempre ficava sonolenta e mole depois do sexo, na presente versão resultou uma tocadora e uma comentadora e uma mordedora, roçando para lá e para cá em cima do meu peito como uma gatinha num tapete. Ela me consolou pelos hematomas nas costelas — como sempre, resmunguei algo sobre um acidente qualquer — e elogiou meu umbigo, que aparentemente achou de particular interesse.

Eu também. Algumas de suas outras atividades eram tão interessantes que logo começamos de novo.

Depois dessa vez, Betty se deitou em cima de mim, com os antebraços sobre meu peito e sorrindo para meu rosto. Disse: "Não é fantástico?".

"Fantástico", concordei, apesar de não fazer a mínima idéia do que queria dizer. Talvez o fato de sermos gêmeos, a idéia de distinção dentro da identidade.

"Às vezes penso em vocês dois", ela disse, sorrindo para mim.

"Pensa?"

"É", disse, e meu sangue congelou. "Nunca vi vocês dois ao mesmo tempo", e riu. "Não seria um horror? Porque aí, você seria Bart e estaria sabendo de tudo."

"Acho que não gostaria disso, não", disse. "Prefiro ser eu mesmo."

"Mmm, você." Beijou meu peito, enquanto eu procurava desesperadamente mudar de assunto. Mas ela mudou sozinha, levantando a cabeça e perguntando: "Então? Tem alguma diferença?".

"*Vive la différence*", disse eu, acariciando seu rosto. E aí, como uma certa curiosidade da minha parte seria sem dúvida natural nesse ponto, perguntei: "E eu? Sou diferente?".

Ela estava rindo, sorrindo e gorgolejando para mim. "Feche os olhos que eu lhe digo."

Fechei os olhos. Senti que deslizava em cima de mim, senti o calor do seu hálito dentro da minha orelha esquerda e o tremor dos seus lábios em torno do lobo. "VOCÊ É MELHOR", ela sussurrou.

31

Seria um ar pensativo aquilo que vi nos olhos de Betty quando foi se despedir de mim no *ferry*? Estaria ela se lembrando da piada da noite passada, sobre nunca ter visto nós dois juntos? Será que esse pensamento ia voltar a sua mente? "Até logo", eu disse, quando o *ferry* começou a se afastar da doca.

Parada ali ao sol, com seus shorts brancos e blusa listrada de branco e amarelo, ela sorriu e disse: "Até logo". Estaria com a testa franzida por causa do sol?

Problemas demais. Entrei na cabine para sentar e tentar pensar, e os problemas se acumulavam em cima de mim.

Liz, por exemplo. Não tinha voltado na noite anterior. Eu tinha visto na tabela de horário que este *ferry* ia sair logo depois da uma, de forma que ao meio-dia e meia disse a Betty que ia voltar para a cidade, e dei a ela um envelope fechado com um bilhete para Liz. "Quando estiver pronta para casar", dizia o texto, "telefone para meu escritório."

Betty havia dito: "Você tem mesmo de ir?". Tínhamos começado o dia com mais um encontro sexual. Depois disso, por mútua vontade, sem dizer uma palavra, voltamos a nossa antiga relação amigável e distante.

"Não posso ficar aqui como um cachorrinho de colo", disse a ela, "esperando Liz voltar quando tiver vontade."

Betty tinha sentido pena de mim, concordado e prometido entregar o bilhete, e agora ali estava eu no *ferry* quase vazio, no meio do dia de domingo, indo de volta para a cidade com uma carga de problemas. Liz, o contrato, Volpinex, Betty e sua suspeita nascente. E confuso sobre minha própria atitude em relação à fornicação da noite anterior.

Do *ferry* para o táxi, do táxi para o trem. No trem escrevi: "Se tivesse um irmão gêmeo — nós dois íamos querer você para nós". Mas não, aquilo não tinha o tom dos Folksy Cards; amassei o papel e joguei fora.

Manhattan. Não podia voltar para o apartamento das Kerner, portanto seria o saco de dormir no escritório, afinal. Andando da Penn Station para o bairro das roupas, deserto no domingo, me descobri pensando a mesma frase o tempo todo: "É tudo feito com espelhos, é tudo feito com espelhos".

Claro, espelhos. Lembrei-me daquela manhã no banheiro do apartamento das Kerner, quando tentei recrutar meu reflexo. Sem chance.

E então surgiu na minha cabeça, ou voltou, seja lá qual for a imagem, John Dickson Carr. Muitos e muitos anos antes, num chalé de verão em algum lugar, eu tinha encontrado e lido uma novela de John Dickson Carr, e nela o sujeito...

Adaptável? Tentei visualizar a coisa toda, a ante-sala do escritório, minha sala, a porta do corredor. Por que não funcionaria? Não havia nenhuma razão imaginável, nenhuma.

"Tudo bem. Tudo bem", eu disse em voz alta, e uma mulher de bigodes, cheia de sacolas de compras, levantou a cabeça agitada do cesto de lixo que estava fuçando e se afastou de mim como se *eu* fosse o louco. Sorri para ela, de forma não muito tranqüilizadora, e disse: "Então ela quer ver os dois ao mesmo tempo, não é? Ela *vai* ver os dois ao mesmo tempo".

A mulher fugiu, sacudindo as sacolas. Coloquei as mãos em volta da boca e gritei para ela: "É tudo feito com espelhos!".

32

Um espelho no bairro das roupas? Coisa mais fácil deste mundo: arranjei um a caminho do escritório.

No mesmo edifício, de fato. O elevador de serviço não funciona aos domingos e o outro elevador não funciona nunca, então subi a escada, dei uma parada no andar abaixo do meu para invadir a Froelich's Frocks, enfiando o Master Charge entre a porta e a fechadura.

Milhares de vestidos. Em outros tempos, eu provavelmente pegaria um bonitinho para Gloria, mas hoje não tinha espaço na minha cabeça para nada que não fosse essencial. Precisava de um espelho, de uns dois metros e meio de altura por um de largura, e que ficasse em pé sozinho. Vamos lá, vamos lá, as modelos têm de se olhar em algum lugar.

Certo. Na sala dos fundos havia meia dúzia de espelhos exatamente como eu queria, em pé nas suas molduras. Peguei um, descobri que pesava uma tonelada, mas consegui levar para cima. Coloquei-o na posição correta, dei um passo atrás, um passo à frente, olhei de perto, de longe, estudei.

Certo.

33

Quando Ralph telefonou às dez da manhã, eu ainda estava gemendo e rangendo e esperando que Gloria me trouxesse mais uma dose de Excedrin para começar a trabalhar. Uma noite passada no saco de dormir no chão do escritório não tinha feito nada bem para meu corpo, e muito menos para meu estado de espírito. Ralph se identificou e perguntei: "E então?".

"Você não queria que eu investigasse sua noiva?" Ele parecia surpreso e ofendido com minhas maneiras.

"Ah, claro, Ralph. Desculpe, passei mal a noite."

"Sinto muito saber disso, Art. Mas o casamento ainda está de pé, espero."

"Não esse tipo de passar mal. O que descobriu?"

"Bom, em primeiro lugar", ele começou, "existem duas Elizabeth Kerner."

"Elas são gêmeas", eu disse.

"São gêmeas", ele repetiu. "Elas... Ah, você já sabia isso?"

"Já. Os nomes são escritos um diferente do outro. Estou interessado na que se escreve com Z."

"Certo", ele disse, e começou a me revelar coisas que eu já sabia sobre os falecidos pais das minhas meninas. A família era tão rica quanto tinha sido levado a acreditar, mas os negócios familiares eram ainda mais vastos do que supunha, tanto nos Estados Unidos quanto no Canadá. Havia vários ramos da família, tios e tias e primos, que tendiam a ser proprietários de algumas subsidiárias Kerner, mas o controle do vasto império tinha ficado mesmo nas mãos do velho Albert, e passara agora para as duas filhas. "Uma está processando a outra, você sabe", disse Ralph.

"Quem?"

"As moças. Elisabeth e Elizabeth."

"Uma processando a outra? Por quê?"

"Isso você não sabia?"

"Ralph, só responda a pergunta."

"Uma está processando a outra para conseguir o controle total", ele disse. "O estado civil delas tem alguma coisa a ver com isso, algo que o pai deixou no testamento. Não consegui os detalhes para não parecer intrometido demais. Afinal, sou advogado e não estou ligado ao caso."

"Você fez muito bem, Ralph", disse eu, com toda sinceridade. "Mais alguma coisa?"

"A que se escreve com Z... sua namorada, não é?"

"Noiva."

"Ela já teve uns problemas", Ralph disse, reticente.

"Acredito que sim."

"Espero que você saiba bem o que está fazendo, Art."

Olhei para o espelho ao lado da porta fechada que dava para a ante-sala. "Eu também espero", disse.

"Quer saber detalhes? Dos problemas dela?"

Pelo seu jeito de falar, eu sabia que era melhor não saber. "Não, acho que não. E Volpinex?"

"O advogado?", ele perguntou, sem a menor necessidade. "Trabalha só para uma das irmãs, você sabe."

"Claro."

"A que se escreve com Z, sua namorada."

"Eu sei, Ralph. Manda."

"Bom, ele é sócio emérito do foro de Nova York."

"Só podia ser", disse, "mas preciso de alguma coisa pior. Ele é corrupto? Pervertido? Membro do Partido Trabalhador Progressista? Porta-voz do governo?"

"Nada disso", ele disse. "É sócio minoritário da firma Leek, Conchell & McPoo, e muito considerado lá dentro."

"Eles estão errados."

"Mas é. Foi casado uma vez, mas..."

"Ela pediu divórcio? Crueldade extrema?"

"Ela morreu", Ralph continuou. "Acidente de automóvel, quando estavam de férias no Maine."

"Ele que matou."

"Ha ha ha", Ralph fez.

"Matou, Ralph."

"Art, cuidado com essas bobagens. Pode dizer essas coisas para mim, mas tem muita gente por aí que não tem o menor senso de humor."

"Mal posso acreditar, Ralph."

"Uma observação dessas, mesmo de brincadeira, pode ser interpretada como calúnia."

Eu não estava absolutamente fazendo uma brincadeira, mas para que esticar a conversa? "Ralph, você não tem nada de negativo sobre o filho da puta, alguma coisa que eu possa usar contra ele?"

"Desculpe, Art", ele disse. "Ele pode até ser o escroque que você pensa que é, mas nesse caso sabe encobrir muito bem suas pegadas."

"Deve saber", eu disse. "É um escroque esperto."

"Esses são os mais difíceis de descobrir", Ralph declarou, sério.

"Pode ser", eu disse. "Bom, agradeço muito tudo o que você fez por mim, Ralph."

"Amigos são para essas coisas", ele disse, com certa razão. "Por falar nisso, Candy me pediu para te dar os parabéns pelo seu próximo casamento."

"Ela pediu, foi? Gentileza dela."

"Ela é legal", disse complacente. Aí nos despedimos e desligamos. Fiquei sentado, imaginando um pouco o olhar de Candy, o sorrisinho maroto naqueles lábios felinos ao me mandar os parabéns, via Ralph.

Em algum momento no futuro, quando tivesse resolvido toda essa história dos gêmeos, ia ter de dar mais uma passadinha pela vida de Candy. Pelos velhos tempos.

34

Às três e quinze comecei a ensaiar.

Mandei Gloria para casa mais cedo, coloquei o espelho no lugar, encostado na porta da minha sala, e me coloquei no batente diante dele, praticando a movimentação. Meio cego sem as lentes de contato e segurando os óculos na altura da cintura com a mão direita, disse para o reflexo: "Vou pensar no caso e falo com você amanhã". Aí dei um passo para trás, puxando a porta na minha direção com a mão direita, enquanto, com um único gesto de robô, colocava os óculos na cara e puxava os cabelos para trás, desfazendo o penteado de Art e penteando no estilo de Bart.

Na noite anterior, antes de me enfiar no saco de dormir ali no escritório, tinha feito mais um telefonema de Bart-de-Los-Angeles-para-Betty, dizendo a ela que devia estar de volta hoje. Claro que ela quis ir me buscar no aeroporto, mas expliquei que ainda estava preocupado com a briga com Art e queria cuidar disso antes de mais nada. "Pego um táxi do aeroporto", tinha dito, "e vou falar com Art no escritório. Por que não vai me encontrar lá?" E combinamos para as quatro da tarde.

Por volta de quinze para as quatro, eu estava pronto. No começo, minha dancinha balinesa tinha sido meio dura e sem coordenação, mas com a prática ficou perfeita e agora os movimentos eram firmes e seguros. O espelho estava no ângulo certo, a porta aberta direitinho, tudo pronto. Só precisava agora era da platéia.

Nervos. Tremores de noite de estréia. Saí do escritório, passei pela porta do elevador de carga, voltei pelo corredor, voltei até o elevador, tornei a andar até a porta do escritório, agitado, inquieto, olhando constantemente o relógio. Betty seria do tipo que chega antes ou que se atrasa? Será que eu ainda ia conseguir fazer meu gesto óculos-cabelo com essa dolorosa tensão que estava começando a me aparecer nos ombros? Será que ia conseguir coordenar os movimentos de duas mãos, dois pés e uma boca, tremendo como um passarinho?

De vez em quando o elevador de carga subia rangendo. Eu voava para dentro do escritório, ficava exatamente na posição marcada, tentava acalmar o coração e a respiração, e escutava os gemidos e resmungos do elevador subindo.

Para outro andar.

Dez para as quatro, cinco para as quatro, três para as quatro.

Fiquei diante do elevador, enquanto ele descia de mais um alarme falso. A porta da escada ficava ao lado dele, aberta, em flagrante violação às leis de incêndio. Tinha dito a Betty para tomar o elevador de serviço, mas será que ela ia preferir a escada? Apurei o ouvido, tentando escutar passos se aproximando.

Whinninninninninne. O elevador estava subindo de novo. Fingindo displicência, dessa vez caminhei até a porta do meu escritório e tinha acabado de sumir de vista quando o desgraçado, *griik*, parou no meu andar.

Pronto! Fechei a porta de fora, atravessei o escritório para a porta interna, fiquei no batente, de frente para o espelho. Estava com a boca e os lábios secos, e batalhava para produzir alguma saliva e poder falar. Mão esquerda na maçaneta e mão direita agarrando os óculos, olhei para o espelho, através do meu reflexo, para o reflexo da porta do corredor. Em silêncio, repassei a minha fala: "Vou pensar no caso e falo com você amanhã. Vou pensar no caso e falo com você amanhã. Vou pensar no...".

A porta do corredor se abriu. Betty entrou.

Agora, deixa eu contar o que foi que Betty viu. Ela entrou na sala e viu Bart de costas para ela na porta a sua frente, conversando com Art. Pelo ombro direito de Bart, dava para ver perfeitamente a cara de Art, sem óculos e com o cabelo caído na testa. Ela viu os lábios de Art se mexerem e ouviu ele dizer: "Vou pensar no caso e falo com você amanhã". Aí, do ponto de vista dela, Art fechou a porta na cara de Bart, fazendo com que este desse um passo para trás. Sozinho, ainda de costas, Bart levou a mão à cabeça, preocupado, e voltou-se, piscando atrás dos óculos e abaixando a mão dos cabelos penteados para trás para dizer: "Betty!".

"Querido!", ela disse, combinando muito delicadamente a alegria do reencontro com uma súbita preocupação. Atravessou correndo a sala na minha direção: "Houve algum problema?".

Eu já tinha resolvido antes que a melhor coisa a fazer nessa situação seria ficar um pouco vago, resultado do *jet lag* e da discussão com Art. Foi uma decisão acertada, afinal, porque tudo o que era capaz de sentir no momento era uma anestesiada confusão. O espelho, sem Art, estava do outro lado da porta. Uma sala inteira sem Art, na verdade, ali do outro lado da porta. Como eu podia ter imaginado que ia conseguir me safar de uma peça juvenil como essa? "Problema?", repeti. "Problema?"

"Pois acabei de ver que Art estava...", disse ela, indicando a porta com um gesto.

"Viu? Você viu?"

"Claro. E tive a impressão de que vocês não estavam se entendendo nada bem."

Um grande sorriso espalhou-se pelo meu rosto como o vôo cor-de-rosa de um flamingo. Não consegui evitar, simplesmente não consegui evitar. "Ao contrário", disse. Meu Deus, tinha funcionado! "Acho que tudo vai acabar bem."

"Mas ele estava tão... eu vi que..."

"Sei que você viu, meu bem", disse, dando-lhe um grande beijo, sem me importar a mínima que ela não fosse fiel a mim. "Não se preocupe com Art. Ele demora para se acalmar. Pode acreditar, conheço meu irmão. Está tudo certo agora. Amanhã eu telefono e fazemos as pazes."

"Você é quem sabe", ela disse.

"Escute, vamos embora daqui", eu disse. "Ele que fique com a raiva dele, até superar sozinho."

Ela franziu a testa na direção da porta. Será que estava pensando em entrar lá e discutir com Art em meu favor? Não. Ela sacudiu a cabeça e disse: "Bom, você conhece seu irmão melhor do que eu".

Eu podia questionar aquela afirmação, mas fiquei quieto. Abri a porta para ela, saímos do escritório e descemos interminavelmente pelo elevador de carga até lá embaixo.

Quando estávamos saindo do edifício, Candy entrou. Parecia sombria e passou junto de nós sem olhar. Admito que levei um susto, mas acho que não deu para notar.

E se ela tivesse chegado antes? E se fosse ela que tivesse aberto a porta do escritório e se deparado com a cena dos gêmeos? E se Betty tivesse chegado em seguida, e encontrasse um irmão, um espelho e uma mulher estranha, em vez da bem ensaiada cena entre Art e Bart? Essa tinha sido por pouco.

Carlos e o Lincoln estavam parados em frente. Betty e eu entramos, e quando começamos a nos afastar acho que percebi com o rabo dos olhos que Candy tinha tornado a aparecer na porta do edifício, olhando na direção do nosso carro. Mas não olhei para trás.

35

Liz veio ao escritório na quarta-feira de manhã. Gloria tentou anunciá-la antes, mas Liz invadiu minha sala, dizendo: "OK, estou aqui. Vamos nos casar". Gloria hesitou um pouco e retirou-se.

Levantei a cabeça lentamente e disse: "Não".

Isso foi dois dias depois de Betty ter visto Art e Bart ao mesmo tempo. Eu tinha passado esse tempo todo avaliando minha situação e havia chegado a algumas firmes conclusões. Tal como, definitivamente, não me casar com Liz.

Bart havia nascido em 25 de agosto, vinte e três dias antes, portanto, durante minha primeira conversa com essa filha da puta, e desde então eu não tinha praticamente nenhum tempo para mim mesmo. Agosto estava quase no fim e eu nem tinha percebido o mês passar. Tinha começado uma brincadeira só por diversão, e passara as últimas três semanas rebolando feito um gato numa banheira cheia de água, correndo, correndo, correndo a cada minuto.

Tudo isso agora estava acabado. Depois da história do espelho, na segunda-feira, Betty e eu tínhamos passado uma noite agradável na cidade (ela pagando tudo), e depois no apartamento dela, com as luzes bem apagadas para que não reconhecesse nenhum dos hematomas de Art no corpo de Bart. Na terça-feira de manhã, eu havia dado a ela um beijo de despedida, indo ao encontro do meu adorado irmão. E pela primeira vez em semanas tive um dia inteiro só para mim, um dia em que não precisei ser nem Art para Liz, nem Bart para Betty, um dia sem confusões, telefonemas, correrias de último segundo ou explicações menos consistentes que geléia.

Terça-feira, 27 de agosto: uma data para ficar na história. Talvez alguma república da América Central até pudesse batizar uma avenida em honra desse dia. *El bulevar de la paz del 27 de agosto.*

Que dia. Gozei a solidão na minha sala, levei Gloria para almoçar e paguei a parte dela, retornei o telefonema da minha irmã Doris e fui gentil e compreensivo, enviei cheques com parte do pagamento para três dos ilustradores, e criei mais um cartão: a parte da frente, sem nenhuma ilustração, diz: "As coisas não têm sido as mesmas desde que você foi embora". E a parte de dentro, página da esquerda e da direita inteiramente tomadas por um desenho de uma velha casa agitada por uma gigantesca festa: velas no telhado, mulheres seminuas despencando das janelas, um caminhão-tanque de cerveja no jardim com uma mangueira entrando por uma das janelas etc. etc.

Etc.

E o tempo todo, ao longo daquele dia pacífico como um passeio de barco, pesei as alternativas. Já era hora de decidir de uma vez por todas o que queria e o que não queria.

O que eu não queria. Não queria que ninguém descobrisse a trama dos gêmeos. Não queria perder meu acesso à fortuna Kerner. Não queria ir para a cadeia, nem ser perseguido por uma família rica ressentida comigo. Também não queria o bom amigo Volpinex me atacando com bolas de squash, nem com golpes de caratê, nem com nada.

O que eu queria. Dinheiro. Todos os confortos que pudesse imaginar e todos os outros em que nem tinha pensado. Um Alfa Romeo. Viagens aéreas ilimitadas. Estábulos nos fundos de casa. Mais um Alfa Romeo. Um quarto separado só para as roupas e mais roupas que conseguisse guardar lá dentro. Mulheres macias em camas firmes. Verões em Palm Springs ou em Palm Beach, ou em Palma de Mallorca; não sou nada exigente. Verões com ar-condicionado. Noites debaixo das estrelas, debaixo de lençóis, debaixo de grande influência e debaixo da proteção do dinheiro. Dinheiro. Um Jaguar, um Rolls-Royce, e mais um Alfa Romeo. E dinheiro.

Tudo isso me parecia bastante claro. Casar com uma das irmãs Kerner e viver feliz para todo o sempre. *Uma* das irmãs Kerner. Casar com uma irmã Kerner, acabar com o joguinho dos gêmeos imediatamente, cobrir de areia minhas pegadas e sair assobiando de contentamento e alegria.

Ambição, esse era meu grande problema. Já tinha planejado isso tudo antes, até os detalhes de me livrar da Folksy Cards e arquivar Art, inventando um rompimento para explicar o desaparecimento dele, enquanto Bart rolava no luxo do seu estado matrimonial para sempre, amém. E aí Liz havia aparecido com seu canto de sereia daquele maldito contrato, dois mil por mês, dinheiro *e* liberdade, e desde então eu tivera de dançar mais depressa que as coristas todas de um show de Gilbert and Sullivan.

Portanto, era hora de parar. Tinha tido dois dias inteiros só para mim; droga, ninguém ia mandar em *mim*. Quando Liz irrompeu na sala, arrogante e segura de si, para dizer "Vamos nos casar", minha resposta fora imediata e definitiva: "Não".

"Besteira", ela disse. Sentou na cadeira em frente à mesa, cruzou os tornozelos, me deu um olhar hostil e disse: "Quanto?".

"Nada", respondi. "O acordo está desfeito."

"Temos um contrato."

"Que não entra em vigor antes da cerimônia de casamento."

Formou-se uma ruga vertical entre as sobrancelhas dela. "Não tenho tempo para perder com essa merda, Art", ela disse. "Fizemos um acordo. Não vai conseguir arrancar mais dinheiro de mim, não vou dar."

"Nem eu aceitaria", revelei. "Acabou, Liz. Não gosto de você e não vamos nos casar."

A ruga ficou mais funda e ela abrandou um pouco. Em outro tom de voz, completamente diferente, disse: "Forcei demais a barra, não é?".

"Você e Volpinex", concordei. "É isso, em parte."

"E o resto? O que é?"

"Você está me usando. Esse negócio de casamento é só uma cobertura. Você sabe do que eu estou falando."

"Do problema do imposto? Eu contei desde o começo, por que se chatear com isso agora? O Tio Sam não é seu tio *de verdade*, sabia?"

"Não a história dos três milhões", disse eu. "O processo."

Uma súbita calma apareceu no rosto e no corpo dela. Cuidadosamente, perguntou: "Processo?".

"Entre você e sua irmã. A questão principal é essa; essa história de imposto é secundária."

"Quem te contou sobre o processo?"

"Que importância tem isso? Não admito ser usado desse jeito."

Ela se pôs de pé num salto. Estava fervendo, mas fria. "Quero saber quem foi que contou sobre o processo. Foi Ernie?"

"Adoraria dizer que sim", respondi. "Adoraria ver vocês dois pulando um no pescoço do outro. Mas se eu mentir para você, ele vai conseguir se safar de alguma forma."

"Ele é mais esperto que você", ela disse. "Quem te contou? Betty não foi."

"Foi Bart que me contou."

"Bart!" Ela olhou em torno, e percebi que estava registrando o fato de meu famoso irmão não estar presente. A não ser por um detalhe: com olhos atentos, Bart me observava das profundezas do espelho da Froelich, escondido num canto da sala. "Como é que ele podia saber?", Liz perguntou. "Onde é que ele está, afinal?"

Ignorando a segunda pergunta, respondi a primeira: "Betty contou a ele".

"Não seja idiota. Por que Betty iria conversar com seu irmão sobre uma coisa dessas?"

"Porque eles são casados", respondi.

Era minha primeira bomba, e foi uma maravilha ver as bicicletas, os pedaços de cerca e corpos humanos, *whuuummm*, voando no ar quando explodiu. Liz literalmente perdeu o equilíbrio, bateu na cadeira e caiu sentada nela de novo. Na mosca.

Meu Deus, dessa vez eu ia conseguir. Espalhar confusão e desavença, liberar Art de todos os outros, e *desaparecer*.

"Ora, aquela..." Liz sussurrava, principalmente para si mesma. "Aquela putinha", sussurrou, tornando a olhar para mim. "Tem certeza disso?"

"Absoluta. Um casal de Far Hills foi padrinho deles. Casaram-se em Nova Jersey."

"Há quanto tempo?"

"Semana passada, não sei que dia."

"Que vaca", Liz repetiu, me atravessando com o olhar e fixando a parede. Idéias perigosas se agitavam nos seus olhos, como uma selva, à noite.

"Vocês são demais para mim", eu disse. "Talvez Bart consiga se dar bem, mas de agora em diante eu..." E calei-me, porque Liz estava de novo concentrada em mim.

Pousando o olhar intenso na minha pessoa: "Leva menos de duas horas para chegar a Connecticut. Já temos os exames de sangue há quatro dias, e lá não há período de espera depois que se consegue a licença".

"Você não me ouviu, Liz", insisti. "Não tem mais acordo. Acho que vocês são um horror e não quero ter nada a ver com vocês."

"Não precisa ter nada a ver comigo", disse ela, dura, firme e cheia de urgência. "Estou falando exclusivamente de uma proposta de negócios, você nunca mais vai precisar me ver, mas hoje temos de nos casar."

"Absolutamente."

"Quer mais dinheiro, é isso? Qual o seu preço, agora?"

"Não tenho preço." Alguma coisa se agitava na minha cabeça, mas fiz força para ignorar. "Não estou tentando melhorar o acordo, estou dizendo que *não* tem mais acordo."

"Mas *por quê*? É só uma questão de negócios, casamento nominal apenas, você nunca mais vai ter de me ver na sua frente.

Assim que essa questão legal estiver resolvida, você pode pedir um divórcio, uma anulação, o que quiser."

"Não."

"Por quê? Está caído por alguma caixeirinha de supermercado? Se é outra mulher o que você quer, isso não é..."

"Não tem nenhuma outra mulher. Só não quero fazer acordo nenhum." Inclinei-me sobre a mesa, abrindo os braços, e disse: "Qual é, Liz? O mundo está cheio de solteirões. Dois mil dólares por mês e a opção de cama com você... nesses termos você deve ser capaz de recrutar um exército".

"Qualquer um da rua?" Os lábios dela curvaram-se, depois se endireitaram de novo. "Não dá, Art. O sujeito tem de ser apresentável, de ser *possível*. Não tanto por causa do pessoal do imposto, mas por causa do tribunal. Você sabe o tipo de vida que eu levo; as pessoas que recebo em casa são ricas e formais demais para um acordo desse tipo, e as que encontro quando saio não podem aparecer no tribunal ao meu lado. Faz um ano que estou procurando, juro, e você foi a primeira possibilidade real que apareceu."

"E Volpinex? Ele casaria na hora que você quisesse."

"Não comigo", ela disse. "Eu não chegaria nem perto dele, ele me deixa aterrada."

"*Você* aterrada?"

Ela havia entrado com uma bolsa de lona dependurada no ombro e agora procurava alguma coisa dentro dela. "Tudo bem, acredito que você não quer mais. Mas não posso me permitir uma coisa dessas, Art." Vi que tirou da bolsa um talão de cheques e uma caneta, e agora me olhava com urgente sinceridade. "Forcei demais", disse. "Podia te dizer que foi idéia de Ernie, e foi, de fato, mas isso não faria a menor diferença. Você não gosta de mim, OK, tudo bem. Prometo que não vai ter de me ver depois de hoje, a não ser que *você* queira me ver. Estou pedindo sua ajuda numa questão de negócios. Só isso." E baixou a cabeça para escrever o cheque.

Ratos roíam as cordas que me amarravam ao mastro. "Não... não escreva nada aí", eu disse. "Não estou interessado." (Mas eu não ia ter de encontrar com ela nunca mais. Bart e Art poderiam, afinal, se separar. Art podia casar *e* desaparecer, e continuar recebendo os dois mil por mês.) (Não não não não não.) (Não esqueça a sua Grande Chance.) (Mas você não queria cair *fora* dessa?)

Ela havia terminado de preencher e, *rriip*, veio o cheque saído do talão. Ela se inclinou para deixar que flutuasse como um avião pousando em cima da minha mesa. "Este é por fora", disse. "Além de tudo o que está no contrato, um pequeno extra como presente de casamento. Para compensar os inconvenientes."

Já tentou não olhar para um cheque que alguém acaba de jogar em cima da sua mesa? Esse tinha um pequeno traço reto no começo do número e depois uma porção de círculos. Tinha um 1, e um 0, e um ponto, e outro 0, e outro 0 e outro 0, depois uma vírgula, e mais um 0 e ainda mais um 0 e fim.

Dez mil dólares.

Os ratos roeram a corda toda. As mordidas chegaram até o convés e, oh, como era doce o canto das sereias.

Liz sabia que tinha me comprado. Não esperou que eu dissesse mais nada, simplesmente enfiou o talão de cheques e a caneta na bolsa e se levantou. "São dez e meia", disse. "Daqui a uma hora, vai ter um carro te esperando lá embaixo." E foi indo para a porta.

Eu estava com o rosto apoiado na palma da mão. Podia sentir todos aqueles zeros na minha pele. "Espere", eu disse.

Ela parou na porta e olhou para mim, pronta para o que viesse. "O que é?"

"Que seja um Alfa Romeo", eu disse.

36

Conversas:

"Rezidance dos Kerrnérrr."

"Alô, Nikki, aqui é Bart Dodge. Posso falar com Betty, por favor?"

"Um momento, porr favorr."

Nnnnnnnnnnnnnnnnnnnnnnnnnnnnnnnnnnnnnnnnn.

"Alô, Bart?"

"Betty?"

"Bart, é alguma coisa importante? Estou saindo para almoçar, vou encontrar com Dede no Bonwit's, ela está passando o dia na cidade e..."

"É importante, Betty."

"Bart? Aconteceu alguma coisa?"

"Tenho de lhe fazer umas perguntas, Betty."

"Bart, você está tão sério. O que foi, meu bem, qual é o problema?"

"Acabei de ter uma longa conversa com Art. Ele me contou umas coisas. Simplesmente não sei o que pensar."

"Vocês dois brigaram de novo? Ele disse alguma coisa que o ofendeu, coração? Não dê ouvidos ao que as pessoas dizem quando estão com raiva, querido."

"Ele me contou algumas coisas a seu respeito, Betty."

"A meu respeito? Não faço a menor idéia do que seu irmão possa dizer a meu respeito. Na verdade, não quero nem saber, mas você sabe muito bem que essas coisas que se dizem num momento de raiva não..."

"Tenho de perguntar, Betty. Você entende, não é? Tenho de saber."

"Bom, eu simplesmente nego tudo categoricamente, antes mesmo de saber o que é. O que seu irmão poderia saber sobre mim? Nós praticamente nunca nos vimos. Se ele não fosse seu gêmeo idêntico, talvez nem reconhecesse seu irmão se cruzasse com ele na rua. Acho muita crueldade sua ficar ouvindo fofocas a meu respeito. Estamos casados há oito dias e você já está duvidando de mim, você..."

"É sobre o imposto, Betty."

"Você... O quê?"

"Imposto."

"Imposto?"

"Art disse que você casou comigo porque tem de estar casada no fim deste ano, por causa de um problema com o imposto."

"É sobre o *imposto*? Disso que você queria falar? Do *imposto*?"

"É verdade, Betty?"

"Oh, ha ha ha ha ha. Oh *ho*, ha ha ha ha ha ha ha."

"Betty, isso é sério. Preciso saber."

"Oh, ha, ha, eu sei meu bem, ha, ha. Ah, meu querido, sou capaz de te abraçar e te beijar e te comer inteirinho."

"É verdade? Essa história do imposto, é verdade?"

"Que vou fazer uma economia se for uma senhora casada? É, é verdade, coração, verdade absoluta."

(Silêncio ofendido.)

"Bart? Meu bem?"

"Sei."

"Mas, coração, não foi *por isso* que me casei com você. Casei porque *te amo*, querido. Você me deixa com falta de ar, foi um romance relâmpago, nunca fui tão feliz na minha vida como sou agora, e o dinheiro não tem nada a ver com isso."

"Então por que nunca me contou essa história?"

"Fiquei com medo, meu bem."

"Medo? Por quê?"

"Não queria que você... ha, ha... sabe, pensasse que eu estava casando por causa do dinheiro."

"Tem certeza, Betty?"

"Ah, querido, não se lembra de hoje de manhã?"

"Claro que lemb..."

"E de ontem de manhã?"

"Lembro de *tudo*, Betty."

"Então, como pode duvidar de mim? Coração, podemos conversar no jantar? Agora tenho mesmo de ir. Dede está esperando por mim no..."

"E o processo?"

"O que, meu bem?"

"Você e sua irmã estão se processando para obter controle exclusivo das empresas Kerner, e é importante para o processo que vocês estejam casadas."

"Foi Art que lhe contou isso também?"

"Foi."

"E de onde ele tira todas essas informações?"

"De Liz, acho. Então é verdade, não é?"

"Meu querido, maridos e esposas no mundo inteiro se ajudam financeiramente: fazem declaração de renda conjunta, põem empresas um no nome do outro, fazem toda espécie de transação financeira um pelo outro, mas isso não quer dizer que um não *ame* o outro."

"O problema é só o seguinte: por que você não me contou sobre essas coisas? O imposto e o processo. Não confia em mim?"

"Claro que confio, meu amor. Só não queria que você se preocupasse, só isso. Não queria que você ficasse com a suspeita com que está agora. Era exatamente isso que estava tentando evitar."

"Mentindo para mim."

"*Não* menti para você, coração. Só não contei *toda* a verdade. E só porque te amo muito."

"Então, por que foi para a cama com Art?"

(Silêncio de perplexidade. Perplexidade *mesmo.*)

"Sinto muito, Betty, mas acho que não posso continuar com uma coisa dessas."

"Mas... Bart..."

"É tarde demais para negar. Art me contou tudo, me contou... detalhes, me contou coisas que não poderia saber se não fosse verdade."

"Hm. Bart, meu bem."

"O imposto, depois o processo e agora isso."

"Meu querido, Bart, escute um pouco."

"Não. Você tem de ir encontrar Dede no Bonwit's."

"Bart, eu errei. É verdade, mas essas coisas acontecem, isso que você disse, que Art disse. Mas juro que não teria acontecido se ele não fosse tão parecido com você."

"Ah, Betty, por fav..."

"É verdade, meu bem, meu amor. Mas, ah, quando a gente foi para a cama, eu me arrependi. Ele não é nada parecido com você, ele não sabe fazer uma mulher se sentir mulher. Não do jeito que você sabe."

"Quer dizer que sou melhor, ahn?"

"Querido, vamos começar de novo, do começo. Ainda pode dar certo, tenho certeza que pode."

"Sinto muito, Betty."

"Bart? O que é que você vai fazer?"

"Tenho de ficar sozinho um pouco, tenho de pensar sobre tudo isso."

"Ah, meu querido, fico tão mal de ver você magoado assim."

"Eu... eu telefono dentro de dois ou três dias."

"Claro, Bart. Bart?"

"O que é?"

"Não esqueça, coração, eu te amo de verdade."

(Silêncio cheio de significados.)

"Bart? Querido?"

"Eu telefono."

Bzzz.

"Alô?"

"Senhora Ralph Minck na linha."

"Diga que virei monge trapista."

"Sim, senhor."

"Lô?"

"Feeney?"

"É."

"Aqui é o dono do seu apartamento."

"Ah, e aí, Art? Legal?"

"Segunda-feira que vem é Dia do Trabalho, Feeney."

"Tô sabendo. E já vou estar fora, cara, não te preocupa. Já tô fazendo as malas."

"Vai voltar para Cornell, Feeney?"

"Isso aí, mano."

"Ótimo. Feeney, você conhece um bar em Ithaca chamado O'Hanahee's?"

"Mór buraco, mano, não é decente."

"Bom, você conhece o lugar. Feeney, tem dois fregueses usuais do O'Hanahee's que são velhos amigos meus dos tempos de luta sindical. É o Brock Lujenko e o Tumwatt Cavalão. Conhece os dois, Feeney?"

"Não é minha turma, cara."

"Feeney, estive aí no meu apartamento a semana passada. Você tinha saído."

"Ah, é? Devia estar meio bagunçado."

"Parecia que o Gordo e o Magro tinham acabado de sair."

"Hi, hi."

"O negócio é o seguinte, Feeney, você vai limpar tudo."

"Pô, claro, cara."

"Limpo. Imaculado. Exatamente como foi entregue a você."

"Claro, meu."

"Por que se não, um belo dia, durante o próximo semestre, você vai encontrar meus velhos amigos Brock Lujenko e Tumwatt Cavalão."

"Ah, é?"

"É. Eu volto na terça-feira."

"Vai estar limpo, cara. Não se preocupe."

"Não estou preocupado. Pode acreditar, Feeney, nas marés da vida você é minha menor preocupação."

"É?"

"É."

Bzzz.

"Ahn."

"Senhorita Linda Ann Margolies."

"Em pessoa?"

"No telefone."

"Ah. Diga para ela... Não, deixe, eu falo com ela."

"Uhm-hum."

Clique. "Senhorita Margolies?"

"Como eles esquecem depressa."

"Ahn?"

"Se bem me lembro, estávamos nus no chão do seu escritório no momento que eu disse: 'Pode me chamar de Linda', e você respondeu..."

"'Pode me chamar de irresponsável.' Acabei de lembrar. Como vai você, Linda?"

"Minhas costas já estão quase boas. E você, como vai, Irresponsável?"

"Exatamente."

"Bom, estou ligando porque..."

"Desculpe, senhorita, estamos no escritório."

"É, eu me lembro. E *você* se lembra da minha tese."

"Aquilo chama tese, agora? Você se lembra da minha arenga, não lembra?"

"Bacana. Só um pouco longa."

"Não, Linda. Não descemos até esse ponto."

"Claro que descemos. Quero mandar minha tese para você."

"Não sei se cabe num cartão."

"Escute, Irre, o negócio..."

"Escute o *quê*?"

"Irre. Abreviação de Irresponsável."

"Preferia que me chamasse de Sibila."

"Tudo bem. Escute, Sibila, o que eu quero é..."

"Não sei se entendi essa."

"O que eu *quero*, cara, é que você veja minha tese e me diga o que acha."

"Acho que é a tese mais gostosinha, mais peludinha que já..."

"Sibila."

"Certo. Adoraria ler a tese, de verdade, mas não posso prometer quando. Tem uma porção de coisas acontecendo."

"Tudo bem. Ainda falta um mês para entregar."

"Então mande."

"Você talvez não goste do título."

"Qual é?"

"Humor: uma resposta covarde à agressão."

"Bom, não dá para saber se é bom sem a música."

"É um tango."

"Então mande dois."

"Ah, meu Deus."

"Deus é que é bacana."

"O seu não chegava a tanto."

"Não, não chegava. O que é que o canibal deu de presente para a namorada no Dia dos Namorados?"

"Uma caixa de nádegas de fazendeiros."

"Sabe aquela do cara que resolveu repartir o cabelo de uma orelha até a outra?"

"Ele achou que era o máximo até que alguém cochichou no nariz dele."

"Linda, será que não existe uma maldita piada que você não conheça?"

"Existem três, na verdade."

"Quais... Ah, não, essa não. Tchau, Linda."

"Quase te peguei. Quase."

"Gloria, eu..."

"Espere um pouquinho, estou acabando de bater aqui."

"Carta para sua mãe?"

"Negócios da empresa. Declaração do imposto estadual."

"*Não me mostre!*"

"Não ia mostrar, mesmo."

"Só assine meu nome e mande para eles."

"Tem de mandar um cheque junto."

"Mande uma carta dizendo 'Procure o cheque, por favor'."

"Ponho um cheque junto?"

"Não perca tempo com perguntas cretinas. Tem um carro a minha espera lá embaixo. Bata aí, bata."

Cléquete, cléquete, cléquete cléquete... *zzzzzipp*

"OK, o que é?"

"Primeiro, está aqui o cheque do seu pagamento."

"Como? Hoje ainda é quarta-feira."

"Está pré-datado. E isso aqui é uma gratificação pelo Dia do Trabalho."

"Cem... Você não está pensando que vou tentar descontar isto aqui, está?"

"Fé e paciência, isso é o que te faz falta. Agora, *isto* aqui é um cheque e um recibo de depósito já preenchido para a conta da Wonderful Folks, que eu gostaria que você levasse ao banco para mim."

"DEZ MIL DÓL..."

"Ssh! Sshh!"

"Dez mil dólares?"

"A senhorita Kerner está investindo na Those Wonderful Folks."

"Não é o ramo dela."

"Seja lá o que for, esse cheque é melhor que uma virgem montada num unicórnio. Agora, vamos encerrar o expediente, você vai depositar esse cheque a caminho da sua casa, na sexta-feira a conta vai estar gorda, verdejante e linda, e você pode sacar seus dois cheques."

"Espere aí. Não preciso voltar depois do almoço?"

"Não. E não vamos abrir nem amanhã, nem sexta-feira. Vamos tirar uma longa folga pelo Dia do Trabalho. Só voltamos na terça-feira."

"Bom, por mim está ótimo."

"Gloria."

"O que foi? Você está aprontando alguma."

"Acho que você não vai querer saber."

"Também acho."

"Mas uma coisa você vai *ter* de saber, para o caso de alguém perguntar onde está meu irmão gêmeo, Bart."

"Você ainda está fazendo esse jogo?"

"Estou acabando com ele neste exato instante. Se acontecer de alguém te perguntar, querer saber onde está Bart Dodge, pelo que você sabe os irmãos brigaram e esse tal de Bart Dodge rompeu suas relações com a empresa e possivelmente não voltará aqui."

"Amém."

"É a luz no fim do túnel, Gloria."

"Vamos rezar para não ser um incêndio."

"Engraçadinha."

37

Menos de três minutos depois que Gloria saiu, quando eu estava ainda batalhando com as fechaduras para uma longa separação, a porta do corredor se abriu e entraram na sala dois sujeitos que nunca tinha visto antes. Usavam camisas brancas idênticas, de mangas curtas, colarinho aberto e pareciam maiores que o normal das pessoas. "Desculpe, cavalheiros, mas já estou fechando", eu disse.

"Tudo bem", respondeu um deles, continuando a avançar e fechando a porta do corredor atrás de si.

"Olha", disse eu, "estou com um pouco de pressa. Vou viajar e..."

"Certo", disse o outro sujeito e me estendeu um envelope branco. "Está aqui a sua passagem."

"Passagem?" Preocupado, tentando ligar a idéia de uma passagem com o fato de Liz haver me dito antes que ia mandar um carro me pegar, achando, confusamente, que esses sujeitos podiam ter sido mandados por ela, senão como é que podiam saber que eu estava indo viajar, dei-me conta de que eram grandes mesmo, fortes, ombros largos, braços grossos. Pareciam jogadores de futebol americano chegando ao estádio.

Peguei o envelope. Os dois ficaram olhando com as caras grandes, nenhum disse nada, e dentro do envelope encontrei o que era obviamente uma passagem de avião. Abri a capa e vi meu próprio nome, seguido de todas aquelas fileiras de letras e números que os funcionários das companhias aéreas usam para se comunicar entre si sem que o cliente entenda. Levei algum tempo para decifrar: o "JFK" no quadradinho do "De:" devia ser o Aeroporto Kennedy, de onde Bart tinha voado para a Califórnia. E o destino? "Para: St. Martin."

"St. Martin?"

"Isso mesmo", disse um deles. "É uma ilha."

"No Caribe", completou o outro. "Vai adorar."

"Espere aí", disse eu. "A senhorita Kerner mandou vocês trazerem isto aqui?"

Os dois riram, o que soou como o setor de violoncelos afinando antes de um concerto. "Não interessa de onde veio a passagem", disse um deles. "O que interessa é que você use ela."

"Não estou entendendo." Talvez fosse burrice minha, mas não conseguia entender. Se me contam uma piada, entendo bem depressa; mas se me pressionam, fico todo confuso.

"Você vai viajar", disse um deles. "Vai deitar na praia e se divertir."

"E todo dia", disse o outro, "vai dar uma passada no correio de Marigot, no lado francês da ilha, e perguntar se tem uma carta pra você."

"E um belo dia", disse o primeiro, "vai ter uma carta. E dentro dela vai ter uma passagem de volta pra cá."

"E você", continuou o segundo, "não vai voltar pra cá enquanto não chegar essa carta."

"Vocês estão malucos?"

"Acho que não, amigo."

"O quê... Por quê... Quem é que mandou isto aqui?" Eu estava tentando entender: uma piada? Alguma confusão de Liz? Não fazia o menor sentido.

"Não precisa saber quem foi", explicou o primeiro. "Pense que foi um benfeitor."

"Um admirador secreto", disse o segundo, e os dois se olharam e riram para mim.

"Volpinex!", gritei. E entendi tudo, de repente.

Os sorrisos murcharam e os dois franziram a cara. O primeiro disse: "Não é legal ficar falando o nome dos outros por aí".

"Essa ele não vai levar." Furioso, joguei a passagem na mesa de Gloria e disse: "Vocês devolvam isso aí para ele e digam que vou ficar aqui e casar".

"Você é muito burro", disse o primeiro.

"Melhor explicar pra ele", sugeriu o segundo.

"É." O primeiro, meio carrancudo, meio impaciente, meio pedante, mas sobretudo decepcionado com minha lentidão mental, disse: "Sabe, nosso trabalho, meu e do amigo aqui, é mandar gente embora. Esse cara não quer aquele cara circulando por aí, então a gente se encarrega de mandar ele embora".

"Isso aí", disse o segundo.

"Agora a gente tem dois jeitos de fazer a coisa", explicou o primeiro, levantando dois dedos grossos. "O primeiro é assim: a gente leva o cara até a rodoviária ou até o aeroporto, seja lá o que for, põe o cara a bordo e deseja boa viagem."

"Isso aí", disse o segundo.

"No segundo jeito", continuou o primeiro, "a gente leva o cara pro hospital com alguns ossos quebrados. Uma perna assim, a coluna, um ombro... Depende de quanto tempo o sujeito tem de ficar fora de circulação."

"Isso aí", disse o segundo.

Olhei para eles. Falavam como os durões dos filmes B, puro melodrama. Então ri deles, certo? Errado. Olhei para os dois e percebi que, se quisessem fazer de conta que eu era uma bola e jogar de um para o outro, era exatamente isso que fariam e não havia jeito de impedir. Percebi também que estava sozinho na ante-sala do escritório com os sujeitos e que os dois pareciam muito conscienciosos de sua função e dedicados ao trabalho. Dei um passo para trás, imaginando se conseguiria voltar para minha sala, trancar a porta, ligar para a polícia (não, eles quebrariam a porta antes de eu terminar de discar) e disse: "Olhe aqui".

"Nossa tarefa desta vez", disse o primeiro, continuando tranqüilamente a explicação, "é levar você até seu apartamento, ajudar a fazer as malas, e aí te levar pro aeroporto e te botar no avião."

"A não ser que você queira discutir", disse o segundo.

O primeiro concordou com a cabeça. "Isso aí."

"Aí então", continuou o segundo, "a gente te leva pro hospital."

Humor: uma resposta covarde à agressão. Por dentro, eu estava fervendo, vermelho de ódio e fúria. Mas disse: "Bom, vou sair com vocês, mas tenho certeza de que vão acabar me faltando com o respeito".

38

Quando vi o Alfa Romeo, entendi que não ia conseguir me conformar.

Ao descer interminavelmente pelo elevador de carga, com meus amigos como duas colunas ao meu lado, tinha encontrado mil razões para me convencer de que o que estava acontecendo não era efetivamente uma derrota, mas podia até ser considerado, sob certos aspectos, uma vitória. *Art* Dodge, arrancado da cidade por Ernest Volpinex, desaparecia de cena. Amanhã, *Bart* Dodge voltaria de St. Martin, faria uma deslumbrante reconciliação com Betty e viveria feliz por todo seu previsível futuro. Com alguma sorte, podia conseguir até ficar com os dez mil dólares de Liz, se o cheque fosse compensado antes de ela sustar o pagamento. Desde o começo eu sabia que tinha de parar com esse jogo dos gêmeos, para ficar com um personagem só e começar a colher os frutos, portanto as circunstâncias agora só estavam me forçando a seguir um caminho que já tinha reconhecido ser o da sabedoria. E, se o gosto na minha boca era um pouco amargo, e o nó na minha garganta era em parte de raiva, e se o exílio era sobretudo a vitória de Volpinex sobre mim, que importância tinha isso? Bart podia se vingar dele por mim depois.

Isso foi o que eu me disse enquanto o elevador descia. Mas quando saímos para a rua e vi o Alfa Romeo branco estacionado ilegalmente na frente do hidrante do meu edifício, ainda com as placas do revendedor e o motorista de camisa verde com as chaves na mão para me entregar, entendi que não ia conseguir. Não podia mentir a mim mesmo sobre vitória e derrota, não podia me enganar com sabedoria e aceitação, e não ia pegar nenhum maldito avião para nenhuma ilha de nenhum Caribe.

A rua estava na sua costumeira confusão de atividades de dia útil. O bairro das roupas de Nova York é uma versão do mercado de Bagdá, com caminhões no lugar dos camelos, carrinhos-cabide em lugar de burros, e táxis no lugar dos cavaleiros do vizir. Ouve-se uma mistura de línguas, todas corruptelas de uma ou outra língua conhecida: *spic*, iídiche e *black* predominam, mas também se ouvem as variações *wop*, *wog* e várias outras, do chinês, além de temperos mais raros da sopa neste ou naquele setor. (O que aqueles sujeitos de turbante falam eu não sei, mas o som é de merda morna mexida com colher de pau.)

"Por aqui", disse um dos meus guarda-costas. "O carro está depois da esquina." Então nós três viramos à direita e fomos nos afastando do edifício e do lindo Alfa Romeo branco (eu sabia que não devia olhar para trás, apesar de querer muito), andando pela calçada esburacada pela desordem do bairro das roupas.

Íamos lado a lado, é claro, o que não é nada fácil no meio daquela multidão, e diversos membros das raças menos favorecidas da sociedade nos olhavam com raiva por ter de descer para a sarjeta para nos dar passagem; três homens brancos ocupando toda a largura da calçada.

Logo nos vimos andando devagar, atrás de uma multidão de carrinhos-cabide, empurradas por uma turba de *spics* e negros. Os primeiros falavam *cockroach*, a versão do espanhol que inventaram, e os últimos falavam em dialeto Harlem, uma adulteração do inglês, composta principalmente do substantivo *muhfur* e do adjetivo *muhfun*.

Estávamos quase na esquina, andando logo atrás dessa lenta multidão, quando de repente levantei a cabeça e gritei: "Vamos logo, seus negros filhos da puta, tirem essas porras dessas bundas do caminho!".

O número de olhos que se voltou na minha direção foi muito gratificante. Dei os braços aos meus confusos acompanhantes, marchando em frente, e anunciei alto: "A gente quer passar, macacada, sai da frente!".

O primeiro soco veio de um negro musculoso, com uma camiseta mais grudada na pele que o plástico transparente das embalagens de carne no supermercado, e que revelava peito e ombros dignos de um estudo anatômico. O soco foi dirigido a mim, mas não estava mais presente para recebê-lo. Assim que vi o braço levantar no ar, virei e corri.

Podia escutar a gritaria atrás de mim, uma parte até em inglês de verdade. Correndo a toda velocidade, desviando dos carrinhos de roupas, pulando por cima de hidrantes e caixas de papelão, atravessando muralhas de roupas em cabideiros, deslizei ao longo das janelas de vidro da fábrica de botões. Não olhei para trás até estar ao lado do Alfa, e mesmo aí não parei. Achei que era melhor sumir das vizinhanças por algum tempo e correr a pé era mais rápido do que o pára-e-anda da pista única de táxis-caminhões-turistas se arrastando pelo meio da rua.

É, o melhor era sumir dali. Lá vinham eles, correndo atrás de mim, derrubando pedestres de quem havia desviado, criando mais uma fonte secundária de brigas e socos e batalhas de gritos, mas mesmo de onde estava podia perceber o brilho assassino nos olhos deles.

Não os meus amigos da passagem aérea; esses ainda estavam lá atrás, onde eu tinha começado a confusão, mal perceptíveis no meio das pernas e braços da pancadaria. Quem me perseguia era um esquadrão negro, liderado pelo meu amigo da camiseta justa, e comecei a ter sérias dúvidas de que o destino que planejavam para mim fosse a ilha de St. Martin. Quando olhei para a frente, atropelei duas gordas costureiras porto-riquenhas que deviam estar saindo para almoçar. Pulei por cima dos dois corpos-barricas e corri pela vida.

39

Depois da cerimônia, beijei a noiva e ela entrou no Lincoln com o padrinho, partindo para local desconhecido. A madrinha, ou dama de honra, era a feia filha do juiz de paz, portanto permaneceu no seu hábitat original: atrás da balaustrada, no sofá gasto, na frente de uma televisão em preto e branco maior do que a boca de um túnel.

Eu tinha conseguido escapar da batalha racial que eu mesmo começara com a ajuda de um táxi que me levou Sexta Avenida acima. Quando voltei ao local, vinte minutos depois, alguns carros de polícia entupiam uma parte do quarteirão onde a briga tinha acontecido, e havia muita gritaria. O motorista da revendedora continuava ali parado com sua camisa verde, apoiado no pára-lama, um ponto fixo na agitação em volta, até eu me identificar. Sem papo-furado nem nenhuma surpresa, entregou-me as chaves e a licença provisória, mais um envelope contendo instruções de onde encontrar Liz para o ritual de tirar a licença em Stamford. Ele desapareceu assim que entrei no meu Alfa.

Ah, a vida. *Pode* ser tão doce. Esta criatura não tinha cheiro de carro novo, mas da luva mais cara do mundo. Dei partida no motor (um ronronar macio), esperei passar o carro de polícia cheio de negros ensangüentados, juntei-me à maré de veículos, acompanhando cuidadosamente o tráfego miserável da cidade até a rodovia West Side, e aí comecei a me divertir muito pela estrada Henry Hudson, pela via expressa Cross Bronx, até o pedágio de Connecticut e depois Stamford. Cheguei primeiro e fiquei um pouco ao sol até que o familiar Lincoln preto apareceu e foi parar na frente de um fortuito hidrante. Liz desceu, de preto, acompanhada de alguém que descreveu como "o padrinho".

Olhei para o sujeito. "Tem certeza?" A criatura afirmava ser um músico de rock de Toronto, mas parecia ser quase exclusivamente rock, com muito pouco de músico. Aparentemente a única palavra de inglês que conhecia era "Yeah". Não experimentei nenhuma outra língua, mas duvido que fosse demonstrar maiores habilidades em qualquer outro idioma.

"Vamos acabar logo com isso", disse Liz. Entreguei a ela as três multas por excesso de velocidade que tinha acabado de levar. "Acho que você deve ter alguém para tratar disso."

Ela olhou os papéis, enfiou os três na bolsa e disse: "Não vá me deixar viúva antes de acabar o processo, hein?".

"Sua preocupação", respondi, "vai me inspirar a zelar pela minha segurança."

"Hm", ela disse. E entramos para pegar a papelada. Daí fomos ao juizado de paz para viver uma cena de comédia dos anos 30 — exceto pelo fato de o velho fazendeiro que realizou nosso casamento não estar de roupão de banho puído, e nem sem a dentadura —, e antes das três da tarde a coisa estava feita. "Então é isso", disse Liz.

"Imagine só", disse eu. "Nós dois, senhor e senhora Arthur Drew Dodge."

"Claro", ela fez, entrando no Lincoln com o seu Yeah, e lá se foram eles. O Juiz de Paz, a senhora Juiz de Paz e a filha Juiz de Paz ficaram na varanda, acenando, acenando, acenando, até notarem que o noivo tinha ficado ali com eles. "Bom, até a vista", disse eu, saltando para o Alfa e ronronando embora. Atrás de mim, eles formavam uma foto viva, enfileirados na balaustrada da varanda, bocas abertas, mãos levantadas para acenar, mas sem acenar.

40

"Ernest Volpinex, por favor".

"Quem desejaria?"

"Art Dodge", falei. "E pode dizer a ele que não estou no avião."

"Um momento, por favor."

Eu estava dando uma passada rápida no escritório, antes de ir para o Norte em busca de algum esconderijo tranqüilo. O lago Placid, talvez; o nome era exatamente o que eu tinha em mente. Um plácido retiro, um período de descanso entre duas metades. Talvez no sábado ou domingo eu telefonasse para Betty e, relutante, permitisse que Bart fosse arrastado a uma cena de reconciliação.

"Volpinex falando."

"Ah, sim", disse eu. "E *ainda aqui* é Art Dodge falando."

"Minha secretária disse que você queria falar alguma coisa de avião."

"É mesmo?", perguntei. "E você vai dar uma de inocente?"

"Não gosto de ouvir sua voz, Dodge", disse ele. "Se está ligando por alguma razão, podia dizer logo o que é?"

"Eu e Liz nos casamos hoje às três da tarde."

Houve um breve silêncio elétrico. Esperei, sorrindo no telefone, e finalmente a voz de Volpinex soou, pensativa: "Entendo".

"Portanto, pode chamar de volta seus brutamontes e esquecer a viagem para St. Martin."

Ele não disse nada.

Dessa vez, não esperei. Dei uma pausa grande, para ele ter a chance de falar se tivesse algo a dizer, depois continuei: "Pode esquecer tudo, na verdade. Agora é tarde demais".

"Talvez", ele disse, ainda pensativo.

Senti um arrepio na nuca, que fiz o possível para ignorar. "Talvez? Estou te dizendo, Volpinex, casamos. Assinado, selado e entregue." E então lembrei-me de que Ralph havia me contado que Volpinex era viúvo, e que a mulher tinha morrido em viagem de férias ao Maine. "E não estou indo para o Maine", acrescentei.

Ouvi então a voz mais fria da minha vida: "O que você está querendo dizer?".

"Quero dizer que acabou. Você perdeu."

Clique.

"Volpinex?" Sabia que ele tinha desligado, mas falei ao telefone mesmo assim. "Volpinex?" Ele tinha desligado mesmo. Então, relutante, desliguei também, e fiquei ali um pouco, pensando em cima do telefone.

A conversa não tinha sido nada do que eu esperava. Ainda sentia um arrepio na nuca e a voz fria de Volpinex ressoava em meus ouvidos.

Repensei o plano de dirigir para o Norte e passar a noite sozinho. Um lugar acolhedor, um corpo quente, talvez fosse uma idéia muito melhor, afinal.

Mas quem? Betty não. Linda Ann Margolies? Podia ligar para ela, convidar para jantar e ver o que acontecia em seguida. Já tínhamos feito sexo, ali mesmo no chão, portanto, se estivesse livre esta noite, não havia por que...

O telefone tocou.

"Alô?"

"Afinal encontro você."

"Candy?"

"Você tem mulheres demais, Art, é isso? Não reconhece mais as vozes?"

"Só reconheço a sua quando você é doce comigo."

"Quando *eu* sou doce com *você*!" A raiva dela chegava a quase derreter o plástico do telefone.

"Meu amor", eu disse, "tenho andado tão ocupado que..."

"Aposto que tem mesmo."

"Um dia lhe conto tudo o que..."

"Um dia, não. Hoje."

Passava das seis, era quase hora do jantar. Eu disse: "Candy, mesmo que pudesse ir até Fair Harbor hoje, não daria tempo de pegar o último...".

"Estou em Nova York."

Flashback: a imagem de Candy entrando neste mesmo edifício quando eu estava saindo com Betty, depois do truque do espelho. "Ah, você está em Nova York", repeti.

"Acabei com Ralph."

"Ah, Candy, pense bem no que está dizendo."

"Escrevi uma carta para ele, Art, contei tudo."

"Uma carta? Para Ralph?"

"Tudo, Art."

"Candy, você tem certeza de que..."

"Posso te mostrar a cópia. Me leve para jantar que lhe mostro a cópia da carta e podemos conversar."

Meu Deus. Uma mulher histérica ou emocional nesse momento já seria ruim, mas uma mulher que conta tudo ao marido numa carta, e ainda faz uma cópia, não é nem histérica, nem emocional. Não. Uma mulher dessas tem alguma coisa em mente. Cuidadosamente, falei: "Candy, se você quer conversar comigo sobre seus problemas, em honra do nosso passado, eu gost...".

"Nosso passado? Nós tínhamos muito mais que 'passado' antes de você começar a sair com aquela puta rica."

"Candy", disse, "detesto ter de lembrar uma coisa dessas, mas a razão por que não temos nos visto é que você me jogou para fora. Lembra?"

"Podemos falar disso também, Art."

"Hm. E o que é que Ralph tem a dizer, Candy?"

"Sobre o quê?"

“Sobre a carta, o que mais?”

“Ainda não mandei para ele. Vou botar no correio hoje à noite.”

“Ah”, disse eu.

“Depois que a gente conversar”, disse ela.

“Entendo.”

“Você sempre entendeu depressa, Art.”

Candy não podia ser considerada acolhedora, mas Deus sabe que era um corpo bem quente. Era uma pena para Linda Ann Margolies... mas. Eu disse: “Onde é que você está agora, meu bem?”.

“Em casa.” Isso queria dizer o apartamento na West End Avenue.

“Passo aí às sete?”

“Peça para o porteiro me chamar”, disse ela. “Eu desço.”

“Não está querendo que eu entre, Candy?”

“Primeiro”, disse ela, firme, “temos de conversar.”

41

Jantamos no Biblioteca, um restaurante na Broadway perto da casa dela. Pedi para ver a carta imediatamente, mas ela disse: “Não vamos perder o apetite com uma briga”. Então tivemos de fazer uma refeição completa, correndo o risco de ter uma indigestão depois, e finalmente, no café, ela tirou um documento muito bem dobrado de dentro da bolsa e passou para mim.

Duas folhas de papel, datilografadas. Suspirando, certo de que não ia ficar nada contente com aquela carta, comecei a ler:

> Caro Ralph,
>
> Meu querido, quero que saiba que, a despeito do que possa acontecer no futuro a partir de hoje, nunca perdi o respeito e amor que sinto por você e nunca perderei esse amor e esse respeito.
>
> Porém, cheguei à triste conclusão que não é mais possível para você Ralph e para mim Candice continuarmos a viver juntos como marido e mulher. O abismo que nos separa não pode ser atravessado pela ponte das nossas melhores intenções por melhores que possam ser essas intenções.
>
> Estamos nos afastando, meu querido, e não vejo mais nenhuma maneira possível, nenhuma circunstância que possa voltar a nos aproximar outra vez. Os nossos problemas de incompatibilidade sexual e emocional são profundos demais para que nós possamos superá-los e encontrar um no outro o vale de amor que pode haver do outro lado.

Você bem sabe o quanto eu tenho insistido para você consultar o doutor Zeeberger sobre a sua ejaculação precoce e impotência ocasional e sua incapacidade geral de me satisfazer na condução da nossa vida conjugal na cama. Quero ser honesta com você, Ralph, agora mais do que nunca, e sei que você foi consultar o doutor Zeeberger, mas não acredito que você tenha tido coragem de explicar a situação para ele, senão ele não teria mandado dizer que era *comigo* que queria falar. *Eu* não tenho ejaculação precoce. *Eu* não tenho impotência ocasional. Na verdade, Ralph, se procurar ser honesto consigo mesmo e comigo também, haverá de lembrar-se que sempre dei todo apoio e segurança verbal possível, dizendo a você coisas como "Tenho certeza que desta vez vai dar certo" e "Não fique tenso, meu bem", toda vez que íamos para a cama.

Ralph, tenho uma confissão a fazer. Sou mulher, com todas as necessidades e desejos de uma mulher, e em minha frustração e angústia encontrei outro homem. Sim, Ralph, você o conhece. Trata-se do seu melhor amigo, e meu também, Art Dodge. Nos braços dele encontrei a satisfação que faltava-me em meu casamento. Art e eu temos tido relações regularmente há mais de um ano já, em diversos lugares. Incluso, estou enviando cópias de recibos dos motéis em que nos hospedamos com os nomes de senhor e senhora Arthur Dodge.

Ralph, detesto enganar e mentir. Foi o desespero que atirou-me nos braços de Art, mas é o amor que me mantém com ele. Nós nos amamos, Ralph, e queremos que você nos dê a nossa liberdade, para que possamos nos casar e encarar honestamente o mundo.

Foi durante este verão em Fair Harbor, quando as crianças perceberam o que estava acontecendo, que me dei conta de que não podia continuar sendo uma mulher desonesta. Sim, Ralph, as crianças sabem, na sua maneira infantil de entendimento. Foi por isso que mandei Art embora, esperando que você e eu pudéssemos de alguma forma tentar mais uma vez, apesar de tudo o que temos contra nós.

Bem, simplesmente não é mais possível. Você haverá de encontrar outra mulher melhor do que eu, Ralph, disso tenho certeza. Tudo o que desejo é ficar com as crianças e receber uma pensão para elas, você sabe que nunca fui ambiciosa. E não pense mal de Art. O amor o atingiu com uma força descomunal, da mesma forma que atingiu a mim.

Minhas saudações e o meu adeus,

Candy

Terminei de ler a cópia daquela carta incrível, balancei a cabeça devagar, tornei a dobrar o papel nas dobras originais, coloquei sobre a mesa, tomei um gole de café e olhei para Candy sentada a minha frente, como um vigarista que acabou de trocar de baralho. Eu disse: "Você tem mesmo os recibos?".

"Estão no envelope com o original."

"E onde é que está esse envelope?"

"Ah, não", disse ela. "Isso não te mostro. Além disso, posso escrever a carta de novo, e conseguir outras cópias dos recibos."

"Uhm-hum." Pus a mão sobre a carta, pensando. "Por que, Candy?"

Ela franziu a testa, sem entender. "O que você quer dizer com isso?"

"Por que eu? Ralph ganha melhor do que eu, é muito mais confiável, mais cego e, portanto, mais seguro. Adora os filhos. Eu detesto as crianças, você sabe disso, sempre detestei."

"Você acostuma."

"Por que *eu*, Candy?"

O olhar dela era ao mesmo tempo vulnerável e desafiador. "Talvez eu te ame", disse.

"Meu Deus", disse eu, honestamente deprimido, "acredito em você."

"E posso fazer você melhorar", disse ela.

Fechei um pouco os olhos ao me voltar para ela; não queria vê-la de frente. "Melhorar?", perguntei.

"Você nunca teve ambição", disse. "Sempre se contentou em viver com o que consegue ludibriando, enganando, roubando. Você é tão inteligente, tão criativo. Se fizesse um esforço, podia ser um grande sucesso."

Há quatro horas Liz tinha se casado comigo, e ali estava Candy tentando me transformar em marido.

"O único tipo de sucesso que me interessa", declarei, "tem de ser conseguido sem esforço. Dinheiro ganho com o suor do meu rosto fica contaminado; eu não toco."

Ela apontou para mim um dedo com unha pintada de vermelho. "Pois vou mudar isso", disse. "Vou fazer de você um sucesso, apesar de você mesmo. Você vai ter dinheiro, ser respeitado, realizado. Vai sentir orgulho de si mesmo, e vou ter orgulho de você."

"Quer me arrancar das garras de Satã."

"Pode ser que sim", disse ela, sem piscar.

"E se eu disser que não", perguntei, "você manda esta carta?"

"Se você acha que não devo mandar", ela declarou, inocente, de olhos arregalados, "então não mando. Quer dizer, somos amigos e sua opinião é importante para mim."

"Sei. Claro." Toquei a carta de novo. "E se você mandar? Talvez eu não devesse meter o nariz..."

"Seu nariz? Não disse nada sobre seu nariz, meu querido." Como os dentinhos dela pareciam afiados. "Olha, com muitos maridos você teria de se preocupar com seu nariz, porque uma porção de maridos simplesmente te daria um soco no nariz. Mas o *meu* marido é advogado. Ele jamais vai dar soco no nariz de ninguém."

"Sei."

"Sabe o que eu acho que o Ralph era capaz de fazer?"

"O que ele era capaz de fazer, Candy?"

"Bom, acho que ele chamava algum amigo dele, numa dessas firmas grandes de advocacia e, de repente, seu distribuidor não ia querer mais trabalhar com sua linha de cartões. Ou podia ligar para algum amigo dele no departamento de imposto e eles podiam resolver dar uma investigada nos impostos sindicais que você não paga. Ou quem sabe..."

Sombras de Volpinex (outro advogado) e o fantasma do imposto de renda. "Tudo bem", eu disse.

"Esse é o tipo de coisas que advogado faz", Candy declarou. "Um marido pode te dar um soco no nariz, mas um advogado faria outras coisas. Pode acreditar, Art, se Ralph tiver de escolher entre ser marido e ser advogado, com certeza vai escolher ser advogado. Pode acreditar em mim."

"Sei que posso."

Ela me olhou muito firme e percebi que um insulto, uma rejeição direta, nesse momento, faria com que ela fosse diretamente para a rua, direto para a primeira caixa de correio. Quando na verdade a única razão de eu estar ali era levar Candy diretamente para a cama.

Por outro lado, será que uma rendição imediata seria convincente? Infelizmente não. "Candy", eu disse, "estou vendo que esta cópia não está datada. Você pôs data no original?"

"Não precisa", ela disse. "Se ele receber, vai ser na data certa."

Fiz um ar preocupado. Suspirei. Olhei as outras mesas.

Candy perguntou: "O que foi?".

"Isso tudo é novidade para mim", disse, olhando para ela com minha cara de honesto. "Assentar, assumir a responsabilidade de uma família, tentar melhorar. Não sei se dou para isso."

"Dá, sim", garantiu ela.

"É novidade para mim." A mão direita dela estava sobre a mesa e minha mão esquerda sobre a carta dobrada; estendi o braço e peguei a mão dela. "Tenho de responder agora?"

A primeira reação foi retirar a mão, mas logo relaxou um pouco, deixou minha mão ficar sobre a dela, me deu um olhar de suspeita misturada com esperança, e disse: "Não vai me deixar esperando, vai?".

"Quanto tempo você me dá, Candy? Vai mandar a carta hoje à noite? Ou vai me dar uma chance para me acostumar com a idéia?"

"Ou talvez uma chance para sair do país, desaparecer, botar à venda aquela empresinha de cartões e sumir."

"Me leve para sua casa", pedi, apertando a mão dela.

Ela estranhou: "O quê?".

Dei um olhar significativo, que sabia que ela conhecia bem. "Faz tanto tempo, Candy. Me leve para sua casa e deixe eu... pensar durante a noite. Depois conversamos de novo amanhã."

Ela estava começando a fraquejar. Dava para perceber. Mas, antes que pudesse responder, chegou o garçom: "Posso trazer a conta?".

"Por favor." Olhei para Candy de novo, o coração derretendo nos olhos. "Vamos para sua casa?", pedi. "Candy?"

Ela ficou calada mais um minuto, depois concordou de repente. "Tudo bem", disse. Mas para manter a imagem de durona acrescentou: "Assim posso vigiar você".

"Certo", eu disse. Enquanto pegava o cartão Master Charge da carteira, sorri para ela e disse: "É quase como uma noite de núpcias, não é?".

42

"Você casou???"

"Ontem foi meu dia de sorte", eu disse. Tinha esperado Candy fazer um bom café da manhã e terminei de comer antes de dar a boa notícia. Ela ainda estava sentada à mesa da cozinha, uma xícara de café pela metade na mão, e eu de pé ao lado da porta de vaivém que dá para o corredor, para o caso de ela resolver atirar alguma coisa em mim.

"Seu filho da puta", disse ela. "Não acredito."

"Stamford, Connecticut", revelei. "A linda noiva era uma certa Elizabeth Kerner, que, acredito, você conheceu faz algumas semanas."

Saí pela porta, ouvi a xícara de café se estilhaçando contra ela e voltei para a cozinha. "Podia ter lhe contado ontem à noite, talvez", disse, "mas você estava se divertindo tanto, brincando de mandar em mim. Além disso, você me deu uma ótima noite de núpcias. Jamais esquecerei."

Dessa vez, tive de ficar do lado de fora da porta o tempo suficiente para um prato sujo de ovo se desintegrar contra ela. Espiando cautelosamente para dentro da cozinha de novo, disse: "Candy, você é emocional demais. Devia tentar se acalmar".

"Vou mandar a carta para ele", ameaçou ela. "Mando hoje, agora de manhã."

"Mande", falei. "Exploda suas pontes enquanto está em cima delas."

"Acha que não tenho coragem?"

"Pouco me importa se você vai mandar, Candy, porque desminto cada palavra que você escreveu."

"E as cópias dos recibos?"

"Senhor e senhora Arthur Dodge. Não tem seu nome em nenhum deles, Candy. Estive naqueles motéis com Liz Kerner, que agora é minha mulher, e que vai confirmar tudo o que eu disser."

Ela me fuzilou com os olhos, quase sem fala. "Vai *mentir*?"

"Claro, Candy", disse eu. "Sabe que as pessoas mentem. Olhe, o café da manhã estava ótimo, mas tenho mesmo de ir agora. E vou lhe dar um conselho: dê mais uma chance ao pobre Ralph."

"Filho da puta! Filho da puta!"

Como ainda me lembrava da última experiência com uma Candy enfurecida, achei que ela não devia estar procurando nenhuma colher de sorvete naquela gaveta. "Então, tchau", disse, e fui embora. Quando saí pela porta, parecia que havia um demônio mitológico à solta no apartamento.

43

Foi a idéia de passar a noite no saco de dormir no chão do escritório que fez com que eu me decidisse afinal pela reconciliação com Betty. Minha intenção era deixar que ela esperasse mais alguns dias, mas que diabo! Por que não ser magnânimo? Além disso, ninguém atendeu quando telefonei para Linda Ann Margolies.

Tendo passado a noite anterior com Candy, e não rodando em alguma estrada para o Norte, em direção a um lugar plácido, vi-me de repente na delicada situação de querer sair de Nova York por alguns dias, numa quinta-feira, véspera do feriado do Dia do Trabalho. Não tinha feito reservas em lugar nenhum e as estradas já estavam começando a ficar cheias daquelas maníacas famílias suicidas do interior: três adultos, sete crianças e um cachorro num Plymouth de nove anos de idade, andando a quarenta por hora numa superestrada do estado de Nova York. Estava atrasado demais para conseguir viajar para qualquer lugar, portanto ia ter de ficar na cidade.

A cidade quente. A cidade úmida. A cidade impossível. Tinha sido um típico agosto nova-iorquino, que chegou como um sovaco e foi embora como uma vala comum. O Alfa tinha um bom ar-condicionado e meu escritório um péssimo ar-condicionado, mas minhas opções se limitavam aos dois. A menos que estivesse disposto a cochilar o dia inteiro dentro de algum cinema, coisa que não me atraía.

Então, às quatro da tarde, telefonei para Betty. "Alô", disse, com uma voz adequadamente deprimida, quando ela pegou o telefone.

"Bart?"

Um diabinho soprou no meu ouvido que eu devia ser Art outra vez, que devia passar os próximos dias com Betty não como seu marido, mas como seu cunhado; mas afastei com firmeza o diabinho — já chega de confusão —, e disse: "Sou eu, Bart".

"Ah, coração, estou tão contente de você ter ligado", disse ela.

"Estou péssimo."

"Eu também, meu querido."

"Queria tirar você de dentro de mim, Betty, mas..."

"Não, coração, não! Onde é que você está, meu bem?"

"No escritório. No escritório de Art." Minha voz entrecortou-se um pouco. "É tudo de Art, acho."

"Eu não sou!", ela gritou. "Foi um momento... de loucura, foi... um impulso maluco que não significou nada, coração, foi solidão e autopiedade e..."

"Sei o quanto Art pode ser sedutor", declarei. Já era hora de dar algum espaço para ela.

Mas ela não era nenhuma boba. Não disse nada; deixou a frase ficar pairando no ar.

"Betty", eu disse, "acho que a gente podia tentar outra vez."

"Ah, eu também, Bart, mais do que tudo no mundo. Vamos ficar juntos esta noite, depois, amanhã, podemos ir para a ilha, só nós dois, sem mais ninguém por..."

"Liz não vai estar lá?"

"Ela foi viajar não sei para onde", Betty revelou. "Esteve aqui ontem à noite, com um sujeito esquisitíssimo, e os dois saíram hoje de manhã. Não vai para a ilha, me disse que não vai."

"Podemos começar de novo", sugeri, trêmulo, como se a idéia só agora me ocorresse.

"E dessa vez para valer. Ah, Bart, estou tão contente de você ter ligado, estava tão infeliz."

"Eu também, coração."

"Vou fazer as malas já", disse ela, falando depressa. "Mando Carlos trazer o carro e passo aí para buscar você em vinte minutos."

"Vinte minutos?" Tempo suficiente para encontrar um estacionamento e esconder o Alfa; quase deixo uma beleza daquelas na rua durante cinco dias. "Fico esperando", disse.

"De agora em diante", ela prometeu, "a vida vai ser maravilhosa."

"Acredito", respondi.

44

Quando Volpinex saiu para o terraço, eu estava sentado numa *chaise longue*, sorrindo para o parque ensolarado lá fora, repassando na cabeça a reconciliação Betty-Bart da noite anterior. Betty tinha saído com Carlos e o Lincoln, para procurar um presente para mim, mas deveria voltar antes do meio-dia, quando comeríamos um almoço leve — camarão, lagosta e caranguejo — que estava sendo preparado para nós naquele momento por Blondell. Depois, sairíamos para nosso fim de semana exclusivo em Fire Island.

Eu estava tão contente ali, com minhas lembranças, que não percebi logo a chegada de Volpinex. De repente ele estava ali, de pé ao meu lado, olhando-me com um sorriso que nada fazia para abrandar a frieza dos seus olhos. "Oi!", eu disse, surpreso, e sentei-me tão depressa que derramei um pouco do meu suco de laranja com champanhe. "Quem foi que abriu para você?"

"Ninguém", ele disse. A voz tão macia que eu mal conseguia ouvir, com o barulho do trânsito lá embaixo. "Eu tenho a chave", acrescentou.

"Tem a chave?" Que absurdo era aquele?

"Liz me deu." O sorriso frio se firmou. "Duvido que ela se lembre disso."

"Bom, pode deixar que vou contar a ela", disse eu, ajeitando os óculos sobre o nariz. A correção exagerada de Bart era muito confortável às vezes.

"Acho que não vai, não", disse ele. O sorriso ficou tão miúdo que quase desapareceu, depois reviveu quando ele acrescentou: "Não pretendo usar a chave outra vez, depois de hoje".

"É melhor mesmo. Não pode ir simplesmente entrando assim na casa dos outros."

"Ou na vida dos outros", insinuou. "Ou nos planos dos outros."

O sol da manhã estava por trás do edifício, projetando sua sombra na Quinta Avenida e num pedaço do parque, de forma que não batia diretamente no terraço. Mesmo assim, o céu estava muito claro e eu tinha de apertar os olhos para olhar Volpinex, cujo rosto era pouco mais que uma silhueta, revelando muito pouco dos olhos frios e daquele sorrisinho sem humor e gelado. Pensei em levantar, para encará-lo frente a frente, mas de repente fiquei muito preocupado com o parapeito perigosamente próximo e todo aquele vazio do outro lado. Sete andares abaixo estava a calçada de concreto e o asfalto negro da rua. Parecia que, de repente, eu tinha desenvolvido medo das alturas, sentindo-me mais seguro com todo o corpo abaixo do nível do parapeito.

"Por que não se senta?", eu disse. "Já que está aqui. Quer dizer, se não vai sair logo."

"É sua saída que vim discutir", disse ele. Continuou de pé. As mãos calmamente pousadas na cintura — mais ou menos na altura do meu nariz — eram longas e magras, mas aparentando bastante força. Minha imagem anterior de Volpinex, meio vampiro, voltou a minha cabeça com insistência.

"*Nós* vamos mesmo sair", disse eu. "Betty deve estar chegando..." De repente, parecia importante revelar que não estaria sozinho por muito mais tempo. "Vamos para Point O'Woods."

"É de outro tipo de saída que estou falando." Sua mão direita levantou-se e fez um gesto delicado em direção ao parque, como que convidando a admirar a vista. Ou talvez voar para ela. "Algo mais permanente."

Aparentemente, ele não ia tentar com o irmão número dois o que já tinha falhado com o número um. Eu disse: "Não vou sair. Vou ficar com Betty".

Uma expressão de cultivado desagrado amassou o sorriso em seus lábios. "Sei que vocês se casaram."

"Então esse é o fim da história", disse eu.

"Talvez sim." Inclinou-se para mim, pousando as mãos espalmadas à frente do corpo, para que eu não esquecesse que era formado em caratê. "Talvez não", disse ele. Seus olhos brilharam, um músculo da face esquerda começou a tremer, como uma mariposa debaixo de um lençol.

"Ah!"

Uma voz feminina. Nós dois nos assustamos, e de repente me dei conta de que estava sentado ali como um sujeito sendo hipnotizado, olhando para Volpinex de boca aberta, sem dizer nada, sem pensar em nada, sentindo apenas que ficava mais e mais nervoso. Sentia a boca seca, as costas tensas. O coração disparado.

"Senhor Dójj. Não sabia que o senhorr tinha visitas."

Era Nikki, abençoada Nikki, na porta da sala com o telefone na mão. "Pode vir, Nikki", eu disse, com voz rouca, gesticulando exageradamente para ela se aproximar. Volpinex deu um passo ou dois para trás, o rosto mais duro de raiva do que o de um deus maia.

Nikki se aproximou, rebolando como sempre, mas com olhares preocupados na direção de Volpinex. "Senhorita Kerrnérrr no telefone para o senhorr", disse ela, colocando o aparelho na mesinha ao meu lado. Estava surpreendentemente apressada para ir embora.

Eu disse: "O senhor Volpinex já estava de saída, Nikki. Acompanhe-o até a porta, por favor".

Volpinex me fuzilou com um olhar de olhos semicerrados. Dava quase para sentir as engrenagens rangendo no seu cérebro. Inclinei-me para ele e disse: "Ela vai se lembrar que você esteve aqui". Os olhos dele brilharam. Acrescentei: "Eu também".

Ele soltou o ar; aparentemente estava prendendo a respiração fazia tempo. "Nós... ainda vamos conversar", ele disse, com uma breve inclinação de cabeça para Nikki, e saindo atrás dela.

Olhei os dois se afastarem e peguei o telefone. Minha mão tremia tanto que eu enxergava dois receptores. Coloquei ambos na orelha, onde ficaram chacoalhando contra minha cabeça, e disse: "Betty?".

"Não quero que você adivinhe o que é que estou comprando, mas quero saber sua cor preferida."

"Minha cor preferida?" Peguei o copo de suco de laranja com champanhe. "Laranja", disse, e bebi.

45

Feriado do Dia do Trabalho em Point O'Woods. Quatro dos mais agradáveis e confortáveis dias da minha vida. Eu sabia que Betty também estava se divertindo e ficava contente com isso afinal, levando em conta o que havia acontecido.

Depois do almoço de frutos do mar na sexta-feira, tínhamos vindo para cá, eu dirigindo o presente de Betty para mim: um Thunderbird cor de laranja. Dois carros em três dias; era minha semana de sorte.

A não ser por Volpinex, que não conseguia tirar da cabeça. Será que tinha ido lá realmente para me matar, no terraço? Parecia impossível. Volpinex era perigoso, claro, era capaz de tentar me machucar na quadra de squash ou mandar me dar uma surra, mas seria realmente capaz de matar? Tudo pareceu muito sério na hora, mas as pessoas não saem por aí matando os outros, principalmente advogados. Conforme o próprio Volpinex e Candy tinham me apontado recentemente, advogados têm muitos outros recursos de reserva.

A esposa, morta no Maine.

"Bobagem", disse para mim mesmo, e olhei por cima do ombro.

Mas ao chegar a Point O'Woods tudo isso fora esquecido. Betty e eu estávamos lá no gueto episcopal, e nada que viesse do mundo real — ou do mundo irreal de Ernest Volpinex — poderia nos atingir. O tempo estava perfeito: o sol uma grande gota de molho Béarnaise num céu brilhante de porcelana azul, areia cor de seda crua, mar da cor das sereias, o ar quente como se tivesse atravessado o mundo, importado do Brasil. Os mosquitos tinham sido todos queimados pelo calor do verão, e nenhum inseto nocivo havia tomado seu lugar. Beleza, paz, contentamento e óleo de bronzear espalhavam-se sobre todos.

Quanto a Betty, a combinação das suas expressões de culpa por ter me traído, mais sua alegria por havermos reatado, fazia dela a mais perfeita esposa servil desde que a última noiva de guerra foi importada do Japão. Será que eu queria ir para a cama? Haveria uma posição, uma variação, um possível boato de algum método alternativo que eu gostaria de experimentar? Tudo, tudo. Estaria eu com fome? Betty revelou-se uma cozinheira que faria Blondell ficar envergonhada. Grandes cafés da manhã ensolarados no deck dos fundos, maravilhosos almoços de pratos frios como *salade Niçoise*, jantares tão fartos e demorados e deliciosos que eu depois mal conseguia levar o cálice de Rémy Martin até os lábios.

Alegria. Alegria inimitável. Será que jamais encontrarei a mesma coisa outra vez? Não, jamais.

Parte disso, claro, era obra minha, por ter chegado a bom termo. Mas tanta paz e alegria começaram a me entediar depois de algum tempo, e me vi de novo louco para aprontar alguma coisa. Alguma coisa. Portanto, em parte foi minha própria culpa o que aconteceu em seguida.

Mas só em parte. O resto da culpa era de Volpinex, o espião, o filho da puta, o maior desmancha-prazeres que jamais existiu.

Mas primeiro a minha contribuição para a precipitação dos fatos. Dez da manhã de segunda-feira, estávamos ambos na cama, Betty e eu, nos recuperando dos exercícios de depois do jantar, que nos fez dormir logo em seguida. Fui o primeiro a acordar, vendo-me semiprisioneiro do braço e da perna de Betty repousando sobre mim. Estávamos na cama de papai, como sempre, e um abajur ainda estava aceso na mesa-de-cabeceira. Deitado de costas, estudava o teto do quarto, consciente da casa de verão a minha volta, da comunidade de verão, da ilha de verão, e cada vez mais consciente do fim do verão. De uma forma ou de outra, estava tudo acabando.

Tentei enxergar através do teto, para ver se via o futuro, mas este permanecia incerto. Quem seria eu em setembro? O marido de Betty, o fiel Bart, respeitável homem de negócios, administrador do vasto império da esposa? Ou Art, com sua liberdade e seu Alfa e sua pequena empresa de cartões e seu pequeno casamento com Liz? Não dava para continuar com as duas coisas, não mais.

Nunca transforme seu hobby em profissão, perde toda a graça. O meu negócio eram os cartões de insultos, meu hobby, a fornicação. E eu vivia razoavelmente satisfeito. Agora o negócio de cartões estava a ponto de ser jogado fora, eu estava a ponto de ganhar milhões com a fornicação, e olhem só para mim: olhando o teto, preocupado com o futuro.

"Merda!", disse de repente, empurrando os membros de Betty para poder me levantar da cama.

Ela semi-acordou. "Coração? Onde vai?"

"Vou dar uma volta na praia", disse. Dei-lhe um tapinha numa face, depois na outra. "Cochile gostoso que volto já."

Ela gemeu, sorriu e rolou de lado. Vesti calças, tênis, camiseta e saí.

Andei sem rumo uns dez minutos, pensando, e aí passei por uma cabine telefônica. Parei e olhei para ela. Uma idéia surgiu na minha cabeça.

Até que ponto *podia* confiar em Betty? Eu ia ser o fiel Bart, mas e ela?

Tinha uma moeda no bolso.

Ela devia ter dormido de novo, porque o telefone tocou seis vezes antes que atendesse, a voz ainda meio inconsciente. Eu disse: "Alô, meu bem. Adivinhe quem é?".

"Alô?"

"Você sabe quem é, Betty?"

"Art? É você?"

Meu coração deu um pulo; era uma surpresa para mim. "Isso mesmo", disse. "Há quanto tempo."

"Onde é que você está? Que horas são?"

"Cedo. Estou em Ocean Beach, na casa de uns amigos. Posso chegar aí em meia hora."

"Não!", ela parecia sinceramente chocada.

"Não? Por que não, *baby*?"

"Bom... Bart está aqui."

"Não acredito. Quero falar com ele."

"Ele... ele foi dar uma volta. Na praia."

"Vamos lá, Betty, não me abandone."

"Ele deve voltar logo", ela disse, e de repente estava falando mais baixo, como se tivesse medo de ser ouvida. "Logo mesmo."

"Então venha me encontrar."

"Ah, não posso."

"Por que não?"

"Bom, seu irmão... Ele está aqui comigo."

"Mas você pode sair um pouco. *Ele* foi dar uma volta, não foi?"

"Ah, Art, isso não é direito."

Eu não precisava continuar. Já tinha tido essa conversa muitas vezes antes, com outras mulheres. Sei quando a discussão está ganha e não resta mais nada senão palavras soltas para a mulher sentir que foi vencida; mas havia uma certa satisfação em ir com o ritual até o fim. "Claro que é direito", falei. "Qualquer coisa que seja gostosa está direito, sim, você sabe disso."

"Art, você é terrível. Terrível."

"Encontro com você no fim da cerca, na praia."

"Pode ser que eu não vá."

"Espero você lá", eu disse. Desliguei, saí da cabine e fui dar uma volta na praia.

46

Estava deitado de novo na cama de papai, as mãos atrás da cabeça, olhando o teto, quando ouvi ela entrar. A porta da rua abriu e fechou, ela andou de um lado para outro, depois o silêncio. Sentei-me e gritei: "Estou aqui em cima", e ouvi enquanto ela subia a escada.

Não tinha ficado surpreso quando, ao voltar, descobri que ela havia saído, mas tinha ficado decepcionado. E passara a última hora e meia deprimido. Por quê? Será que eu amava Betty? Será que amava alguma daquelas irmãs perversas? Não amava, mas o que estava aprendendo — e isso era muito pior — é que eu precisava de alguém, alguém, qualquer uma, que *me* amasse.

(Candy não conta. Ela já tinha arquitetado na cabeça todos os planos para me reformar. Era assim que me amava.)

Ainda não sabia o que ia fazer a respeito de nada quando Betty voltou. Sentado na cama ouvi seus passos se aproximando, voltei-me e vi Volpinex chegando ao alto dos degraus.

Pulei da cama, apontando para ele. "Foi você!", gritei. "Você! E ia fazer a mesma coisa comigo!"

Eu estava falando da mulher dele, no Maine, que Volpinex *tinha* matado a mulher e que realmente tencionava me matar no terraço, na sexta-feira passada, dois *insights* que haviam explodido atrasados na minha consciência, no momento em que o vi na penumbra do corredor, dando a volta ao topo da escada e caminhando na minha direção. Isso era o que eu queria dizer, mas duvido que houvesse alguma maneira de ele entender o que eu estava dizendo. Quando um homem começa uma conversa gritando "Foi você! Você! E ia fazer a mesma coisa comigo", não é nenhuma injustiça afirmar que esse homem está dizendo bobagem.

Volpinex, de qualquer forma, tratou minha explosão da maneira que qualquer homem sensato trata bobagem: ignorou. Disse: "Não é em você que estou interessado, Dodge. Estou procurando Elisabeth".

"Qual das duas? Ela não está. Quer dizer, ela está no banheiro!" Isso porque eu não queria que ele pensasse que eu estava sozinho na casa.

Ele parou, olhou a porta do banheiro aberta à esquerda dele e levantou uma sobrancelha para mim. "É para ser engraçado? É alguma piada?"

"Com essa você não vai se safar", avisei a ele, o que era um absurdo. Ele estava entre mim e a escada, ninguém sabia que eu estava em casa, ele era formado em caratê; ia se safar, sim.

"Continuo não entendendo seu senso de humor", disse ele. Havia chegado até a porta do quarto, só o suficiente para ter certeza de que eu estava sozinho. "Não entendo nada do que está dizendo."

Só então percebi que ele tinha um grande envelope de papel pardo na mão. O que haveria ali dentro? Algum instrumento mortal? A imagem de uma corda de seda deslizou pela minha cabeça. Ou uma estreita caixa de instrumentos cirúrgicos, como em *Arsênico e alfazema.*

Eu disse: "Vão suspeitar de você. Deixei uma carta com meu advogado, para ser aberta no caso de minha morte".

As rugas de incompreensão continuaram na sua testa mais alguns segundos, aí, de repente, ele sorriu, um sorriso aberto, insultuoso. Para um homem sem humor, até que tinha uma bela coleção de sorrisos na manga, nenhum deles agradável. "Então acha que vim aqui para matar você", disse.

"Já quis fazer isso na sexta-feira, no terraço."

"Quis?" O sorriso flutuava no seu rosto como fumaça e notei que ele não se deu ao trabalho de negar.

"Por isso é que deixei a carta com meu advogado", eu disse.

Ele sacudiu a cabeça, impaciente. "Não deixou nada", disse. "Não seja chato."

"Acha que não?" Furioso para esconder o medo, sacudi um punho fechado para ele e gritei: "Então me mate só para ver o que acontece!".

Ele ficou ali parado, olhou para mim e nós dois ficamos escutando o que eu tinha acabado de dizer. Não tinha saído muito direito, tinha? Correndo para consertar, emendei: "Você não veio aqui para ver Betty, isso é só uma desculpa".

"Ah, mas vim, sim."

"Para quê? Você não é advogado dela."

"E você não é seu irmão", ele disse.

"Como é?"

"Você não tem irmão gêmeo nenhum", ele disse. E o brilho nos seus olhos era de triunfo.

Oh, oh.

Enfrente. Não se pode provar uma negativa, é um blefe, enfrente, não fraqueje, não demonstre nada. "Claro que tenho um irmão gêmeo", afirmei. "Você o conhece e sabe que o nome dele é Arthur."

"Não", disse ele. "O *seu* nome é Arthur. Nunca existiu nenhum Robert ou Bart Dodge, nunca existiu irmão gêmeo nenhum." Sacudiu o envelope na minha direção. "Tenho os registros do hospital aqui, mostrando que você nasceu sozinho. Tenho ficha escolar, declarações de impostos. Peguei você, Dodge. Eu disse para não se meter em jogo rápido demais para você. Você não quis me ouvir. Agora, seu próximo passo acho que vai ser a penitenciária estadual."

"Espere aí", eu disse. "Espere. O que é que você quer dizer... penitenciária?"

"O duplo casamento", ele disse. "No primeiro você usou nome falso e documento falsificado. O segundo foi fraudulento porque você mentiu sobre seu estado civil no pedido de licença."

"A família Kerner não vai admitir um escândalo desses."

Ele riu; ah, como estava se divertindo. "Nada podia ser melhor", disse ele. "Se as garotas quiserem esconder, o resto da família não vai querer. E ambas podem usar isso nos processos que estão movendo uma contra a outra. Ah, você vai ficar famoso, Dodge."

"Não é um dos meus objetivos", respondi.

"Já passou sua hora de escolher", disse ele, voltando-me as costas. "Vou esperar Betty lá embaixo."

"Espere aí. Espere um minuto." Aquilo era pior do que ser assassinado. Algo parecido com verdadeiro terror estava subindo do chão para meu estômago. Dei dois rápidos passos à frente e agarrei seu braço, dizendo: "Espere, vamos conversar".

Ele olhou minha mão em seu braço. "Tire a mão."

Não tirei e disse: "Olhe, você é esperto, mas vai se dar melhor se fizer sociedade comigo, nós dois...".

Ele se movimentou. Primeiro, algo horrível aconteceu com meu pulso esquerdo e eu caí para trás, deslizando pelo chão até bater com os ombros e a cabeça na mesa-de-cabeceira. O abajur caiu, mas continuou aceso, e a gaveta se abriu, espalhando uma confusão de cartas de baralho, grampos de cabelo e a mais variada tralha em cima da minha cabeça e do meu peito. Consegui me colocar sentado e olhei para Volpinex pairando em cima de mim como uma estátua da torre de alguma catedral. "Gostei disso", disse ele. "Gostaria de repetir a dose." Chutou-me o tornozelo para me encorajar. "Levante-se, Dodge."

"Não", gemi. Meu pulso esquerdo doía terrivelmente. Apoiei a mão direita atrás do corpo para me sustentar e meus dedos tocaram alguma coisa dura e fria.

Ele chutou de novo, no mesmo ponto, com mais determinação. "Eu disse para levantar."

Meus dedos fecharam-se em torno do revólver de papai, ali no chão, no meio da bagunça que tinha caído da gaveta, e apontei com o braço esticado. "Desgraçado!", gritei, e atirei naquela gárgula sorridente, bem no meio do ralo da boca.

47

Aí, é claro, fiquei *realmente* aterrado.

"Não, não, não, não, não!", gritei, mas não havia nãos suficientes no mundo para superar aquele simples sim. Não tinha sido minha intenção. Jamais pensei matar ninguém. Nem machucar ninguém.

Talvez ele não estivesse morto. Com a arma ainda na mão, como se estivesse colada nos dedos, engatinhei, de quatro, até onde ele tinha caído, enrolado no chão, contra a parede ao lado da porta, e olhei seu rosto para ver se estava com os olhos abertos.

Nossa! Engoli uma súbita lembrança do jantar e desviei os olhos depressa. Ninguém tem uma cara daquele jeito estando vivo. Não era coisa que desse para levar para o conserto. Ah, não, aquilo estava quebrado para sempre.

Quebrado para sempre.

Já experimentei terror antes na minha vida, como quando me vejo fechado num armário e o marido desconfiado fica andando pelo quarto com a mulher nervosa insistindo para os dois irem ao cinema, e sei como é esse terror. É quente e elétrico e vermelho, cheio de zunidos e pequenas explosões. Era esse terror que tinha sentido recentemente, ao colocar a mão no braço de Volpinex, tentando fazer com que entrasse em algum acordo comigo. E até esse momento era o único tipo de terror que eu conhecia.

Mas agora estava diante do terror para valer, o terror mais profundo que aquele, o terror que faz aquele parecer só um caso de hipertensão. E posso contar como é o terror de verdade. É como um pântano verde sem fundo, com a água imunda entrando pelo nariz. É um sapo pequeno e pegajoso dentro do seu corpo, roendo suas entranhas e seu estômago, deixando um vazio amargo dentro de você, desde as costelas quebradiças até os genitais expostos. É a sensação de não poder voltar atrás no tempo, por um segundo que seja, um miserável segundinho, para desfazer o impensável. E Volpinex com aquela cara de um caso de atrocidade da Primeira Guerra Mundial e com menos vida no corpo do que uma salsicha.

Não sei quanto tempo fiquei ali, caído em cima das nádegas, me recusando a olhar outra vez para Volpinex, ainda agarrando a arma porque não tinha me ocorrido largar dela — sem nenhuma idéia sobre o que fazer em seguida, como sair daquilo, que passos dar em seguida —, quando, de repente, Betty estava ali, de pé na porta do quarto, olhando boquiaberta para mim, para a arma, para Volpinex. E gritando.

"Betty", disse, "escute." Mas nem eu mesmo conseguia ouvir minha voz por baixo dos gritos dela.

E culpo a indústria cinematográfica norte-americana pelo que aconteceu em seguida. Eu havia parado de funcionar como criatura pensante, capaz de planejar, e tinha me tornado um personagem num seqüência determinada.

Três personagens: dois masculinos, um feminino. Um dos masculinos está morto, com um tiro do outro. O personagem feminino chega, vê, grita, volta-se e sai correndo. Em quantos filmes todos nós já vimos essa seqüência? Ela corre escada abaixo, ela sempre corre escada abaixo. E o homem levanta a arma e atira. É isso que ele faz, toda vez. Toda vez.

48

Quando acordei, ainda estavam lá.

Não foi frieza o que me permitiu dormir um sono profundo e sem sonhos depois de ter cometido os dois primeiros assassinatos da minha vida. Primeiro, eu ficara tão aterrado que não havia conseguido pensar em nada, e, se tivesse ficado acordado, acredito realmente que teria pirado. Mas a minha mente, mais forte na emergência do que eu próprio, simplesmente mergulhou no nada, e apaguei como a vítima de um hipnotizador de teatro de variedades.

Quando acordei eles ainda estavam lá: Volpinex perto da porta do quarto, Betty no corredor no alto da escada. Passava das duas da manhã e minha mente estava clara. Voltei à consciência de uma vez, lembrando de tudo e sabendo exatamente o que tinha de fazer para me safar.

Comecei pequeno, com o maldito envelope de papel pardo com os documentos de não-gêmeo. Foi a coisa mais fácil de me livrar, e me deu confiança para a parte mais difícil que vinha em seguida. Queimei o envelope na pia do banheiro, olhando as chamas amarelas subirem das cópias dos documentos que se transformavam em anônimas cinzas. Abri a torneira, deixei a água levar tudo, esfreguei, depois enxuguei as mãos numa toalha. Agora era cuidar das outras duas provas.

Foi difícil levá-las escada abaixo. A sensação de corpos mortos não é igual à de vivos e as diferenças me viravam o estômago. Vez após outra tinha de fazer uma pausa nos trabalhos, debruçar-me na janela mais próxima e respirar ar fresco por algum tempo. Depois voltar, puxar, carregar, arrastar aquelas duas criaturas estranhas e sem forma pela escada e para a cozinha. E agora entendo por que chamam corpos de presunto.

Inflamáveis, inflamáveis... Abri armário após armário. Pastilhas de álcool para acender fogo de carvão, limpador de chão, vários líquidos evanescentes. Bom, bom, bom. Abertos os botões do forno e dos quatro queimadores do fogão. Esparramei os inflamáveis sobre os corpos e a partir deles, numa linha pela casa, até o segundo andar, e aqui e ali na cena do crime. Depois, cuidadosamente, recoloquei as latas e garrafas vazias de volta no lugar onde estavam, guardadas direitinho.

Agora a arma. Levar para o andar de baixo, limpar com o pano de cozinha assim, depois colocar os relutantes dedos de Volpinex em volta da coronha, apertando com força. Bom. Agora tirar a arma da mão dele, com cuidado para não tocar com a minha mão, segurando pelo tambor com o pano de cozinha.

Luzes apagadas na casa toda. O cheiro de gás era agora bastante forte na cozinha, um pouco menos na parte da frente da casa. Saí para a varanda, levando a arma no pano de cozinha. Corri pelas pedras chatas do chão, parei, joguei discretamente a arma num arbusto cerrado no extremo da calçada de concreto do passeio público. Aí corri de volta para a casa, joguei o pano de cozinha para dentro, acendi a trilha de líquido inflamável e fiquei olhando as chamas correrem como um gatinho pelo chão de madeira da sala, na direção do seu irmão maior, esperando para nascer na cozinha.

Estava na praia, mas ainda não tinha chegado à cerca limítrofe de Point O'Woods, quando ouvi a explosão.

49

Gloria tocou para mim às dez e quinze.

"Sim?"

"Liz Kerner no telefone."

"Certo." Clique. "Bom dia, meu amor. Como foi sua noite de núpcias?"

"Você não soube?"

"Soube do quê? Agora anunciam seus orgasmos no jornal das seis?"

"Então você ainda não sabe de nada", ela disse. "A polícia não falou com você?"

"Polícia? Por quê?"

"Não saia daí", disse ela. "Chego em vinte minutos." E desligou.

Vinte minutos. Bom. Tinha sido muito, muito difícil fingir que eu era ainda o mesmo velho Art Dodge e que nada saíra errado no carrossel deste mundo. Dentro de vinte minutos eu poderia relaxar no estado de choque que, na realidade, continuava a ser meu verdadeiro sentimento.

Na noite anterior, eu tinha caminhado durante uma hora, atravessando Fire Island até que, no fim de uma doca quase em ruínas, em Robbins Rest, havia encontrado um barco a motor, com um casal seminu dormindo no fundo, enrolado num abraço. A chave estava no contato, e nada mais simples do que dar a partida, pegar a direção e navegar na direção de Bay Shore. Na metade do caminho, o rapaz começou a dar sinais de que ia acordar, mas bati na cabeça dele com o extintor de incêndio e pronto. A garota nem se mexeu.

Não amarrei o barco na doca de Bay Shore. Em vez disso, dei um empurrão e deixei que flutuasse à deriva. Aí atravessei a cidade até encontrar um restaurante vinte e quatro horas, de onde chamei um táxi para me levar a um determinado endereço em Babylon, a próxima cidade a caminho de Nova York. (Não dava para pegar o Thunderbird novinho de Bart, o que era uma pena.) Fingindo que estava meio bêbado, pedi ao chofer para me deixar na esquina, assim podia entrar em casa sem acordar a patroa. Ele sorriu para mim, soprando a fumaça do charuto, e me desejou boa sorte, amigo, e agradeci, achando que ia mesmo precisar.

Mais uma caminhada em Babylon até outro restaurante de noite inteira, de onde chamei um táxi de outra companhia, e dessa vez viajei até Mineola, fazendo o mesmo jogo. De Mineola, outro táxi, de mais outra companhia, me levou até Queens, e de Queens peguei um táxi comum da cidade de Nova York até meu escritório em Manhattan, onde entrei, cambaleante, às seis e vinte da manhã. Fui direto para o saco de dormir, onde capotei, é claro, cheio de pesadelos, até a chegada de Gloria, às nove. Desde então estava tomando café e Excedrin sem parar, jurando a Gloria que meu estado era devido às várias noites passadas no chão, no saco de dormir.

Mas uma nova desculpa para meu estado, muito melhor, estava a caminho. Vinte minutos, ela disse, mas chegou em quinze, passando por Gloria do mesmo jeito que da outra vez e dizendo: "Temos que falar em particular".

"Temos que falar é sobre sua gentileza", eu disse. "OK, Gloria, tudo bem."

"Você é quem sabe", e saiu, fechando a porta suavemente.

Liz caiu pesadamente na cadeira. Sua aparência era ainda pior do que eu tinha imaginado: rugas de fadiga, esgotamento, nervosismo. "Eu jamais soube dar uma notícia ruim", disse ela.

"Não me diga que quer o divórcio." Art Dodge era um papel que havia anos eu desempenhava com sucesso; posso ter comprometido um pouco a personagem nos últimos tempos, com minha interpretação do irmão gêmeo Bart, mas a caracterização original ainda estava lá, em carne e osso, pronta para entrar em ação. E nunca precisei tanto dela como agora.

"Sem piadas", disse ela. "Daqui a um minuto vai querer morder a língua."

Olhei para ela. "Pare com isso, Liz", falei. "Nada no mundo é tão sério, não no seu mundo. O que houve?"

"Betty e Bart morreram", revelou. Assim, direto.

"Ha, ha", eu fiz. Então endireitei o corpo e a encarei. Ficamos ali parados, solenes, olhos nos olhos, e nenhum dos dois disse uma palavra enquanto eu contava por dentro, bem devagar, até cento e quarenta e três.

Nesse número, ela desviou os olhos, encolheu os ombros e disse, irritada: "Não era eu que tinha de estar lhe contando isso. A polícia é que tinha de notificar você, certo?".

"Polícia? Como é que foi? Um acidente? Carro?"

Ela olhou para mim outra vez. "Alguém matou os dois", disse. "Voluntariamente."

Permiti-me então um riso de incredulidade. "Você está querendo dizer que foi assassinato? Não seja boba."

"Um tiro em cada um", disse ela. "Juro por Deus. Pode ligar para a polícia de Brookhaven se não acredita."

"Tiro, Liz? De verdade? Com uma *arma*?"

"A pessoa que atirou tentou simular um acidente. Botou fogo na casa. Mas a coisa estava muito suspeita, fizeram uma autópsia imediatamente e encontraram as balas."

"Mas... quem ia fazer uma coisa dessas?"

"Eles não sabem", disse ela.

Eu não podia acreditar. O que é que estava acontecendo com a polícia do condado de Suffolk? Não conseguiam encontrar um revólver a menos de vinte metros da cena do crime? Será que todo o plano ia ser desperdiçado simplesmente porque a polícia era inepta demais para investigar devidamente?

Encontrem a arma! Porra de polícia do condado de Suffolk, já sei que não são capazes de encontrar bicicletas e barcos roubados, mas pelo amor de Deus, até mesmo vocês deviam ser capazes de encontrar uma *arma*! Está ali bem na frente da casa, coberta de impressões digitais de Volpinex!

Será que alguma criança tinha encontrado? Será que alguma criança tinha levado embora a arma, só de brincadeira?

Liz estava dizendo mais alguma coisa. "O quê? Desculpe, Liz, acho que é o impacto." E de um salto impulsivo levantei-me da cadeira, olhando, agoniado, pela janela empoeirada. "Bart!", disse eu. "Bart morto!"

"Betty também", Liz disse.

Pisquei os olhos. "Você teve mais tempo para se acostumar com a idéia", disse. "Mais tempo para pensar sobre a coisa."

"Mas não fica mais fácil por causa disso", ela disse.

"Mas Bart", fiz um gesto vago, desamparado. "Ele tinha voltado da praia e nós tínhamos..."

"Tá bom, tá bom. Deixe o discurso para a hora do enterro. Você e Bart se davam tão bem quanto Betty e eu."

"Eu não estava *processando* meu irmão!"

"Estaria, sim, se houvesse dinheiro envolvido. Você gostava de Bart, eu também gostava de Betty, tudo bem, e estou me sentindo tão mal quanto você, mas ainda estamos vivos, Art, e temos uma porção de coisas a fazer."

"Funerária", eu disse, vagamente, "providências..."

"Não era exatamente isso que eu estava pensando", disse ela.

O que podia ser? Perguntei: "O que mais?".

"Preciso de um álibi, Art", ela disse.

Olhei para ela, mudo, mas mudo mesmo. As possibilidades correram dentro da minha cabeça como baratas quando se acende a luz da cozinha. Perguntei: "Foi você que...".

"Ah, não seja idiota", ela protestou. "Se quisesse me livrar de Betty teria feito melhor do que isso."

Eu podia considerar aquilo um insulto, mas tinha preocupações mais importantes no momento. Perguntei: "Então por que precisa de um álibi?".

"Tínhamos um processo em curso", explicou. "Havia uma animosidade entre nós e uma porção de gente sabia disso. Não quero ser acusada dessa história, Art."

"Nem eu", declarei. E estava dizendo a verdade. Queria que Volpinex fosse acusado, devidamente acusado; isso resolveria todos os meus problemas.

Liz disse: "Nós nos casamos na quarta-feira passada. E desde então não nos separamos mais, até hoje de manhã. Ficamos no seu apartamento para não ter nem os criados atrapalhando".

"No meu apartamento."

"Você sabe que vou demonstrar minha gratidão", disse. "Sou uma mulher generosa, você sabe disso."

Pop. Outro movimento completo surgiu na minha cabeça. "Você é de fato generosa", eu disse. "Não faz idéia de como é generosa."

Uma profunda desconfiança se espalhou pelo rosto dela. "O que é que isso quer dizer agora?"

"Até que ponto você precisa desse álibi? Quer dizer, por que não falar do seu roqueiro? Era com ele que você estava, não era?"

"Ele não serve", ela disse.

"Por que não?"

"Porque está foragido. Penas federais. Venda e posse de drogas, essas coisas."

"Então é Art ou ninguém."

"Qual é sua proposta, Art?"

"Não é uma proposta", disse eu. "Chegamos a um ponto em que é pegar ou largar."

"Talvez eu não achasse ruim ir para uma prisão feminina", disse ela.

"O lesbianismo ia te deixar gorda", afirmei, e toquei para Gloria. "Entre e traga o bloco."

Liz não estava gostando nada daquilo. "Me diga o que é", pediu. "E eu digo sim ou não."

"Eu também quero me divertir", disse eu.

Quando Gloria entrou, ditei um novo acordo entre Liz e eu, eliminando todo o contrato anterior do começo ao fim. "O entendimento, afeto e confiança entre as partes, desenvolvidos depois do casamento", eram dados como principais razões da mudança. De agora em diante, rezava o contrato, nosso casamento seria governado exclusivamente pelos votos matrimoniais, pelas leis de Connecticut e pelos usos e costumes dos grupos sociais a que pertencíamos em nossa vida comum. No que tange a propriedades, optávamos pelos estatutos de propriedade comum do estado da Califórnia.

Liz ficou imóvel durante todo o ditado, e Gloria estenografava impávida, como sempre. Ao terminar, eu disse: "Ponha a data de ontem, prepare para assinarmos e faça quatro cópias".

"Sim, senhor", ela disse, direta, e saiu da sala.

Liz descruzou e tornou a cruzar as pernas. "E daí? O que te faz pensar que vou assinar uma coisa dessas?"

"Um casamento de verdade, querida", disse eu. "Afinal de contas, você não ia adorar isso?"

"Não."

"Então posso colocar como uma questão de preferência", eu disse. "O que você prefere para o resto da vida? A penitenciária feminina do estado ou o casamento comigo?"

"Não é uma decisão fácil."

"Não se apresse", disse eu. Dava para ouvir o cléquete-cléquete da máquina de escrever na ante-sala. "Gloria não bate mais do que trinta palavras por minuto."

50

Nossa! Como ela ficou furiosa quando encontraram a arma!

Foi por volta das três da tarde. A essa altura, já tínhamos sido interrogados pelos detetives à paisana do condado de Suffolk, com seus ternos amarrotados, sentados muito sem jeito na sala do apartamento dos Kerner, em Manhattan, nos tratando com aquela desajeitada deferência especial cheia de palavras que os policiais usam quando se defrontam com poder e/ou dinheiro. Tínhamos também começado a tomar as providências para o enterro. Eu também já tinha começado a organizar os detalhes para uma cobertura que deixava Watergate no nível de quem-foi-que-deixou-o-vidro-de-geléia-destampado?

O estilo do enterro era, em si, parte da cobertura, uma vez que insisti para que fosse o mais simples possível. Liz concordava pelas razões arrogantes lá dela — detestava que a plebe circulasse em torno da sua vida — e, portanto, ficou decidido que os dois seriam cremados e as urnas com as cinzas depositadas no mausoléu dos Kerner perto de Tarrytown, devendo tudo ser feito o mais breve possível, assim que as autoridades liberassem os restos mortais. Nada de serviços fúnebres, velórios ou qualquer outra divulgação. Nenhum ritual religioso, nenhuma reunião, nada. O mínimo indispensável. Cremar os dois, moer as cinzas e colocar na urna, rosquear a tampa, meter na prateleira e quanto menos se falasse no assunto, melhor.

Para mim, o próximo passo da cobertura implicava botar panos quentes num incrível número de pessoas que sabiam partes diversas, potencialmente incriminadoras, de tudo o que estava acontecendo. Gloria, Ralph, Candy, Joe Gold. Minha irmã Doris. A lista não acabava nunca e nem todo mundo podia ouvir a mesma história. Doris, por exemplo, sabia melhor do que ninguém que eu não tinha irmão gêmeo nenhum, mas havia uma pequena possibilidade de eu conseguir convencer Ralph de que existia realmente um irmão gêmeo.

Puxa vida!

Comecei a campanha com Gloria. Quando ela terminou de bater o contrato que eu havia ditado, trouxe o papel para minha sala e ficou esperando Liz ler. Aí Liz precisou de um tempo e perguntou onde ficava o banheiro. Enquanto ela estava fora da sala, eu disse: "Gloria, acho que estou numa grande enrascada".

"O que faz este dia diferente dos outros?", ela perguntou.

"Estou falando sério", continuei. "Sabe aquela história de irmão gêmeo que inventei?"

"Sei que você estava aprontando alguma", disse ela. "Deus sabe o quê."

"Coisa inofensiva", garanti a ela. "Só um jogo sexual, você sabe como sou."

Ela concordou.

"Vou te contar uma coisa", disse. "Essa mulher aí, essa minha esposa, ela veio aqui para me contar que a irmã dela foi assassinada ontem à noite, em Fire Island."

Gloria demonstrou o adequado choque, seguido da adequada dúvida. "E é verdade?"

"Parece que sim", disse eu. "O problema é que foi encontrado um cara morto junto com ela. Liz acaba de me dizer que é meu irmão gêmeo."

"Seu ir...?"

"Eu sei, eu sei", disse. "Não é possível, não é?"

"Não que eu saiba."

"Então", continuei. "Liz quer que eu seja o álibi dela. Quer que eu jure que ela estava comigo ontem à noite. E a verdade é que não estava."

Baixando a voz, Gloria perguntou: "Você acha que ela...?".

"Não faço idéia", respondi. "Mas foi por isso que mandei você bater esse contrato. Normalmente, ela não assinaria um papel desses por nada deste mundo. Se assinar agora, é porque tem alguma coisa aí. E preciso saber, Gloria, para o caso de haver depois alguma conseqüência."

Ela me olhou, perturbada; em parte, só continuava naquele emprego esquisito porque gostava de mim. "Você está implicado até a raiz dos cabelos, Art", disse ela.

"Você tem toda a razão", concordei, com absoluta sinceridade, "mas não vejo jeito de me livrar agora. Tenho de ir até o fim e esperar."

"Acho que sim."

"Se alguém aparecer fazendo perguntas", continuei, "seja o que for, você não sabe de nada."

"Certo."

"Nem se tenho irmão gêmeo ou não."

"Minha boca é um túmulo", ela prometeu.

"Talvez eu ainda consiga bater Liz no jogo dela", eu disse, com coragem. Ouvimos então a porta de fora se fechar. "Ela está voltando", cochichei. "Vamos ver se assina mesmo esse contrato."

Com Joe Gold tratei mais no meio da tarde, depois da visita da polícia de Long Island. A arma ainda não tinha sido encontrada então, mas os tiras ainda não demonstravam nenhuma tendência a considerar Liz ou a mim suspeitos. Servimos de álibi um para o outro, expressamos nosso choque e horror, contamos o que era possível contar sobre as atividades e associados recentes dos nossos irmãos e fomos deixados, com pedidos de desculpas, em paz com nosso luto.

Logo que os tiras saíram, eu disse a Liz: "Me dê algumas coisas suas. Roupa de baixo, batons, essas drogas que eu possa espalhar pelo meu apartamento".

"Boa idéia", disse ela. Rapidamente preparou um saco de papel com essas raspas de armário e eu corri para minha casa. O apartamento não parecia mais o local de um massacre turco, mas ainda não estava tão limpo quanto um restaurante de caminhoneiros num sábado à noite. Que importa? Feeney tinha feito o possível. Espalhei os detritos de Liz por aqui e por ali, peguei o telefone, que parecia ter sido inundado de mel, e liguei para Joe, na ensolarada Los Angeles.

"Joe? Escute", disse.

"O quê? Mais? Por que não entra para uma comunidade?"

"Joe, estou com um sério problema."

"Faz anos que te digo a mesma coisa, Art."

"Houve um assassinato, Joe. Sem brincadeira, sem piada, sem besteira nenhuma. Um assassinato de verdade."

"Nas imortais palavras de Samuel Goldwyn, dito escritor, 'conte comigo fora dessa'", disse Joe.

"Claro", concordei. "Nós dois estamos fora dessa. Mas tem uma coisa, Joe. Essa história dos gêmeos que andei inventando por aqui. Sabe?"

"Não quero saber."

"Você deve ter feito alguma idéia a partir daquela conversa nossa."

"Art, em casos de homicídio, tenho como regra nunca ouvir conversas."

"Ótimo, Joe. Só tem uma coisa: acho que estão preparando alguma para mim. Talvez para me incriminar."

"Art? Você não ia aprontar uma dessas para mim, ia?"

Claro que ia, mas não era disso que eu estava falando. Disse: "Joe, estou apavorado demais para aprontar com qualquer um. Me escute um pouco."

"Talvez. Pode começar a falar".

"Conheci duas irmãs gêmeas. Então virei irmãos gêmeos, para poder trepar com as duas. Um joguinho simples e inocente, certo?"

"Com a sua assinatura, Art, como se fosse uma obra de Andy Warhol", ele disse.

"O que acontece", continuei, "é que as duas são ricas. *Muito* ricas. E uma está processando a outra por causa de milhões e milhões de dólares. E ontem à noite, Joe, enquanto eu estava com uma das irmãs aqui em Nova York, a outra irmã foi assassinada em Fire Island."

"Verdade?"

"Juro pela minha mãe. Mas aí é que vem a melhor parte. Joe, tinha um cara lá com ela. Que foi morto também."

"É?"

"Meu irmão gêmeo, Joe."

"Como é? Que merda é essa?"

"É exatamente isso que estou me perguntando."

"Alguém está aprontando alguma", disse ele.

"É exatamente o que estou pensando. Será que estão me envolvendo em alguma coisa? Estou com medo, Joe, sem brincadeira. Se sair dessa, acho que vou estar curado para o resto da vida."

"Amém", disse ele.

"Joe, a única segurança que posso imaginar para mim agora é que esse esquema dos gêmeos não tenha existido nunca", disse eu. "Se a polícia resolveu me dar um irmão gêmeo, tudo bem. Não confirmo, nem nego. Mas e se descobrem o *meu* esquema dos gêmeos? O que é que vai acontecer comigo?"

"Art", Joe disse, "você está me pedindo para mentir sob juramento num processo de assassinato?"

"Absolutamente. Não! Estou pedindo para você ficar inteiramente de fora. Se algum tira fizer um interurbano, perguntando se Bart Dodge passou uns dias aí com você, pode dizer que sim, porque depois é só dizer que escutou *Art* Dodge e que talvez tenha se confundido com as datas. Qual é o problema? Você está aí, longe, está seguro, está de fora da coisa."

"Tem razão: estou fora."

"Só estou pedindo, Joe", disse eu, "que você não dê nenhuma informação voluntariamente. Eu *tenho* de encobrir essa história dos gêmeos. Tenho mesmo."

"Estou começando a achar", disse ele, "que isso pode acabar sendo uma boa lição para você."

"Pode ter certeza. Joe, posso contar com você?"

"Art", disse ele, "a gente é amigo há muitos anos. Sabe que sempre pode contar comigo e vai poder contar comigo até o ponto que se tornar inconveniente."

"Não vai revelar o golpe dos gêmeos."

"Não de livre e espontânea vontade."

"Você é legal, Joe." Desliguei e voltei para o apartamento das Kerner, onde Liz estava me esperando com fogo nos olhos.

"Me dê aqui o contrato. Desisti, quero rasgar", ela disse.

"Quer o quê? Escute aqui, lhe dei um álibi, ajudei a..."

"Pode esquecer o álibi, idiota", disse ela, "e o contrato também."

"Esquecer? Por quê?"

"Porque", ela revelou, "foi aquele babaca do Volpinex que matou os dois. Que tal?" Ela estava na minha frente, as mãos fechadas em punhos na cintura, o queixo para frente. "Encontraram a arma que ele tentou esconder, toda coberta de impressões digitais. Foi um crime *passional*! Ernie fugiu, ninguém consegue encontrar em lugar nenhum, mais culpado que o pecado. Não preciso de álibi e *não vou aceitar essa merda de contrato*!" Liz sacudiu os punhos na minha cara. "Pare de rir, hiena filha da puta! Pare!"

51

"Achei que não vinha trabalhar hoje", disse Gloria quando entrei.

"A vida tem de continuar", respondi.

"Estão ligando do *Daily News*, da ABC e do Canal 11. Querem entrevistar você sobre seu irmão."

"Nada de entrevistas", falei. Que idéia: eu na televisão, falando do assassinato do meu irmão gêmeo. Podia acabar comigo, não é?

"Disse que você não vinha ao escritório hoje. Devem ter telefonado para sua casa."

Minha casa era o ninho conspurcado por Feeney, ao qual não deveria voltar tão cedo. "Boa sorte para eles", disse. "E, se mais alguém ligar, amigo ou inimigo, ainda não cheguei. Período de luto, provavelmente não estará no escritório antes da semana que vem."

"Certo." Ela me olhou, cúmplice. "Alguma novidade da sua mulher?"

"Ainda não sei o que ela está pretendendo", respondi. "A única coisa a fazer é esperar para ver."

"Talvez você devesse conversar com um advogado", ela sugeriu.

"Foi o que pensei. Ligue para Ralph Minck, você tem o telefone do escritório dele."

"Certo. Ah, sua irmã ligou."

"Doris? Ligue para ela, quero falar com ela antes de Ralph."

Entrei no escritório e sentei a uma mesa que de alguma forma parecia menos minha. Eu tinha virado outra pessoa nos dois últimos dias, e as tramóias e preocupações de antes não vibravam mais como antigamente. Encobrir o assassinato era tudo o que contava agora; estava esgotando toda minha energia, tentando manter a cabeça fora da água.

Se eu conseguisse sair dessa ileso, será que ia voltar a ser o mesmo de antes, inocente, cheio de tolices e malícia? De alguma forma absurda, parecia que ao matar Volpinex eu estava me transformando em Volpinex. Onde estava meu humor? Onde estava meu centro cáustico?

"Um de Feliz Aniversário", disse em voz alta. "Feliz Aniversário, Feliz Aniversário." Se ainda fosse capaz de inventar, de criar um cartão, então não havia com que me preocupar.

Bzzz. "Sua irmã."

"Certo." Clique. "Doris?"

"Art, o que é que está acontecendo?"

"Sobre?"

"O jornal diz que seu irmão gêmeo Robert foi *assassinado.*"

"Meu o quê?"

"Art, você não tem irmão gêmeo."

"Eu sei disso. O que é... Ah! Aquela história de Long Island!"

"Fire Island. No jornal diz... Espere aí, vou pegar."

"Sei o que está escrito, também achei estranha a coincidência."

"Coincidência?"

"Doris", eu disse, "quantos irmãos você tem?"

"Quase um", disse ela. "Você promete, promete, promete que vai telefonar para Duane e nunca telefona."

"Estive ocupado, Doris, me preparando para o Dia de Ação de Graças."

"O problema não é esse. O problema é que... Está aqui o jornal; 'Irmão gêmeo de Arthur Dodge, editor de cartões de Manhattan'. O que significa isso?"

"É algum outro Arthur Dodge, claro", eu disse. "Não temos um nome muito original, como você sabe."

"Mas editor de cartões?"

"Doris, sabe quantos pequenos negócios como o meu existem só em Nova York? E talvez ele nem tenha negócio nenhum, pode ser algum executivo da Hallmark, da Gibson, de alguma dessas. Quer dizer, pode ter repórteres aí confundindo tudo e telefonando para mim em vez de telefonar para esse sujeito. Estão ligando a manhã inteira, mas você sabe muito bem, Doris, que não tenho nenhum irmão gêmeo."

"Será só uma coincidência?" Ela não parecia muito convencida.

"Escute aqui, Doris", continuei. "Estou olhando aqui na lista telefônica de Manhattan. Sabe quantos A. Dodge tem, assim, só com a inicial? E isso só em Manhattan, sem contar as pessoas que moram em Queens e no Brooklyn e..."

"É que eu fiquei surpresa, só isso", disse ela. "O mesmo nome e tudo."

"Esta cidade tem oito milhões de habitantes. Alguns têm de ter o mesmo nome."

"Primeiro achei que você é que podia ter morrido", disse ela.

"E o que é que eu ia estar fazendo num lugar de gente rica daqueles?" Inacreditavelmente, aquele foi o argumento que a convenceu. O fato é que, enquanto eu insistia em escalar círculos mais altos, ela havia ficado fortemente enraizada naquele nível social em que se colocam pneus velhos como canteiros no jardim. Então ela riu da idéia de eu me confraternizar com gente rica e eu ri junto com ela e conversamos um pouco sobre o assunto coincidência em geral, ela lembrou alguns exemplos da sua época e finalmente desligamos o telefone e toquei para Gloria fazer a ligação para o Ralph.

Enquanto esperava, tentando inventar uma mensagem de aniversário, examinei a correspondência acumulada, tentando retomar uma parte da minha antiga alegria profissional, repetindo atividades antes agradáveis, mas, nesse momento, nem jogar contas atrasadas no lixo me divertia mais.

E o que era aquilo ali? Um grande envelope de papel pardo, muito parecido com o que Volpinex tinha na mão, aquele cheio de armas mortíferas dirigidas a Bart. O envelope estava na minha mesa, virado para baixo, sem nenhuma identificação de remetente no verso. Minhas mãos hesitavam em abri-lo, enquanto minha nuca se arrepiava como se estivesse cheia de pequenos cubos de gelo. Era exatamente igual ao envelope de Volpinex, que me lembrava de ter queimado dentro da pia em Point O'Woods, vendo as chamas amarelas dançarem sobre as fotocópias.

Portanto, este era outro envelope, com toda certeza. Por que eu hesitava, então? Nunca acreditei em fantasmas, no oculto, em nada dessas coisas. Não acredito nem que Maria era virgem. Portanto, aquele era outro envelope e a relutância em abri-lo era simples tensão nervosa, só isso.

Exatamente. Quando virei o envelope, com um pouco mais de ênfase do que era necessário, o outro lado tinha meu nome e endereço datilografados no centro, uma galeria de selos sem valor (Eisenhower com barba e bigode) no canto superior direito e a informação de remetente no canto esquerdo "L. Margolies, 37 E. 10, NY 10003".

Humor: uma resposta covarde à agressão.

Ah. Como eu agora sabia mais sobre agressão, e toda a gama de respostas covardes a ela, abri o envelope na esperança de ler alguns bons argumentos, mas fui interrompido por Gloria, que tocou para mim, dizendo que Ralph não tinha ido trabalhar porque estava doente. "Droga", eu disse, "ligue para a casa dele, então. Mas se a mulher atender, desligue."

"Certo."

Peguei o envelope de novo e tive uma idéia para um cartão de aniversário. Anotei depressa: "A pedra da sorte do seu aniversário... está amarrada no meu pescoço".

O quê? Reli o que tinha escrito, como um compositor romântico olha, tossindo, para os pingos de sangue no lenço. Que diabo era aquilo? "A pedra da sorte do seu aniversário... está amarrada no meu pescoço." Não só não era engraçado como não era nem inteligente. Não queria dizer nada. O que queria dizer aquilo?

Disse em voz alta: "Perdi a mão. Não sei mais fazer isso".

Olhei os outros que havia produzido, dependurados nas paredes, e nenhum era engraçado. Nada era engraçado. Aqui e ali havia retalhos de sentido dependurados das frases, como restos de carne dependurados de um osso, mas não eram *engraçados.*

"Estou me transformando em Volpinex." Acho até que falei em voz alta, e Deus sabe o que mais eu poderia anunciar, se Glória não tivesse tocado de novo naquele momento. Apertei o botão. "Ahn."

"É ele."

"Quem?"

"Ralph Minck, lembra?"

"Ah." Desviei os olhos do texto que tinha acabado de escrever. "Certo", disse. Ralph: era hora de desfazer a história dos gêmeos. Apertei o botão e disse: "Alô, Ralph?".

"Alô", ele respondeu numa voz tão fraca e trêmula que eu mal conseguia escutar. Não parecia doente, parecia suicida.

"Ralph?", perguntei. "O que aconteceu?"

"Acho que não posso falar com ninguém agora." A dignidade mancava entre latas de lixo na voz dele.

"Espere, espere! Não desligue. Sou eu, Ralph, seu melhor amigo, Art. Qual é o problema, rapaz?"

Longo suspiro. Longo silêncio. E depois: "Ela foi embora, Art".

Ah, que ótimo. "Já estou indo para aí", eu disse. "Não saia de casa."

Batendo o telefone, pousei de novo os olhos na frase para o cartão de aniversário, pedra e pescoço, e dessa vez entendi exatamente o que era: ruim. Já tinha feito outros ruins antes, e nunca transformei nenhum deles em alguma barata de dois metros de altura. A preocupação tinha secado a fonte do meu humor, era apenas isso, uma seca temporária. Amassei o papel com a frase, joguei no lixo e acariciei o envelope que não tinha nada a ver com Volpinex. "Volto para você depois, *baby*", eu disse.

Ao sair, disse para Gloria: "Se minha irmã ligar, diga que saí um pouco. Se qualquer outra pessoa ligar, estou de luto. Se a gente nunca mais se encontrar de novo, fique sabendo que acho você uma jóia".

"E eu acho você a melhor coisa que me aconteceu depois da Met Life", ela respondeu.

52

A última vez que eu estivera no apartamento dos Minck havia sido na minha noite de núpcias. Estava muito diferente agora. De alguma forma, em dois dias Ralph tinha conseguido criar um ambiente que parecia ter sido abandonado há três meses. Pratos sujos pela sala toda, cinzeiros transbordando de nojentas pontas de cigarro, um fedor de mofo e sujeira e podridão em todos os quartos e um banheiro que nem vou tentar descrever.

As crianças estavam temporariamente com algum primo caridoso em Queens. Candy tinha sumido no mundo, sem deixar endereço, e Ralph estava ali, sentado, vestindo um tipo de camiseta que nenhum homem usava desde o recrutamento militar de 1940. "Ela foi embora de vez", lamentou.

"Ela disse isso? Deixou, ahn, um bilhete, uma carta, algo assim?"

"É. Foi embora para sempre."

"É, o quê? Deixou alguma carta?"

"É."

Ah, meu Deus. Não a famosa carta que eu tinha lido durante o jantar aquela noite. "Onde está, Ralph?"

"Para sempre, Art."

"Sei, mas onde é que está a carta? A carta dela, Ralph, dizendo que ia embora."

"Está..." Ele fez um gesto indicando o planeta Terra inteiro.

Finalmente encontrei o papel em cima da mesa da cozinha. Tinha sido amassado e desamassado, estava cheio de manchas de manteiga, café, suco de tomate, algum tipo de bebida e algo que podia ser lágrimas. Ao ler descobri que era, e ao mesmo tempo não era, a carta que Candy havia me mostrado. Quer dizer, era a carta, exceto pela minha parte: "seu melhor amigo, e meu também, Art Dodge", como eu havia sido antes designado, não era mais personagem nessa versão do épico. O parágrafo em questão havia sido reescrito, bastante bem, assim:

> Ralph, tenho uma confissão a fazer. Sou uma mulher, com as necessidades e desejos de uma mulher, e em minha frustração e angústia encontrei outro homem. Você não o conhece, Ralph, eu jamais iria humilhar você e a mim cometendo adultério com alguém que se dissesse "amigo". É um homem de honestidade e valor, Ralph, e em seus braços encontrei a satisfação que me faz falta em nosso casamento.
>
> Ralph, detesto enganar e mentir. Foi o desespero que me atirou nos braços de outro, mas é o amor que me mantém com ele. Não sei o que o futuro reserva para mim e para ele, mas sei que não posso continuar como antes. Eu esperava que, de alguma forma, você e eu ainda pudéssemos dar certo, mas este verão em Fair Harbor convenceu-me que isso não acontecerá.
>
> Você haverá de encontrar uma mulher melhor do que eu, Ralph, tenho certeza. Tudo o que quero é ficar com as crianças e receber uma pensão para elas. Você sabe que nunca fui ambiciosa. E procure não pensar mal de mim. Eu o amei, a minha maneira.
>
> Saudações e o meu adeus,
>
> Candy

Voltei para a sala levando a carta comigo. Estava grudenta como o meu apartamento pós-Feeney. "Bom, não parece assim tão mau, Ralph", disse, animador, sentando-me na poltrona mais limpa que encontrei.

"Ela foi embora para sempre", disse ele.

"Eu simplesmente não acredito", declarei. "Ralph, leio esta carta e o que vejo é o grito do coração de uma mulher."

Ele me olhou, esgazeado. "O quê?"

"Um grito de socorro, Ralph."

"Ela foi embora para sempre, Art."

"Ela te ama, Ralph, e diz isso aqui. O que ela quer é compreensão, que você cuide dela e lhe dê amor daquele jeito romântico de quando eram só vocês dois. Sem crianças, sem os papéis do seu trabalho em cima da mesa de jantar, sem nada dessas coisas. Romance, é isso que ela quer, Ralph, e quer com você."

"É com outro que ela quer", ele disse e choramingou um pouco. "Se eu descobrir quem é o cara, Art..."

"Ele não interessa, Ralph. É provável que nem exista, ela só pôs isso aí para te deixar com ciúmes. Igual a meu irmão gêmeo."

"Um dia eu descubro quem é esse sujeito e..." Ele piscou, devagar, duas vezes. "Igual o quê?"

"Meu irmão gêmeo."

"Que irmão gêmeo?"

Bom. Ele estava prestando atenção em mim. Provavelmente não por muito tempo, portanto fui em frente. "Uma cilada, Ralph. Alguém está querendo me envolver em alguma coisa, mas não sei no quê. Queria ver se você me ajudava, mas pelo que estou vendo, você já tem problemas suficientes."

Ele estava curioso, claro. "Bom, o que aconteceu? Qual é o problema?"

"A garota de quem eu estava noivo", eu disse. "Elizabeth Kerner, aquela que você investigou para mim."

"A herdeira", disse ele.

"Fui em frente e casei com ela, Ralph. Está fazendo uma semana hoje."

A alegria por mim juntou-se à pena por si mesmo e ele começou a chorar. "Parabéns", resmungou. "Que você seja tão feliz quanto eu era."

"Escute, Ralph", continuei. "Casei com ela há uma semana e anteontem à noite alguém matou a irmã gêmea dela."

Ele estava prestando atenção de novo. As fontes de lágrimas secaram e disse: "Matou? Tem certeza?". Fungando, limpou os olhos e o nariz na manga da camisa.

"Bangue, bangue", expliquei. "Com revólver. Em Point O'Woods. E o assassino pôs fogo na casa depois, para encobrir os rastros."

"Meu Deus!" Ele tinha esquecido completamente de Candy agora.

"Mas tem uma coisa mais maluca", disse eu. "Junto com ela tinha outro corpo, e a opinião geral é que era meu irmão gêmeo."

"O quê? Você não tem irmão gêmeo."

"Existem documentos", continuei, "provando que a irmã gêmea da minha esposa tinha se casado, no mês passado, com alguém chamado Robert Dodge e que dizia ser meu irmão gêmeo. E agora o cara está morto."

"Mas isso não faz o menor sentido", ele disse.

"E a coisa ainda fica mais maluca", expliquei. "Porque o assassino é aquele advogado, Volpinex. A arma tinha impressões digitais e ele desapareceu, ninguém tem dúvidas."

Ele se encostou na cadeira, limpando ranho da bochecha com a outra manga. "Não faz o menor sentido, Art."

"Mas estou com medo", revelei. "Não faço idéia do que está acontecendo, Ralph, mas alguém vai querer me pegar, se eu não tomar cuidado. Por isso não falei nada para ninguém. Nem desmenti a história do irmão gêmeo."

Ele me olhou, intrigado. "Por que não?"

"Porque não entendo o que isso quer dizer. Olhe, a família Kerner tem muito dinheiro, e tem alguém querendo esse dinheiro. Você me conhece, Ralph, já aprontei muitas na minha vida, não tenho nenhuma certeza de que possa sair ileso de uma investigação policial para valer. Quer dizer, coisas que eram completamente inocentes na hora podem, de repente, ficar muito incriminatórias agora."

"A verdade é sempre o melhor caminho, Art", disse ele, hesitante.

"Sei disso, Ralph. Mas é tudo tão estranho que estou com medo de fazer qualquer coisa. Se ficar bem quietinho talvez consiga descobrir o que é que está havendo."

"Não assine nenhuma declaração", ele disse.

"Ralph, agora não assino nem cartão de feliz aniversário". (Nem escrevo, ao que parece.)

Ele balançou a cabeça, pensando. "Isso é o melhor a fazer", disse ele. "Você não é testemunha, nem nada, não é?"

"Estava em Manhattan, com minha mulher, enquanto a coisa acontecia lá. Sou só o cunhado. Ou um parente, se acreditarem nessa história de irmão gêmeo."

"Então você talvez tenha razão", disse ele. "Fique quieto e espere para ver o que acontece em seguida."

"E se alguma coisa acontecer, Ralph, posso contar com você?"

"Você sabe que sim, Art. Não precisa nem perguntar. Não é meu amigo?"

"É que pensei que... diante do que aconteceu..." Ele começou a se desfazer outra vez e me inclinei para dar um tapinha no seu joelho. "Ralph, ela vai voltar, Ralph."

"Art, se você pudesse... Art, eu..."

"A gente se ajuda", sugeri. "Eu te ajudo com Candy, você me ajuda com essa história maluca de irmão gêmeo."

E caímos um nos braços do outro.

53

Passei os quatro dias seguintes pisando em ovos e, graças a Deus, não quebrei nenhum. A polícia pareceu engolir minha trama Volpinex-é-o-assassino e, como ele não aparecia para negar, nada comprometia a doce certeza policial. O atestado de óbito de Bart era tão legítimo quanto a autoridade que o assinou; Bart tinha sido feito com a matéria dos sonhos, e sua curta vida estava envolta em sono, no seu descanso, sob a forma inidentificável de um monte de cinzas, numa urna de metal no túmulo da família Kerner, ao lado da esposa.

A cama de gato de histórias que inventei aqui e ali ia agüentando muito bem, principalmente porque ninguém investigava. Nenhum tira procurou Gloria, nem Ralph, nem Doris, nem Joe Gold. E por que procurariam? Minha ex-mulher Lydia calou a boca com o mesmo argumento da coincidência que tinha funcionado com Doris, e todo o resto continuou acreditando nas fantasias e nas meias verdades que inventei. Sem nenhuma prisão, nem nenhum outro desenvolvimento *post-mortem*, em dois dias os noticiários foram perdendo interesse no ESTRANHO ASSASSINATO. Isso também ajudou.

Gloria continuava tocando a Those Wonderful Folks sem nenhuma ajuda minha, a não ser um ou outro telefonema. Eu pouco aparecia no escritório, e menos ainda no meu antigo apartamento. Ralph, conforme descobri com alguns telefonemas, continuava bebendo e chorando e sentindo pena de si mesmo, sem um pensamento sequer voltado para o mundo exterior. Quanto a

Candy, única ponta solta a ser amarrada, eu já tinha uma história pronta para ela, claro, só que ela não aparecia para escutar. Tinha, como diz o ditado, sumido da face da terra, e, de minha parte, podia continuar sumida para sempre.

Sobrava apenas Liz. Durante dois ou três dias ela ficou indignada e furiosa por causa da alteração do contrato, mas no fim de semana já estava bem mais calma e parecia preparada para aceitar o inevitável. "É, eu até que gosto de você. Podia ter sido pior."

"Podia", concordei. "Como foi, mais de uma vez. Mas agora acabou." E fomos dar mais uma rolada na nossa grande cama.

54

Domingo à noite, seis dias depois do duplo assassinato, Liz disse: "Vamos sair um pouco".

"Claro", concordei. O período de perigo já tinha passado, as investigações oficiais tinham tomado outro rumo e a curiosidade não oficial tinha se acalmado, portanto umas férias longe do cenário da minha trama seriam realmente um bom descanso. Além disso, Liz vinha ficando cada vez mais dócil e agradável comigo nos últimos dias, deixando de lado aquele mau humor que eu já associava a ela; uma mudança de cenário podia ajudar a transformar essa personalidade mais alegre numa conquista permanente. "Para onde?", perguntei.

"Saint Croix", disse ela. "Temos uma casa lá."

Meu Deus! "Temos?" Quantas outras maravilhas haveria diante de mim, ainda por descobrir?

"Telefonamos de manhã, para abrirem a casa", disse ela, "e podemos pegar o avião amanhã à tarde."

Então eu ia para o Caribe, afinal; Volpinex deve ter ficado contente, onde quer que estivesse. "Ótimo", disse eu.

55

Usávamos malas idênticas, da Air France, cheias de bolsos, azuis-claras. A minha tinha sido de Betty, mas Liz havia dito: “Para que desperdiçar?”.

Na segunda-feira de manhã, enquanto ela telefonava para os empregados em Saint Croix e para a companhia aérea no Kennedy, voltei, talvez pela última vez, ao meu escuro escritório no bairro das roupas, carregando a mala azul. Gloria estava batendo alguma coisa à máquina, e havia colocado sobre minha mesa a costumeira pilha de correspondência e recados telefônicos insultuosos. “Pode esquecer isso tudo”, disse eu. “Lembra-se daquele bando de ilustradores ingratos que queriam me roubar a empresa, faz alguns anos?”

Gloria fez que sim com a cabeça. “Em compensação pelos pagamentos devidos”, disse. “Sempre achei que deviam estar loucos.”

“Eles tinham um advogado”, continuei. “Procure o nome dele no arquivo, prepare uma carta para eu assinar, sem data, dizendo: ‘Não pedi para ser insultado. Minha proposta era séria’. E traga para eu assinar.”

Ela franziu a testa. “Como você guarda rancor, hein?”

“Não exatamente. Depois, hoje à tarde, telefone para o advogado e pergunte se aquele bando de traidores ainda está interessado em fazer negócio. Se ele disser que sim, peça detalhes da proposta. Assim que receber, ponha data nessa carta que acabei de ditar e mande para ele, junto com a devolução do texto da proposta que ele mandou. Toda vez que ele ligar, diga que não estou na cidade, mas devo voltar logo, e que não sabe onde posso ser encontrado."

Gloria disse: "Você não vai desistir de tudo, vai?".

"A vida continua."

"E eu volto para a Met Life? Não é justo! Dediquei a você os piores anos da minha vida!"

"Não faça drama, Gloria", eu disse e entrei na minha sala, onde coletei minha reserva de notas de dez dólares que ficava escondida atrás do quadro do "Beije-me outra vez". Depois resolvi o que havia sobre a mesa. Haveria alguma coisa que gostasse de levar comigo na minha estada sem prazo de volta no Caribe?

Na gaveta de baixo, encontrei uma caixa de óculos extra; assustado, escondi no fundo do cesto de lixo. Os óculos de Bart tinham desaparecido junto com seu corpo e Art jamais usaria óculos outra vez.

Havia alguns itens úteis: passaporte, certidão de nascimento, atestado de vacina. E aquele grande envelope pardo em cima da mesa, com seu misto de associações agradáveis e desagradáveis?

Ah, sim: a tese de Linda Ann Margolies. Com toda a atividade da semana anterior, não tinha nem olhado para aquilo. Agora, finalmente, abri o envelope e tirei um calhamaço de xerox do manuscrito, junto com uma breve carta que dizia:

> Chefe,
>
> Finalmente, tenho os planos para o novo torpedo naval e o almirante Von Heffelwitz está com gonorréia. Para a glória da França!
>
> Cherie.
>
> Incluso: Os planos roubados do torpedo naval.

Certo. Joguei os planos roubados dentro da mala da Air France para ler depois, debaixo de um sol tropical.

Gloria recusou-se a falar comigo quando saí.

56

Encharcada de champanhe, Liz cochilou enquanto voávamos sobre o Atlântico. Washington D.C. estava visível no horizonte à direita, se alguém estivesse interessado; ninguém estava, pelo menos não ali na frente, na primeira classe. O vôo semivazio do 747 ia nos levar a Porto Rico, onde Liz e eu mudaríamos para um jato menor que nos levaria até Saint Croix. Por ora, a maior parte dos meus companheiros de viagem, sonolentos com o vinho do almoço, se afundavam nas poltronas esperando a projeção do filme.

Eu não conseguia me reclinar inteiramente. Não tínhamos nenhuma outra bagagem além das nossas malas da Air France, agora confortavelmente instaladas lado a lado justamente no lugar onde eu poria os pés, à nossa frente. "Detesto ficar esperando a bagagem", Liz havia dito. "O que é que a gente vai precisar lá, afinal? Escova de dentes e maiô." Eu tinha, portanto, de ficar com as pernas encolhidas.

A aeromoça trouxe-me outra dose de rum com tônica, deu uma olhada em Liz, acomodou um travesseiro sob sua cabeça encostada na janela. "Sua amiga está bem?"

"Quase nunca", respondi. "Que filme passa hoje?"

"*Guolpo, o chihuahua relutante*, com Fred Murray."

"Ah."

Ela se afastou, distribuindo *bloody marys* e uísques para os passageiros de baixa estação, e me preparei para ir ao bar do andar de cima. Levaria comigo a tese de Linda Ann Margolies.

Quer melhor lugar do que o bar do andar de cima de um 747 para ler uma tese de mestrado sobre humor?

O envelope se destacava em cima da anônima mistura do interior da mala. Abri o zíper, puxei-o para fora, tornei a fechar o zíper, voltei a mala para seu lugar e saí do meu assento. E bem na hora: a tela de cinema já estava sendo desenrolada do teto na parte da frente da cabine. Virei as costas, subi a íngreme escadinha em espiral e me acomodei no bar deserto, a não ser por outra aeromoça que arrumava drinques sobre o balcão e gritou para mim, por cima do barulho do avião: "Olá!".

"Oi!"

"Quer uma bebida?"

"Já tenho aqui", gritei, mostrando o copo na mão direita e o envelope pardo na esquerda.

Ela deu um grande sorriso e gritou: "O filme já começou?".

"Está quase."

"Já volto. Adoro aquela parte com Bill Dana e Cher na montanha-russa", e saiu.

Escolhi uma poltrona perto da janela, com uma mesinha jeitosa e muito espaço para as pernas. Sentei, pus o copo de um lado e o envelope no meu colo.

Era o envelope de Volpinex.

Os pêlos dos meus braços se arrepiaram. Não me mexi, não respirei, não pisquei. O ronco do avião enchia meus ouvidos.

Era o envelope de Volpinex. No canto superior esquerdo vinha impresso o nome e endereço da sua empresa de advocacia: Leek, Conchell & McPoo, 7 Broad Street, Nova York, NY 10001. Eu havia notado o nome e endereço ao queimar aquilo...

Eu tinha queimado aquilo.

O nome e endereço de Betty estavam escritos no centro, como antes. Elisabeth Kerner etc. As letras ficaram borradas diante dos meus olhos.

Era um pesadelo. Também tinha adormecido, tinha bebido demais, relaxando das tensões de agosto, e meus piores medos apareciam num pesadelo. Não podia estar acordado, aquele não era o envelope de Volpinex — que eu tinha *queimado* — e não continha as provas da não-existência de Bart. Estou dormindo, estou tendo um pesadelo.

As provas estavam ali. Abri o envelope, torcendo o fecho de metal da borda, e dentro encontrei outro envelope pardo, menor, com um bilhete. No papel timbrado da Leek, Conchell & McPoo, um certo Gordon Alworthy escrevia a Liz — Liz, não Betty — dizendo que o envelope incluso havia sido encontrado no arquivo confidencial das Kerner na mesa de Ernest Volpinex. O citado Alworthy, tendo sido durante algum tempo assistente do citado Volpinex para assuntos referentes aos Kerner e similares (e o citado Alworthy, fuçando na mesa, louco para pegar o lugar de Volpinex), o citado Alworthy tinha o prazer de encaminhar o citado envelope (sem abrir, diga-se de passagem) à citada senhorita Kerner, para que dele dispusesse da forma que achasse melhor.

E dentro do citado envelope? As conhecidas cópias, os xerox dos conhecidos documentos, todos os conhecidos papéis.

Olhos. Levantei o rosto e Liz estava de pé ao meu lado, olhando de cima para mim. A marca vermelha na testa, no ponto em que se encostara à janela para dormir, não abrandava a frieza dos seus olhos, nem a dureza da sua expressão. "Devolva", disse ela.

Simplesmente olhei para ela. O mergulho da euforia para a perdição havia sido rápido demais: fiquei tonto.

Ela manteve a mão esticada. "Devolva", disse, "ou chamo a aeromoça." Não levantou a voz e no entanto eu conseguia ouvir todas as suas palavras claramente, apesar do barulho do avião.

Abri a boca. Primeiro, não me veio nada a dizer, depois surpreendi a mim mesmo perguntando: "Desde... desde quando você está com isto aqui?".

"Desde sexta-feira. Devolva."

Fechei o envelope, desajeitado, e devolvi a ela. "O que é que vai fazer com isso?"

"Depende de você", disse ela, sentando-se na poltrona próxima, me olhando um pouco de lado.

Indiquei o envelope. “Você não pretende entregar isso aí, ahn, para a polícia, digamos.”

“Não se você fizer o que eu mandar.”

Era a hora da mordida. Examinando seu rosto atentamente, perguntei: “E o que é que você vai mandar, Liz?”.

“Você vai morar na casa de Saint Croix”, disse ela. “Sozinho, só com os criados. Nada de mulher.”

“Nada de mulher? Pelo amor de Deus, que difer...”

“Cale a boca, Art.” Ela era gelo puro. “Herdei a parte de Betty e agora tenho poder suficiente para me livrar de todos os primos e tios que vivem pendurados nos negócios. E é isso que vou fazer. De vez em quando, você vai receber alguma coisa pelo correio, para assinar, como meu marido. E vai assinar.”

“Escute, Liz...”

“Se não assinar, se tentar fugir, o empregado telefona para Nova York e estas provas vão direto para o promotor de justiça do condado de Suffolk.”

Será que eu conseguiria viver com aquilo? “Por quanto tempo, Liz?”, perguntei.

“Até o fim dos processos.”

“Seis meses? Um ano?”

Ela sorriu: “Melhor pensar nuns dez anos. Talvez quinze”.

“Meu Deus do céu!”

Com o envelope na mão, ela se levantou e disse: “Você devia descer e assistir ao filme. É uma comédia, para te distrair dos problemas”. E foi se afastando.

“Não!” Eu não podia deixar aquilo acontecer. Saltei da minha poltrona, voei para ela, para detê-la, impedi-la, fazer com que me escutasse até eu encontrar as coisas certas para dizer. Furiosa, ela me empurrou e gritou: “Vou chamar a aeromoça se você tentar alguma coisa comigo!”. E virou-se para descer os degraus.

Entre as bebidas no balcão a minha esquerda havia uma garrafa aberta de vodca Popov. Peguei e bati do lado da sua cabeça. Ela despencou pela escada e peguei o envelope da sua mão.

57

A companhia aérea ficou muito aliviada quando resolvi não criar dificuldades. Primeiro, fiz doloridas referências à escada íngreme e estreita demais, evidentemente perigosa, depois disse que ia mandar meu advogado investigar processos por danos pessoais anteriores etc. etc., e, de modo geral, fiz o máximo de barulho e confusão possível sem fazer barulho e confusão *de fato*.

Mas os executivos que voavam para San Juan e se juntaram a minha volta como pardais em torno da comida não sabiam nada do meu passado. O que sabiam é que a escada em espiral do 747 já havia sido criticada antes por peritos em segurança e que agora tinham nas mãos uma mulher morta e seu marido perturbado. Uma morta *rica* e um *rico* marido perturbado. Então me deram tapinhas nas costas e me ofereceram consolação e Jack Daniels e falaram com tanta emoção quanto eu sobre aquele infeliz e imprevisível acidente. (No entanto, não deixavam de mencionar de vez em quando que a autópsia iria determinar o nível de álcool na corrente sangüínea de Liz no momento do seu vôo final; não deixavam de mencionar o fato de vez em quando.)

Além da consolação para minha dor e de uma empresa funerária para minha esposa, a empresa aérea providenciou, afinal, uma suíte no El San Juan, na qual eu poderia descansar e me recuperar do choque emocional. Quando me vi sozinho no quarto de vidraças fumê, liguei imediatamente para a Leek, Conchell & McPoo, mandei chamar Gordon Alworthy, o assistente legal que tinha mandado o envelope de problemas que dera início a tudo, e narrei a ele a situação em vinte e cinco palavras ou menos. "Elizabeth Kerner faleceu", disse eu. "Quem fala aqui é Arthur Dodge, seu herdeiro e dono das empresas Kerner agora. Quero que embarque para San Juan no próximo avião, despesas pagas pelos Kerner, para cuidar dos detalhes legais aqui."

Ele entendeu a situação imediatamente, como eu já previa, e fez uma observação muito penetrante e inteligente. Disse: "Sim, senhor".

58

Gordon Alworthy media um metro e setenta, era magro e fino como o gelo que eu tinha sob os pés. Cabelos e sobrancelhas loiros, um sorriso infantil, maneiras suaves, fala agradável e mente de um ministro do petróleo árabe. Os advogados da companhia aérea deram risada quando o viram entrar para a reunião, mas estavam com as testas franzidas de preocupação ao saírem. Eu confiava nele na medida em que podia pagar seu salário.

Passamos juntos quatro dias em San Juan, com ligações freqüentes para as outras cabeças legais no escritório de Nova York da Leek, Conchell & McPoo, e acabei concluindo que jamais teria conseguido tocar as coisas sozinho. Como ficava tudo fácil com Alworthy.

Essa era mais uma coisa que eu jamais havia entendido antes em relação ao dinheiro: ele pode comprar cabeças e conhecimentos para suplementar os seus. Contando só com a minha esperteza de nascença e o talento para lutar pela sobrevivência, eu tinha chegado bem mais longe do que sequer podia imaginar, e agora estava num pico em que não precisava fazer muita coisa mais. Se queria uma bebida, era apertar um botão e a bebida vinha até mim. Se precisava tramar alguma coisa, podia contratar um sujeito que tinha aprendido tudo sobre tramas na faculdade de direito de Harvard.

Eu não sabia e nem me importava com quanto Gordon Alworthy sabia ou suspeitava. Mesmo que fosse o pior, que ele tivesse lido aqueles malditos documentos antes de mandar o envelope para Liz, que importância podia ter isso? Se me entregasse, ia ficar sem emprego. O complexo Kerner seria atirado num caos de primos e tios, e Gordon Alworthy voltaria para a anônima multidão de jovens assistentes da Leek, Conchell & McPoo. Será que ele me entregaria? *Você* me entregaria?

Não? Nem Gordon Alworthy.

A companhia aérea pagou, claro. Se eu fosse pobre, um vendedor de seguros qualquer que foi passar uma semana ao sol com a esposa, teria custado à companhia cinco ou dez mil dólares, não mais. Se estivesse mais ou menos bem de vida, teria custado uns cem mil dólares. Mas eu era rico agora. Tinha tantas madeireiras atrás de mim que parecia um exercício de perspectiva. Portanto, o que *eu* custei à companhia aérea foi uma rota aérea subsidiária entre duas cidades canadenses.

Os Kerner já possuíam uma linha aérea canadense — a Laurentian Interior Air Services — que sempre fora estritamente uma transportadora de carga, sobretudo de bens manufaturados por outras empresas Kerner. Fiquei feliz por meu primeiro ato como presidente do império Kerner ser justamente diversificá-lo com mais uma área de comércio. A nova divisão de passageiros da nossa empresa aérea foi batizada por mim de Laurentian Interior Zealandia. Na verdade, não havia vôos para Zealandia, uma cidade de dois mil habitantes em Saskatchewan, mas é que assim as iniciais da companhia ficariam sendo LIZ. Afinal, ela é que tinha tornado tudo isso possível; era o mínimo que eu podia fazer.

59

Carlos ficou bravo de ser mandado embora, mas não tinha sentido mantê-lo no emprego. Eu mesmo dirigia o Alfa, às vezes podia pegar a direção do Thunderbird que herdei do meu irmão, mas o Lincoln eu ia vender, substituído por um contrato anual com um serviço de limusines para as raras ocasiões em que precisasse de um veículo com chofer. O carro viria só quando fosse necessário e o motorista não precisava de acomodações, nem de alimentação. Eu tinha ficado mais econômico e mais sensato também.

Cuidei de tudo isso no sábado, 15 de setembro, um dia depois de ter voltado de San Juan com Gordon. Mudei Nikki para o quarto de Betty, mas fiquei no quarto que tinha sido meu e de Liz; assim, podia ter acesso sem excesso de familiaridade. Blondell ficou exatamente onde estava antes.

Nova York, em termos gerais, não tinha tomado conhecimento da última tragédia da família Kerner. Quando uma grande companhia aérea resolve evitar publicidade, ela evita publicidade. Uma pequena nota havia aparecido nos jornais da cidade, dizendo que uma dama local, senhorita Arthur Dodge, havia sofrido um estranho acidente fatal a bordo de um avião que voava para Porto Rico, mas ninguém fez nenhuma ligação com Elisabeth Kerner Dodge, que havia sido barbaramente assassinada ao lado de seu marido Robert, em Fire Island, uma semana antes. Quando não havia coincidências para preocupar a cabeça das pessoas, as pessoas não preocupavam suas cabeças. Aos poucos amigos e parentes cujos recentes telefonemas tinham de ser retornados, eu simplesmente disse que Liz havia morrido "num acidente de avião", deixando que eles fizessem sua própria interpretação errada da frase. Ninguém — nem a empresa aérea, nem a polícia de San Juan, nem os advogados, ninguém — jamais sugeriu por um segundo que a morte de Liz pudesse ter sido algo mais que um acidente.

Quanto ao foragido Volpinex, Alworthy mandou-me um recorte do *Newsday*, jornal de Long Island, em que se lia que a morte da senhora Volpinex, no Maine, alguns anos atrás, estava de novo sob investigação, e que o julgamento original, que concluíra por morte acidental, possivelmente seria revisado. "As circunstâncias foram muito suspeitas", dizia o xerife no recorte. Se ainda havia necessidade de alguma confirmação da culpa de Volpinex nos assassinatos de Fire Island, isso era o que faltava. (O assunto, pelo que eu sei, não chegou aos jornais de Nova York.)

Só tive um mau momento nesse fim de semana: no domingo à tarde, quando com muito atraso fui desfazer as duas malas da Air France. Ao abrir uma delas, me vi olhando mais uma vez para o envelope, o mesmo envelope! Será que nunca ia me deixar em paz? Será que nada jamais...

Era o outro envelope. Rindo de mim mesmo, apesar de um pouco trêmulo, tirei-o da mala e era realmente o envelope de Linda Ann Margolies, contendo a tese sobre humor. Com uma coisa e outra, não tinha tido a chance de ler.

Então li. Ou talvez devesse dizer tentei ler. Desde o primeiro parágrafo a coisa toda parecia extremamente estudantil. Depois de duas páginas, joguei no lixo.

Na segunda-feira, tive uma reunião com três dos sócios mais importantes da Leek, Conchell & McPoo. Primeiro, eles insistiram para que eu transferisse o trabalho de Gordon para algum membro mais velho e mais experiente da firma. Declarei, porém, que estava plenamente satisfeito com o que Gordon havia feito em San Juan e confiava inteiramente nas suas habilidades para o futuro. Com isso, eles desistiram e chamaram Gordon para participar do resto da discussão, cujo tema principal era a linha que adotaríamos para lidar com os primos Kerner dissidentes. Eles não detinham mais do que 11% das ações familiares, mas infelizmente seu poder espalhava-se por algumas áreas-chaves: uma grande madeireira, a estação de televisão em Indiana, e uma ou duas outras. Ficou decidido que se compraria a parte de cada um individualmente, que a questão não seria tratada em bloco, e que sempre que possível se procuraria fazer com que se desentendessem entre eles. Nosso objetivo era conseguir a consolidação total em trinta e seis meses. Os advogados ficaram satisfeitos com minha firmeza, depois de quase um ano de altercações entre as irmãs Kerner, e fiquei satisfeito com o domínio que eles demonstravam dos problemas e potenciais da companhia. Ao final, trocamos apertos de mão — Gordon demonstrou sua gratidão com um aperto de mão mais macho do que nunca — e fui embora.

Ainda tinha alguns remanescentes da minha antiga vida para resolver, portanto lá fui eu para aquele meu pobre escritório no bairro das roupas. Gloria estava datilografando uma carta para a mãe dela quando entrei. Olhou-me surpresa e disse: "Meu Deus, me lembro de você".

"Claro que lembra", respondi. Eu não tinha tempo para bobagens. "Tivemos alguma resposta daquela oferta de venda?"

"Nossa, estamos com pressa." Sem nenhuma pressa, ela foi até o arquivo e pegou a pasta. O advogado, algum babaca chamado Mandel, tinha respondido ao telefonema de Gloria com a esperada proposta inaceitável. Minha resposta, já pré-preparada, tinha sido enviada, e na correspondência desse dia havia uma nova oferta que chegava mais perto de alguma coisa razoável. "Bom", disse eu. Dei a Gloria o número da LC&McP e pedi: "Quero falar com Gordon Alworthy". E entrei para meu escritório, com a pasta na mão.

Como podia ter agüentado tanto tempo aquele lugar? Era totalmente esquálido. Sentado à mesa, tirei o talão de cheques e examinei toda a correspondência acumulada. Algumas daquelas pessoas, pensei, divertido, vão ficar muito surpresas quando receberem o pagamento total.

Bzzz.

"Sim?"

"Senhor Alworthy."

"Obrigado." Clique. "Gordon?"

"Sou eu, Art. Às suas ordens." (Dessa vez a secretária não demorou nada.)

Contei a ele o panorama geral da negociação da Wonderful Folks e ele falou que ia mandar um mensageiro para pegar a pasta e que passaria a conduzir as negociações. Liguei então para Gloria, pedi que chamasse minha irmã e continuei pagando as contas até completar a chamada.

"Doris?"

"Nossa! Mais um telefonema. Será que isso vai acontecer todo mês?"

"Acho que não, Doris. Basicamente, estou telefonando para me despedir. Eu..."

"Mas você nunca disse nem 'alô'! Que belo irmão você é. Falou com Duane? Não falou. E você prometeu que..."

"Doris, não vou ligar para o Duane nunca. Acho que um advogado seria muito mais útil para você do que eu jamais poderia ser."

"Não vejo por que você não pode simplesmente ligar para ele e..."

"Vendi minha empresa, Doris", revelei, "e estou indo para a Europa."

"Você *o quê*?"

"Talvez por um ano, talvez mais. Já faz tempo que estou querendo uma mudança de ares."

"Mas..." Doris sem saber o que dizer era uma coisa rara e maravilhosa de se ver. Ela gaguejou um pouco mais e disse: "Europa? Onde na Europa?".

"Ainda não sei bem. Te mando um cartão."

"Manda nada", disse ela, perspicaz.

"Vamos ver. Até logo, Doris", disse e desliguei. Acabei então de pagar as contas e comecei a examinar os recados telefônicos. Lixo, lixo, lixo...

Candy.

Olhei para o papel, o nome dela escrito com todas as letras, e as paredes se fecharam em cima de mim. Já tinha lidado com todo mundo, e com Candy? Que história teria sobrado para ela?

Notei então o número que ela havia deixado, e era o número do apartamento dela, do apartamento de Ralph. O que significava tudo aquilo?

Disquei o número eu mesmo e a voz cortante de Candy atendeu imediatamente. "Aqui é Art", disse. "Não me diga que você e Ralph se reconciliaram?"

"Casamento é uma coisa que precisa ser trabalhada", disse ela. "Você não entenderia, Art."

"Bom, fico contente por vocês dois."

"Ralph e eu resolvemos esquecer o passado", disse ela. "Está me entendendo, Art?"

"Está falando daquela carta que me deu?"

"Você deve achar que teria sido divertido ter mandado a carta para o Ralph, não é?", disse ela. "Eu sei como sua cabeça funciona."

Ela não sabia; eu já tinha destruído havia muito a cópia da carta que ela me dera. Mas não disse nada e fiquei ouvindo.

"Você andou aprontando, não andou?", disse ela.

Apertei o telefone com força. "Andei?"

"Não sei exatamente o quê", continuou, "mas você andou se metendo em algum tipo de negócio secreto. Acho que eu podia causar muito mais problemas para você do que você para mim."

Sem dúvida. Eu disse: "Candy, desejo a você e Ralph nada menos que eterna alegria e sucesso".

"Não vá esquecer que disse isso", ela falou, e desligou.

Bom. Muito aliviado, desliguei o telefone, preenchi um cheque de desligamento para Gloria e fui levar até a ante-sala. "Hoje é meu último dia aqui", disse a ela. "Estou definitivamente vendendo a empresa."

Fiquei surpreso em ver os olhos dela se encherem de lágrimas, mas aliviado de nenhuma rolar pelo rosto. Ela disse: "Eu sabia que era isso que ia acontecer".

"Claro que sabia", disse, conciliador.

"Você mudou muito nessas últimas semanas, Art", declarou. "Talvez não goste do que vou dizer, mas acho que é por causa do dinheiro daquela Kerner."

Evidentemente, ela não tinha lido a notinha do jornal sobre a morte da senhora Dodge. "Agradeço o seu cuidado comigo, Gloria", disse eu, "mas acho que posso..."

"Deus me livre, Art", ela explodiu, "o que é que está acontecendo com você? Nunca falou desse jeito antes."

Talvez a minha intensa associação com advogados na última semana tivesse tido alguma influência temporária no meu discurso. "Nunca vendi nenhuma empresa antes", disse a ela, "nem jamais despedi uma amiga e empregada de confiança." E estendi a mão, segurando o cheque. "Salário de desligamento em vez de aviso prévio."

Ela pegou o cheque e ficou um bom tempo olhando para ele. As lágrimas secaram dos seus olhos. "Dois mil dólares", disse, macio, e olhou para mim com algo que podia ser um sorriso irônico. "Bom, afinal você se sente um pouco culpado."

"Nem um pouco", disse eu. "Você foi inestimável enquanto esteve aqui e acho que sabe disso. Isso aí é uma pequena prova do meu reconhecimento."

Apertando os olhos, como se estivesse me olhando através de uma cortina de fumaça, ela disse: "Art, você não vai precisar de uma secretária no lugar para onde vai?".

"A firma não está quebrando", eu disse. "Por que não telefona para o advogado Mandel, faz uma reunião com os ilustradores? Quem conhece este negócio melhor do que você?"

"Você", disse ela.

Sorri com o elogio. "Não mais", disse.

Ela hesitou, virou de costas com o cheque na mão, sacudindo a cabeça. "Só vou acabar esta carta aqui."

"Não tenha pressa."

"Ah. Chegou isto para você." Ela se virou com um envelope branco na mão. "Não quis colocar junto com o resto da correspondência."

No envelope estava escrito *Pessoal*, e o nome e endereço de Linda Ann Margolies no canto superior esquerdo. "Obrigado", eu disse e voltei para o escritório.

Quase joguei fora sem abrir — alguma coisa no meu breve encontro com aquela moça tinha me perturbado, mas não conseguia dizer o quê —, mas a curiosidade foi mais forte. Abrindo o envelope, encontrei um cartão do tipo que eu costumava publicar, apesar de não ser da minha empresa. A frente mostrava um homem vestido com a parte da frente de uma fantasia de cavalo, num cenário de palco de teatro. Dentro, dizia: "Não posso continuar sem você".

Que graça tinha aquilo? Joguei fora o cartão.